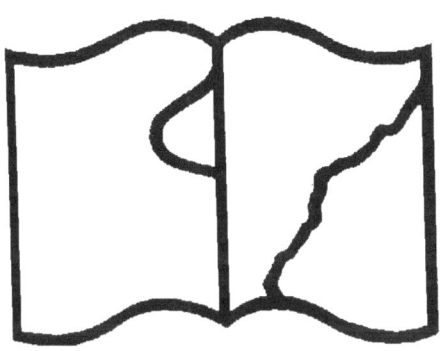

Texte détérioré - reliure défectueuse
NF Z 43-120-11

Contraste insuffisant

NF Z 43-120-14

DÉLASSEMENS

DE

L'HOMME SENSIBLE.

L'INDULGENCE avec laquelle le Public veut bien accueillir les Ouvrages dictés par la sensibilité, engage M. D'ARNAUD à lui présenter une Collection de *Nouvelles Anecdotes* indépendantes des *Épreuves du Sentiment*, & des *Nouvelles Historiques*.

Cette Collection, intitulée : *DÉLASSEMENS DE L'HOMME SENSIBLE*, formera douze Parties de la grosseur de celles des *Epreuves du Sentiment*, in-12 : elles composeront de même 6 volumes.

L'Auteur, toujours fidele à son objet, se propose, dans ce Recueil, de mettre, en quelque sorte, sous les yeux de la Jeunesse, un *Cours de Morale en action*. Il a eu soin de rassembler les *Anecdotes* les plus propres à entretenir l'amour des vertus, des devoirs, &c. &c. &c.

Les 6 volumes des *Délassemens de l'Homme Sensible* se distribueront par douzieme Partie, de mois en mois, à commencer du mois d'Avril 1783.

On souscrit, en tout temps, chez *l'Auteur*, *rue des Postes*, *près l'Estrapade*, *maison de M. DE FOUCHY*, où se trouvent encore quelques exemplaires de la *Traduction des Lamentations de Jérémie*, ornée d'une très-belle Estampe de feu *Eysen*, & chez la Veuve BALLARD & Fils, Imprimeurs du Roi, *rue des Mathurins*, *vis-à-vis celle des Maçons*.

Le prix de la Souscription est de 18 livres pour Paris, & de 21 livres, franc de port, pour la Province.

On aura la complaisance d'affranchir la remise du montant des Souscriptions, ainsi que les Lettres.

Les Délassemens de l'Homme Sensible *n'empêcheront point la continuation des* Épreuves du Sentiment *& des* Nouvelles Historiques. *Deux Ouvrages dans ce premier genre vont se publier successivement.*

ŒUVRES

D E

M. D'ARNAUD.

NOUVELLES HISTORIQUES.

Le Barbier l'ainé, inv. 1782.　　　Ph. Triere, Sculp.

EUDOXIE.

NOUVELLES

HISTORIQUES.

Par M. d'ARNAUD.

TOME TROISIEME.

A PARIS,

Chez la Veuve BALLARD & Fils , Imprimeurs
du Roi , rue des Mathurins.

M. DCC. LXXXIII.
Avec Approbation & Privilége du Roi.

EUDOXIE.

A.

E U D O X I E.

A THENES sembloit se survivre à elle-même, &
sa mémoire, en quelque sorte, lui conservoit cette

Athenes sembloit &c. » Il ne restoit plus (nous dit un auteur
» de ces temps-là) que le cadavre, ou même l'ombre d'A-
» thenes ; on n'y retrouvoit que les noms de ces lieux
» devenus célebres par tant de beaux ouvrages ». Les Athé-
niens, vains, menteurs, malgré leur prodigieux abaissement,
se repaissoient encore de leur noblesse & de leurs fables ab-

A a

considération & cette renommée qu'elle s'étoit acquises
à tant de titres, dans ses beaux jours; ses monuments,
en attestant sa grandeur passée, excitoient encore
l'amour des arts; on ne pouvoit fouler les cendres
de Sophocle, & d'Euripide, sans se sentir échauffé
du feu de la poésie; le nom d'Homere, dans cette
ville, retentissoit de toutes parts; on se montroit à
l'envi le Lycée, le Portique, les lieux où Socrate,
où Platon enseignoient leurs disciples, & cherchoient
à former des sages. C'en étoit assez pour faire naître
le désir d'aller porter son hommage aux débris d'une
république dont la postérité s'entretiendra dans tous
les temps. L'empereur Adrien eut tant de vénération pour les restes d'Athenes, qu'il y fit élever des
bâtiments magnifiques, entr'autres une bibliotheque
qui ne le cédoit qu'à celle des Ptolomées. Vers la
fin du quatrieme siecle, la jeunesse la plus distinguée
accouroit achever ses études dans ce séjour, que,

---

sourdes; ils prétendirent, lorsqu'Alaric entra victorieux dans
leur ville, que Pallas s'étoit montrée sur les remparts, armée
de son égide. Achille aussi, selon eux, avoit jetté l'effroi
dans le cœur des Goths: il leur étoit apparu tel qu'il se
fit voir aux Troyens, après la mort de Patrocle.

fans flatterie, on pouvoit appeller l'afyle & le fanc-
tuaire des fciences. Bazile, Grégoire de Naziance,
Julien, Libanius, Symmaque, tous excellens efprits, exercés déjà dans les écoles de Conftantinople, de Céfarée, de la Paleftine, lui durent ce dégré de perfection, qui les mit fi fort au-deffus de
leurs contemporains.

Léonce étoit un de fes principaux ornemens, &
à la tête de fes Sophiftes ; ce nom, que l'abus n'avoit
point encore dégradé, défignoit des hommes efti-
mables, voués à l'étude & à la pratique de la fageffe, ainfi que les maîtres qui profefloient dans les
académies. Ce philofophe célebre avoit puifé dans
toutes les fources du bonheur : il étoit riche, favant,
& irréprochable dans fa conduite, jouiffant de cette
réputation brillante, la flatteufe & unique récompenfe des talens & des vertus ; il avoit deux fils, &
une fille ; cette derniere, fi connue fous le nom
d'Athénaïs, étoit d'autant plus chere à l'auteur de

Sous le nom d'Athénaïs &c. C'eft ainfi qu'elle nous eft re-
préfentée dans la continuation des mémoires de littérature &
d'hiftoire par le pere Defmolets : » Léonce connut l'efprit de
» fa fille, au point qu'il la jugea capable de réuffir en toutes

fes jours, qu'elle réuniffoit à une beauté rare, une
ame fenfible & forte, & l'efprit le plus agréable &
le mieux cultivé. L'éloquence, la poéfie, la philofophie fembloient lui avoir donné, par la bouche
de fon pere, leurs fublimes leçons. Elle s'étoit pro-
pofé pour modele, la fameufe Hypatie; effective-

» les fciences; il fut fon maître; elle excella en éloquence,
» poéfie, philofophie, & toutes les parties des mathémati-
» ques. La nature, pour orner de fi beaux talents, lui avoit
» prodigué fes graces, & donné la fcience de plaire. Tout
» confpiroit en elle pour la rendre aimable, tout fe prêtoit
» mutuellement des charmes ». Plus loin, il nous détaille
fes agréments : » Jeune Grecque, parfaitement fage, d'une
» beauté furprenante, ayant le vifage le plus gracieux, les
» traits déliés, & délicatement affortis, de grands yeux vifs
» & touchants, le nez bien-fait, un air fin, une blancheur à
» éblouir, les cheveux blonds & frifés par ondes, la taille
» belle, la démarche noble; tout prévenoit dans fes manieres,
» & tout plaifoit dans fon efprit, que les fciences enrichiffoient
» de ce qu'elles ont de plus exquis, &c. ».

La fameufe Hypatie. Defmolets, & le Beau s'accordent pour
faire l'éloge de cette fille célebre, & accufer l'emportement
des Chrétiens à fon égard, que le premier de ces hiftoriens
traite, avec raifon, de zele infenfé. C'eft ainfi que le Beau

ment la malheureufe fille de Théon, comme favante,
& comme femme de la plus haute vertu, s'étoit

---

nous trace fa malheureufe avanture : » Hypatie étoit payehne,
» fille de Théon, fameux géometre d'Alexandrie. Plus fa-
» vante encore que fon pere, elle s'étoit acquis une brillante
» réputation par fes ouvrages, & par les leçons publiques
» qu'elle faifoit fur toutes les parties de la philofophie. On
» accouroit en foule de toute l'Egypte, & même des autres
» provinces pour recevoir fes inftructions. Le célebre Synefe
» avoit été un de fes difciples ; elle étoit à la tête de l'école
» Platonicienne, & pour affortir fon extérieur à fa profeffion,
» elle avoit pris le manteau de philofophe. Auffi renommée,
» mais plus chafte que l'ancienne Afpafie de Milet, quoi-
» qu'elle fût parfaitement belle, elle fe faifoit refpecter de
» cette foule d'auditeurs, que fa beauté, autant que fon
» favoir, affembloit autour d'elle ; & l'hiftoire lui rend ce
» témoignage, qu'au milieu d'une jeuneffe paffionnée & en-
» treprenante, la pureté de fes mœurs fe conferva hors d'at-
» teinte même à la médifance. Comme elle recevoit de fré-
» quentes vifites des premiers magiftrats, & que le préfet
» déféroit beaucoup à fes confeils, le peuple fe perfuada qu'elle
» formoit le principal obftacle à la réconciliation de Cyrille,
» & d'Orefte ». (Cyrille étoit évêque d'Alexandrie, qui avoit
peut-être un caractere trop impétueux, & Orefte rempliffoit
la préfecture d'Egypte ; l'un & l'autre fe brouillerent par

A 4

8   NOUVELLES HISTORIQUES.

attiré l'eftime univèrfelle ; fa mort , le crime de quelques Chrétiens animés d'un emportement bien différent du zele pur qui doit les infpirer , ne fit qu'ajouter à fa gloire.

Le pere d'Athénaïs ne cachoit point la préférence qu'il lui accordoit fur fes autres enfans. Valere &

---

rapport aux Chrétiens, & aux Juifs, qui éleverent une fédition dans Alexandrie , & s'égorgerent mutuellement.) » Un jour
» donc qu'Hypatie fortoit de fa maifon , une multitude de
» forcenés , à la tète defquels étoit Pierre, lecteur de l'églife
» d'Alexandrie , s'attroupent autour de fon char , l'en arrachent
» par force , la traînent à l'églife nommée la Céfarée , & fans
» égard, ni pour la fainteté du lieu , ni pour fon fexe , ni pour
» l'humanité même , ils la dépouillent , lui déchirent le corps,
» la mettent en pieces , & portent fes membres , féparés les
» uns des autres , à un lieu de la ville nommé Cinaron , où
» ils les réduifent en cendres ». Ce qui excite prefqu'autant l'indignation , c'eft que le crime demeura impuni ; il n'en coûta que de l'argent aux coupables , pour acheter la pro- tection des eunuques , qui préfenterent à l'empereur ce meurtre fous les couleurs qu'il leur plut d'inventer. C'eft ainfi que de tout temps la vérité a eu de la peine à fe faire jour jufqu'au trône , & encore y parvient-elle rarement dans fa pureté.

Généfius, à la vérité, avoient peu profité de leur éducation. » Leur unique mérite (obferve avec raifon » un hiftorien eftimable) étoit d'être les freres d'A- » thénaïs « , à qui l'on prodiguoit déjà les éloges.

Une maladie mortelle vient frapper Léonce au moment qu'il jouiffoit d'une fanté floriffante. Ne pleure point (dit - il à fa fille , qui fe livroit à la douleur): j'ai percé les nuages de l'avenir ; j'expire, l'ame remplie d'une confolation qui me fuivra au tombeau : une éclatante deftinée t'attend. En con- féquence de ce fingulier preffentiment , le mourant fit ce teftament , qu'on ne manqua point d'accufer de bifarrerie & d'injuftice : » Je laiffe tous mes biens » à mes deux fils , Valere & Généfius , à condition

---

Fit ce teftament. Il rappelle celui d'un autre homme plus philofophe peut-être que Léonce : il laiffoit deux enfants, l'un plein d'efprit, & l'autre d'une ftupidité reconnue : le pere fe garda bien de léguer au fot une portion égale à celle de fon frere. » C'eft une bête , dit-il : la fortune ne manquera point » de l'accueillir, au lieu que fon frere, avec des connaiffances » & des talents , reftera, à coup fûr, dans l'indigence ». La prédiction fe vérifia : l'hébété devint très-riche, & celui dont on prònoit l'efprit & les lumieres , fe trouva trop heureux d'avoir hérité du bien médiocre de fon pere.

» qu'ils donneront à leur sœur Athénaïs, cent pieces
» d'or : j'ai prévu, & même je meurs affuré que fon
» mérite lui fera d'une affez grande reffource pour
» qu'elle n'ait pas befoin d'une fomme plus confidé-
» rable ».

Cette exhérédation accable également de furprife
& de chagrin Athénaïs, qui croyoit peu aux préfages
de fon pere, qu'on pouvoit traiter d'illufions ; elle
cherche à faire valoir les droits du fang, & de la
nature ; elle conjure fes freres, fe jette en pleurs à
leurs genoux, ne follicite, n'implore qu'une faible
légitime. Qui peut toucher des ames fouillées

Cent pieces d'or. Font environ treize à quatorze cents livres
de notre monnoie,

Qu'on pouvoit traiter d'illufions. Léonce croyoit aux abfur-
dités de l'aftrologie, maladie dont il y a long-temps que l'efprit
humain eft affligé, & qui d'ailleurs tient à fa nature ; ce philofophe prétendoit avoir faifi la deftinée de fa fille, à laquelle
les aftres promettoient une fortune éclatante ; & ce qui accré-
dite ces fottifes, & leur donne l'authenticité de l'évidence,
c'eft que le hafard permet quelquefois que l'effet fuive ces fortes
de prédictions. Il arriva qu'Athénaïs fut élevée au trône. Nous
avons une infinité d'exemples de ce genre, qui n'ont pas peu
contribué à étendre & à fortifier le cours de ces chimeres.

& endurcies par l'intérêt rarement féparé de l'inhumanité ? Ils pouffent la barbarie jufqu'à chaffer
leur fœur de la maifon paternelle : ce dernier trait
porte le défefpoir dans le cœur de l'infortunée
Athénaïs ; prête à fuccomber aux maux , aux dangers qui accompagnent l'indigence , elle fe détermine à s'aller réfugier chez une parente dont l'état
médiocre fembloit lui promettre de la fenfibilité.
Tout malheureux doit bien fe garder d'attendre
quelque pitié de la part des riches : c'eft là que fe
trouvent les entrailles de fer & d'airain. Les parens
de la trifte fille de Léonce, qui étoient à leur aife,
lui avoient fermé leur maifon : il n'y eut que l'humble réduit d'Emine qui s'ouvrit à fa niece; Athénaïs
lui confia fes peines , fes larmes ; fa tante la con-
fola, lui fit même entrevoir des rayons d'efpérance :
— Selon les apparences, ma chere niece , nous ob-
tiendrons la juftice qui vous eft due ; peut-être ici
l'implorerions nous en-vain ; c'eft à la capitale de
l'empire qu'il faut nous rendre : là , le crédit ne peut
rien fur le bon droit & fur la vérité ; tout nous
parle de la fageffe & des lumieres de la fœur de

_____

De la fœur de Théodofe. Pulchérie entroit à peine dans fa

Théodofe ; on prétend que l'infortune s'ouvre un
accès jufqu'aux pieds du trône ; nous irons embraffer

---

quinzieme année , lorfqu'elle fe chargea de l'adminiftration à
laquelle Anthemius avoit jufqu'alors préfidé. » De tous les
» enfants d'Arcadius (dit le Beau) cette princeffe feule avoit
» hérité de la grandeur d'ame de fon ayeul (Théodofe le
» Grand) ; la prudence , qui eft dans les autres le fruit de
» l'expérience , fut en elle un don de la nature. Un coup d'œil
» auffi fûr que pénétrant , lui découvroit promptement ce
» qu'il falloit faire , & l'exécution fuivoit auffitôt. Elle par-
» loit également bien grec & latin , & écrivoit poliment dans
» ces deux langues ; elle étoit pourvue de toutes les graces
» de la beauté , d'un accès facile , libérale envers les pau-
» vres : elle fit conftruire un grand nombre d'églifes , d'hôpi-
» taux , & jamais ces pieufes fondations ne coûterent un
» gémiffement aux peuples ». Auffi un tel caractere n'eft-il pas
échappé au pinceau mâle & vigoureux de notre grand Corneille :
c'eft dans la bouche d'une pareille femme qu'il a dû mettre
ces vers , (acte premier , fcene premiere , *Pulchérie*, comédie
héroïque.)

> » Je vous aime , Léon & n'en fais point myftere ;
> » Des feux tels que les miens n'ont rien qu'il faille taire.
> » Je vous aime , & non pas de cette folle ardeur
> » Que les yeux éblouis font maîtreffe du cœur ,
> » Non d'un amour conçu par les fens en tumulte ,
> » A qui l'ame applaudit , fans qu'elle fe confulte »

les genoux de Pulchérie, & du-moins nous excite-
rons fa compaffion.

» Et qui, ne concevant que d'aveugles défirs,
» Languit dans les faveurs, & meurt dans les plaifirs !
» Ma paffion pour vous, généreufe & folide,
» A la vertu pour ame, & la raifon pour guide,
» La gloire pour objet, & veut, fous votre loi,
» Mettre en ce jour illuftre, & l'univers, & moi «.

En butte à des intrigues qui paraiffaient bleffer fon noble
orgueil, Pulchérie abdiqua d'elle-même le fuprême miniftere,
& de fon propre mouvement alla s'exiler dans une maifon de
campagne fituée à feize mille de Conftantinople. Quelques
années après, le défordre s'étant mis dans les affaires, au
point que l'empire penchoit vers fa ruine totale, le pape Léon
écrivit à cette princeffe : il la conjura, en quelque forte,
de revenir à la cour ; elle reprit donc les rênes du gouvernement, fans fe plaindre de fon frere, fans lui dénoncer les auteurs de fa difgrace ; devenue pour ainfi dire maitreffe de
l'état, à la mort de Théodofe II, elle punit ceux qui avoient
abufé de fon autorité, fe choifit un mari, fans vouloir manquer à fon vœu de virginité, pour ne point laiffer paffer la
puiffance impériale en des mains qui la dégraderoient. Elle
préféra un guerrier d'une naiffance obfcure, & âgé de
plus de cinquante-huit ans, aux feigneurs de la cour les plus
diftingués & les plus aimables. » Marcien (lui dit la princeffe)
» je connais votre vertu, & je puis la couronner ; mais pro-

Emine fe hâte d'exécuter le projet qu'elle a conçu : l'un & l'autre ont donc pris le chemin de Conftantinople.

L'Orient en-effet voyoit , avec autant d'étonnement que d'admiration , une princeffe, dans l'âge des graces & des plaifirs , occupée de l'unique foin de foutenir la couronne de fon frere. La vie de cette femme , fi digne de louanges , le phénomene & la gloire de fon fexe , fut un facrifice continuel aux intérêts de Théodofe II ; on a dit » qu'elle ren-

---

» mettez-moi , avec ferment , que fi je vous honore du nom » de mon époux , vous ne me troublerez jamais dans la réfo-» lution irrévocable que j'ai prife de conferver ma virginité » jufqu'à la mort. A cette condition , je vous donne ma main, » & l'empire ». Pulchérie finit fa carriere , âgée de cinquante-quatre ans , le 18 Février , 453 , comblée de gloire , & fervant encore l'état après fa mort , puifqu'elle lui laiffoit Marcien pour maître : mere tendre des pauvres , elle les nomma fes héritiers. Tout l'Orient lui donna des larmes ; on lui éleva une ftatue fur fon tombeau , & l'églife célebre , en fon honneur , une fête que l'amour feul des vertus eût fuffi pour inftituer.

De Théodofe II. Il fut extrêmement attaché à la religion : peut-être porta-t-il trop loin cette excellente qualité, parce que

l'abus , & même le mal font toujours à côté du bien. » Ce
» prince avoit une connaiffance affez approfondie des lettres ,
» des arts , fur-tout de l'aftronomie , & de l'hiftoire naturelle ;
» il jugeoit très-bien du mérite des ouvrages d'efprit, & encou-
» rageoit les favans par des honneurs & des récompenfes ; il
» avoit auffi appris à peindre & à modeler ; perfonne n'étoit plus
» adroit à tous les exercices du corps , fon extérieur étoit doux
» & agréable , fa taille moyenne & bien proportionnée , fes
» yeux noirs & à fleur de tête , fes cheveux blonds ; fans fafte,
» fans orgueil , frugal , infatigable , fupportant aifément le
» froid & le chaud , la faim & la foif ; il fut un modele de
» patience & de douceur , en forte qu'il étoit plus maître de
» fes paffions que de fes fujets , auffi infenfible aux aiguillons
» de la colere qu'aux attraits de la volupté ; jamais il n'écouta
» les confeils de la vengeance. La principale vertu de Théo-
» dofe , & celle qui faifoit le fond de fon caractere , étoit une
» fage & noble modeftie &c. ». Il y a un des préambules de fes
ordonnances qu'on ne fauroit trop mettre fous les yeux des
princes. *Nous fommes difpofés à croire* (dit Théodofe) , *que*
nous recevons un bienfait, lorfque nous trouvons occafion de faire
du bien à nos fujets. Nous regardons un jour comme perdu
pour nous , quand nous n'avons pu l'ennoblir par quelque action
de bienveillance. Nos libéralités laiffent , dans notre ame , une
fecrete fatisfaction. Rendre les hommes heureux , c'eft la plus

fans contredit le regne du fucceffeur d'Arcadius peut
être appellé l'ouvrage de Pulchérie. Des mains, pour

---

*noble fonction des princes : elle rend l'homme coopérateur de
Dieu même.*

D'Arcadius &c. Le prince le plus incapable de foutenir la dignité de fouverain ; fon extérieur répondoit à la faibleffe de
fon efprit. C'eft à ce regne qu'on peut placer la chute de ce
coloffe , qui durant plus de douze cents ans , avoit femblé
écrafer l'univers de fa maffe ; l'empire romain ne fut plus qu'un
fimulacre qui en impofoit encore par ce qu'il avoit été ; les
fymptômes de diffolution qui annoncent la ruine des états, fe
manifeftoient dans toutes leurs crifes. » Le crime (dit le Beau
» avec énergie) avoit perdu fa honte ». L'hiftorien en rapporte
un exemple qui au premier coup d'œil excitera le rire , & vu
plus férieufement , il produira l'indignation : » Euthalius de
» Laodicée étoit employé en Lydie : il tourmentoit la pro-
» vince par fes concuffions. Rufin, qui fe réfervoit ce privilége,
» le fit condamner à une amende de quinze livres d'or , &
» envoya des officiers pour le forcer à payer. Euthalius
» leur compta la fomme , & l'enferma dans un fac qu'il fcella
» du fceau public ; mais il eut l'adreffe d'y fubftituer un autre
» fac parfaitement femblable. La cour ne fit que rire de cette
» fourberie. On voulut voir Euthalius : ce fut la caufe de fon
» avancement ; on le nomma Gouverneur de la Cyrénaïque ».
Ne diroit-on pas que ce trait d'hiftoire appartient à nos jours ?

ainfi

ainſi dire, condamnées à manier le fuſeau, gouver-
nerent avec prudence & fermeté les rênes de l'empire. Toutes les qualités du grand Théodoſe avoient,

Qu'on juge des abus & du luxe effréné qui dévoroient les deux
empires d'Orient & d'Occident. La corruption avoit fait de ſi
grands progrès, il en étoit né des fortunes ſi inſultantes, qu'à
Rome il y avoit des familles qui poſſédoient quatre millions,
quatre millions & demi de revenu; les riches de la ſeconde
claſſe n'avoient qu'environ un million & demi, un million de
rente. Rechercheroit-on encore d'autres cauſes de la deſtruction de l'Empire Romain ? Nous n'expoſerons qu'un exemple
du déſordre affreux qui affligeoit toutes les parties de l'état :
» Julien avoit borné à dix-ſept le nombre des agents du
» prince,& ils étoient montés,depuis ſon regne,à dix mille ». La
peſte véritable qui conſuma les Romains, fut donc ce luxe ſans
pudeur, bien plus homicide que tous les fléaux qu'ils éprouve-
rent pendant près d'un ſiecle, Je l'avouerai, on ne ſauroit jetter, ſans émotion, les yeux ſur ce tableau touchant. Une des
choſes qui flétriſſent le plus le regne avili d'Arcadius,fut ſa cruelle
lâcheté à l'égard du vertueux Chryſoſtome, dont il cauſa, pour
ainſi dire, la mort, l'ayant abandonné à la rage de ſes per-
ſécuteurs.

Du grand Théodoſe. Celui-ci bien différent de ſes fils, appellé par ſes grandes qualités au trône, a mérité qu'on dît
que *ſa bonté croiſſoit avec ſa grandeur.* Il faut qu'il ait eu bien des
vertus pour avoir fait oublier, ou ſupporter du-moins le meurtre

Tome III. B

en quelque forte, été tranfmifes avec fon fang à fa
petite-fille ; elle réuniffoit aux plus nobles fentiments,

de Theffalonque : la poftérité femble même le lui avoir pardonné. C'eft à cette occafion que St. Ambroife montra quelle
majefté a la religion, quand elle défend la caufe de l'humanité !
L'effentiel pour un prince (difoit Théodofe) *n'eft pas de
vivre long-temps, mais de bien vivre.* Il n'envifageoit dans la
fouveraineté, *que le pouvoir d'étendre fes bienfaits.* Sans être favant, il avoit un goût exquis pour tout ce qui concernoit la littérature. La lecture de l'hiftoire fur-tout l'intéreffoit extrêmement.
Senfible à l'amitié, à la reconnaiffance, il regardoit l'ingratitude
comme le comble des vices. Ce fut cet empereur qui interdit aux
Payens cette coutume abominable, dont on ne peut gueres découvrir l'origine, d'immoler des victimes : il ne leur permit que
des offrandes de fruits ou de fleurs. Comment les hommes ont-ils
pu imaginer que d'autres hommages fuffent agréables à la Divinité ? Nous conviendrons avec la même impartialité, que ce
prince commit une faute impardonnable, en admettant des
barbares dans fes troupes : il leur mit, pour ainfi dire, les armes
à la main, & leur apprit l'art de la guerre, ce qui leur facilita
les moyens de fe tourner dans la fuite contre leurs bienfaiteurs,
& d'entraîner la chute de Rome. Que manqua-t-il à Théodofe
pour réunir toutes les qualités qui conftituent le monarque ? Il
ne connut point les hommes, & c'eft un des premiers éléments,
fans contredit, de la fcience fi difficile de régner.

Il y eut fous ce regne des Payens refpectables par

les plus brillantes connaiſſances , & ſa beauté ne le
cédoit point à ſon eſprit. Cette princeſſe avoit donc
bien des obſtacles puiſſants à combattre , ſa jeuneſſe ,
ſes charmes , cette eſpece d'éblouiſſement & d'ivreſſe

leurs vertus & leurs talents : Prétextat, poſſéda des dignités , ſans les avoir recherchées , & ce qui lui fait le plus
d'honneur, c'eſt qu'il mérita l'eſtime de Théodoſe. Libanius fit
ſouvent briller ſon éloquence en faveur des malheureux ; il
vouloit qu'il y eût une loi qui défendit les ſollicitations auprès
des juges. Symmaque diſoit , *que le faſte ne releve pas la ma-*
giſtrature , que ce ſont les mœurs du magiſtrat qui en font le plus
bel ornement ; il mande à Valentinien , qui avoit nommé d'aſſez
mauvais officiers ſubalternes , réſultat néceſſaire de la brigue, &
de la protection preſque toujours aveugle dans ſes faveurs ,
que la nature produiſoit aſſez d'honnêtes gens pour remplir les
poſtes de l'état , que, pour les démêler dans la foule , il falloit
d'abord écarter ceux qui demandoient, que , ceux qui méritoient, ſe
trouveroient dans le reſte. Les princes devroient avoir ſans ceſſe
devant les yeux ces obſervations de Symmaque. Valentinien ,
en deſpote imbécille , & en logicien bien digne de pitié ,
répond , *qu'il n'eſt pas permis de raiſonner ſur la déciſion du*
ſouverain , que c'étoit offenſer la majeſté impériale , que de douter
du mérite d'un homme qu'elle a honoré de ſon choix. Il eſt aiſé
de voir qu'au-delà des Alpes , on a toujours été entiché de la
manie d'infaillibilité , & c'étoit-là un des perſonnages qui com-
mandoient à l'univers !

B 2

presque inséparable du rang suprême, cette sensibilité, que rarement on n'éprouva point à vingt ans; il est vrai que la religion & la vertu furent toujours dans cette ame sublime les impressions dominantes.

Depuis quelque temps, Pulchérie recherchoit plus qu'à l'ordinaire la société de Paulin ; c'étoit elle qui

---

De Paulin. Voici comme le pere Desmolets nous le représente : » On avoit mis auprès de Théodose un jeune seigneur » nommé Paulin, qui plaisoit à tout le monde ; il avoit une » figure agréable, une grande délicatesse de génie, beaucoup » de goût & de facilité pour les sciences, les exercices sérieux » & divertissants &c. En un mot, il se faisoit adorer ». Paulin fut digne en effet de toute l'amitié de son maître, & porta, pendant long-temps, le nom de favori, sans que l'envie & les courtisans osassent lui en faire un crime. La fortune à la fin parut s'offenser d'un si rare bonheur. Paulin, dont ses connaissances dans les arts, avoient rendu la société nécessaire à l'impératrice, & qui d'ailleurs n'avoit rien à se reprocher dans cette liaison innocente, succomba sous les trames de ses ennemis : on sut empoisonner l'esprit du prince, armer en un mot la jalousie, & la jalousie d'un souverain : il ne vit plus dans Paulin qu'un lâche séducteur; il trouva aisément un prétexte pour l'écarter de la cour ; l'infortuné favori fut envoyé à Césarée de Cappadoce, & là, Théodose mit le comble à ses préventions injustes, en lui faisant ôter la vie. Leçon bien instructive pour ces insensés dignes de compassion, qui peuvent compter un instant sur la faveur

l

l'avoit placé auprès de Théodofe : ce jeune feigneur avoit fçu mériter l'intimité & la confiance dont l'honoroit fon maître ; il ne pouvoit être confondu avec ces lâches , qui n'ufent de leur afcendant fur l'efprit du prince , que pour égarer fes penchants , tourner fa facile bonté en faibleffe aviliffante , & le rabaiffer d'erreurs en erreurs à ce dégré de corruption dont il n'eft gueres poffible de fe re-tirer. Paulin fembloit le difputer à fa bienfaitrice , pour rendre l'empereur capable de porter le fceptre des Conftantin ; il l'échauffoit continuellement par le récit des belles actions de fes ancêtres ; il ne

---

Des Conftantin. Si l'on entend par un grand homme , quel-qu'un qui a fait de grandes chofes , affurément cet éloge ne fauroit fe refufer à Conftantin ; il avoit fondé , en quelque forte , un nouvel empire ; il poffédoit ce qui en impofe toujours à la multitude , la gloire du conquérant. Ses moindres actions portoient l'empreinte de cette grandeur qui répand fon éclat fur les fautes , & femble même les effacer. Un juge qui écarte les titres , la prévention , qui n'eftime l'homme qu'autant qu'il fait réellement du bien à l'homme , verra Conftantin d'un coup d'œil plus févere : il nous préfentera fon fils mourant victime d'une abominable jaloufie : & affurément ce n'étoit pas fous ces traits que Paulin l'offroit à Théodofe II.

B 3

cessoit sur-tout de lui parler de son ayeul, dont le nom sera consacré à jamais dans ce petit nombre de monarques qui ont mérité que l'histoire s'occupât de leur mémoire. Ce favori, si peu ressemblant à ses pareils, étoit à la cour un modele de vertu ; mais cette conduite admirable ne l'empêcha point d'avoir un cœur : il s'oublia au point de l'écouter, & de nourrir un penchant qui ne pouvoit être couronné du succès : enfin ses yeux ne voyant point la barriere insurmontable que lui opposoit le sort, oserent se lever sur la sœur de son souverain ; Paulin ne fut point frappé du rang où le ciel avoit fait naître Pulchérie : il n'apperçut, il ne sentit que le pouvoir de ses charmes, & il se livra à tout l'emportement d'une passion effrénée. Le présomptueux courtisan avoit cependant encore la force de renfermer cette ardeur si indiscrete ; il y avoit même des moments où il ne se déguisoit point l'audace de ses vœux peu mesurés : mais la présence de la princesse l'avoit bientôt replongé dans un délire qui n'étoit que trop condamnable.

Pulchérie, plus maitresse d'elle-même, a la fermeté de s'examiner, de porter jusqu'au fond de son cœur une lumiere que toute autre que la sœur de Théodose auroit pris soin d'écarter ; elle descend donc dans son ame, fans vouloir ménager fa faibleffe ; elle y furprend des fentiments, qui, au premier afpect, révoltent fa fierté : —— D'où naît en moi une impreffion... que je n'avois point encore éprouvée ? J'aime à voir, à entendre Paulin, & quand nous fommes féparés, je me trouve diftraite, réveufe, trifte ; j'attends, avec une impatience extrême, le moment qui me rendra fa préfence ; l'ai-je revu ? mes regards viennent-ils à rencontrer les fiens ? je ne fais quelle émotion..... j'aimerois !.. ah ! trop faible Pulchérie, ne cherche point à t'en impofer : oui, tu connais, tu reffens l'amour ; & quel en eft l'objet ?.... Déchirons mon cœur, arrachons-en ce trait, qui n'eft déjà que trop profond ! ce n'eft pas un prince, un fouverain, un empereur qui me caufe ce trouble : c'eft un fimple courtifan, un fujet ; un fujet ! voilà l'ennemi de mon repos, de ma gloire !... il eft vrai qu'il eft aimable, qu'il a des vertus, qu'il mérite les faveurs que mon frere répand fur lui, qu'il contribue avec moi à éclairer, à fortifier une ame deftinée à faire le bonheur du monde, qu'il eft digne d'un trône.... y eft-il affis ? A qui feroit-il permis d'efpérer d'obtenir ma main ? à mon égal, & il en eft peu fur la terre. Je ne puis accorder à Paulin que ma

B 4

protection , mon eftime , & non une tendreffe...
qui me déshonoreroit. Moi aimer ! & me convien-
droit-il d'inftruire mon frere dans l'art de régner ?
ne me fuis - je pas dévouée entierement à fes intérêts , au bien de toute une nation ? Qu'attendroit
l'univers d'une femme efclave d'une paffion infenfée ? La gloire de prêter mon appui à Théodofe , ne
doit-elle pas me dédommager de tous les facrifices?..
Je triompherai de ce penchant qui me fait rougir.
Ah ! Paulin , ne puis-je vous éloigner de ma vue ?
Mais vous n'êtes point complice de mon erreur ;
c'eft moi qui me punirai , en domptant un fentiment...
qu'il m'eft défendu d'entretenir ; oui , je le bannirai
de mon ame , ce fentiment qui m'avilit , qui me
rend coupable à mes propres regards ! j'aurai fans
ceffe devant les yeux que je fuis la fille du grand
Théodofe ; ce nom m'apprend mes obligations , ce
que je dois faire ,... ce que je ferai. J'ai pris mon
parti. Occupons-nous donc de mon frere , de l'empire , & laiffons l'amour à ces ames vulgaires qui ne
font point commandées par de hautes deftinées.
Des mortels comme nous , élevés au premier rang ,
n'exiftent point pour eux : c'eft pour un peuple immenfe que nous devons vivre. Pulchérie eft la fille ,

la femme de l'état : lui feul m'aura toute entiere.

C'eft peu pour la princeffe d'avoir eu la force de s'arrêter à ces réflexions : dès ce moment, elle s'arme d'un courage furnaturel contre elle-même. Appliquée, en quelque forte, à veiller continuellement fur les moindres impreffions qu'elle reffentoit, elle ne fe permet rien qui puiffe flatter un penchant qu'elle eft décidée à combattre ; elle eft déjà trop éclairée pour fe cacher que c'eft dans les commencements d'une paffion , qu'il eft poffible de l'attaquer & de la vaincre , qu'un cœur qui cherche à triompher , doit être fon ennemi le plus impitoyable , attaché fans relâche à fe tourmenter , à fe ployer au joug qu'il s'eft impofé ; ce font-là les efforts fuprêmes de la religion & de la vertu, & l'une & l'autre , comme nous l'avons obfervé , enflammoient Pulchérie.

Il s'en falloit que Paulin eût la même fermeté : il s'abandonnoit à ces mouvements qu'une faibleffe trop complaifante excitoit tous les jours davantage.

Varane venoit de monter fur le trône de Perfe ;

Varane. Son pere Ifdegèrd , gagné par l'adroite politique d'Anthémius , au lieu de troubler les premieres années du régne de Théodofe II, fe déclara pour ainfi dire fon protecteur ; il

fon pere Ifdegerd avoit entretenu une paix conftante avec l'empire. Le fils, à fon avenement à la
couronne, s'empreffa d'envoyer des ambaffadeurs
à Théodofe. Le bruit fut bientôt répandu qu'ils
étoient chargés, au nom de leur fouverain, de demander Pulchérie en mariage. Cette nouvelle eft un
coup de foudre pour un homme livré tout entier
au délire de fa paffion; Théodofe s'apperçoit du
trouble qui égaroit Paulin : il l'interroge, non avec
le ton abfolu d'un defpote qui commande, mais avec
la tendreffe inquiete d'un ami prompt à s'allarmer :
le favori ne donne que des réponfes vagues & peu
fatisfaifantes; il lui échappe même des larmes. Ma
fœur (dit l'empereur à Pulchérie, qui entroit dans
fon appartement), Paulin s'obftine à me taire le fu-

---

avoit même conclu avec ce fouverain une paix pour cent ans,
& tant qu'il vécut, il fut fidele à fon traité. De cette intelli-
gence entre les deux princes, eft née une fable groffiere adoptée par Procope, qui a répété qu'Arcadius, en mourant,
avoit laiffé la tutelle de Théodofe, au roi de Perfe. Ifdegerd
mourut en 420, après un regne de vingt-un ans. Varane fon
fils, cinquieme du nom, lui fuccéda, & il fit bientôt voir que
les enfants fe conduifent par d'autres principes que leurs peres;
il fut l'ennemi le plus féroce qu'ait eu le chriftianifme.

jet d'une agitation qu'il ne peut diffimuler : vous
favez à quel point il m'intéreffe ! je vous laiffe avec
lui ; peut-être réuffirez-vous mieux que moi à pénétrer fon fecret. Et auffitôt Théodofe fe retire.

Pulchérie avoit cédé à la pitié , en preffant Paulin
de s'expliquer ; fon agitation a paru s'augmenter encore depuis que fon fouverain eft forti. Le favori , en
jettant fur elle un de ces regards qui ne fe font que
trop entendre : — Qu'exigez - vous , madame ? la
caufe de ce fupplice qui me déchire , de cette mort
qui va bientôt terminer ma vie odieufe..... vous
ne la dévineriez pas ? cette cour.... va vous perdre ... on ne vous verra plus ! &... Varane...
madame , vous allez avoir un époux !

Cet infortuné n'acheve qu'avec peine ces derniers
mots, & fuit la princeffe : cette fuite en dit affez ; Pulchérie a tout appris ; elle a tout découvert ; elle voit ,
elle ne fauroit fe déguifer qu'elle eft aimée , qu'elle-
même, en ce moment, partage plus que jamais ce malheureux amour. Ce n'eft donc pas moi feule qui aime,
s'écrie-t-elle ? je fuis aimée ! je fuis aimée ! & je ne
puis céder... Je croyois, en cet inftant, n'écouter que
la compaffion : malheureufe ! c'étoit la tendreffe qui
m'infpiroit ! elle s'eft réveillée avec toute fa force :

Paulin .... il en mourra ! ah ! je l'éprouve trop par moi-même : il n'y a que la mort, oui, il n'y a que la mort qui puisse mettre fin à ces combats, à une situation si violente !.. ces tourments, ces affauts me fubjugueront ; ma folle paffion l'emportera : Paulin .... tu feras vainqueur. Te laifferois-je expirer ?... Qu'ai-je dit ? l'amour obtiendroit la victoire ! qu'eft-ce donc que la vertu, que la fierté de mon rang, que mon devoir ? J'aurois triomphé jufqu'ici pour attacher plus d'éclat à ma défaite, à ma honte ? La fœur de Théodofe, Pulchérie, qui tient, en quelque forte, le fceptre de l'Orient, feroit l'amante de Paulin ! eh ! que deviendroit le fruit d'une réfiftance opiniâtre, d'un effort continuel? que deviendroit le bonheur de mon frere, celui d'un empire entier ?

La princeffe écrit un billet à Paulin ; elle lui indique une heure où il fe rendra au palais, dans fon appartement. Le favori, à cette invitation imprévue, ne fait que penfer ; une foule d'idées bien oppofées les unes aux autres, bouleverfe fes efprits : il craint d'avoir trop parlé ; il accufe l'excès de cette ardeur qu'il ne lui eft plus poffible de maitrifer ; il redoute comme fujet, comme amant, d'avoir déplu à la fœur

de fon fouverain. Il y a cependant des inftants rapides où l'efpérance vient le féduire , car l'efpoir
n'abandonna jamais l'amour : c'eft peut-être le premier charme de cette paffion , & qui dédommage de
toutes les peines cruelles dont elle eft accompagnée.

Le favori enfin tourne fes pas vers l'endroit où il
étoit attendu.

Une cour nombreufe entouroit Pulchérie : Paulin
eft annoncé : la princeffe ordonne qu'on fe retire.
Approchez (dit-elle au courtifan) , j'ai défiré d'a-
voir avec vous un entretien qui nous importe à tous
deux. Affeyez-vous , & écoutez-moi.

Paulin , je ne crois pas m'être abufée : vos regards fe font élevés jufqu'à moi , & vous vous êtes
laiffé furprendre par des fentiments. . . . Elle ne peut
continuer. Paulin fe précipitant à fes pieds : — Oui,
madame , j'ofe le déclarer à vos genoux : je fuis le
plus criminel des hommes ; vos attraits , vos vertus,
cette ame faite pour impofer des loix à l'univers ,
c'eft ce qui m'a frappé uniquement en vous, & j'ai
oublié , je me fuis caché que vous étiez la fœur ,
la fille des empereurs , l'égale de mon maître : je
n'ai vu que la plus adorable des femmes, votre beauté,
ces qualités étonnantes qui , fans le fecours de la

naiſſance ; vous mettroient au-deſſus de toutes les
puiſſances de la terre.... J'ai été aſſez téméraire ,
aſſez audacieux pour concevoir , pour nourrir l'a-
mour le plus violent..... Madame , ce mot ne
m'échappera plus , il ne m'échappera plus : c'eſt
pour la derniere fois que je le prononce. Ma mort va
expier mon crime.... —— Paulin , relevez-vous ,
& prêtez-moi attention. Vous n'êtes pas le ſeul coupable : Paulin... j'ai auſſi un cœur, & depuis long-
temps votre image... ſauvez - moi de l'affront de
vous montrer Pulchérie indigne de ſon rang , indigne du ſang de Théodoſe , dans les combats , dans
les larmes.... Paulin , le ciel a mis entre nous deux
une diſtance.... nous ne ſommes point faits l'un
pour l'autre : c'eſt un des jeux cruels de notre deſtinée ! Pulchérie ne ſauroit être l'épouſe de Paulin !
'Arrêtons-nous à cet arrêt irrévocable. C'eſt aſſez ,
c'en eſt trop peut-être que vous appreniez que, ſans
cet obſtacle, vos ſentiments ne m'euſſent pas été in-
différents. (Paulin , à cette derniere parole , eſt prêt
à ſe rejetter aux pieds de Pulchérie.) Arrêtez : ce
témoignage d'un penchant que l'un & l'autre nous
ne devons point écouter , me déplairoit ... gardez-
vous d'offenſer Pulchérie. Je vous donnerai cepen-

dant une preuve éclatante qui pourra fervir à notre
confolation mutuelle : vous craignez que je forme un
engagement dont vous êtes jaloux ? recevez mon
ferment : jamais l'hymen ne m'enchaînera ; & dans
peu... vous n'en douterez point. Allez ; (le courtifan demandoit la liberté de parler), retirez-vous ;
je ne veux point , je ne dois point vous entendre.
fongez, Paulin , que c'eft Pulchérie qui commande.

La princeffe eft feule : c'eft alors qu'un torrent de
pleurs lui échappe , & qu'elle fe dédommage de la
contrainte qui a captivé fes tranfports: — Ai-je été
affez barbare ? ai-je affez facrifié à mon rang , à mon
devoir ? Vertu, grandeur , tyrannie de ma deftinée,
qu'exigez-vous encore ? Paulin m'aime ; & moi...
c'eft peu de l'aimer : il affervit, il remplit mon ame
entiere ; & il faut renoncer ! ... étouffer , anéantir
ce fentiment .... ce fentiment le plus doux , le plus
cher qui m'auroit foulagée d'un fardeau d'ennuis &
de peines , qui m'auroit confolée du trifte avantage
de préfider au fort d'un empire ! .... Que vous êtes
heureux , ô vous, qui vivez dans ces conditions où
il eft permis d'avoir un cœur, de céder à fes mouvements ! hélas ! me porteriez - vous envie ! ah !
vous pouvez aimer ! vous pouvez aimer ! & moi ,

qui, après mon frere, contemple l'Orient à mes pieds, je languis, je gémis fous un joug d'airain, l'efclave la plus malheureufe !... Paulin ! Paulin ! que vous me coûterez de larmes ! Pleurons donc, exhalons ma douleur, mes tourments, puifque je n'ai pas de té‑moins de ma faibleffe. Pulchérie, ici la princeffe peut être amante ; des yeux indifcrets & prévenus n'épieront point les fecrets d'une ame trop déchirée !.. L'ai-je affez accablé de cette grandeur, qui eft fi peu d'accord avec l'amour ? Cependant il con‑naît ... il fait qu il eft le maître de mon cœur, que je lui immole les plus grands hymenées, que ma foi ... je ferai libre dans mes vœux ; je ne dépen‑drai que de moi feule. Puifque je ne puis donner ma main à Paulin, perfonne, non perfonne fur la terre ne l'obtiendra. J'ai conçu un projet : s'il eft au‑deffus des forces humaines..... il eft digne de Pulchérie.

Cette femme fi admirable, fi jaloufe de triompher d'elle-même, la proie des divers mouvements qui l'agitoient, prend fa réfolution, court à l'apparte‑ment des princeffes fes fœurs qu'étonne fon trouble,

---

Des princeffes fes fœurs. Arcadie & Marine, qui n'eurent
ainfi

ainfi que fa vifite inattendue : — Princeffes, fuivez-
moi : marchons vers l'églife des Apôtres ; c'eft-là , au
pied des autels, qu'en préfence du Maître des fouverains, que devant Dieu , je veux vous révéler un
projet... dont toutes trois nous hâterons l'exécution :
la nobleffe de vos fentiments m'en eft un sûr garant.
Venez avec moi. (Arcadie , & Marine demandent
des éclairciffements) Je vous le dis, vous faurez
tout, mais c'eft dans le temple feul qu'il m'eft permis de fatisfaire votre curiofité. Allons.

Les trois reines ont pris le chemin de l'églife.
Arcadie , & Marine apperçoivent un autel enrichi

---

jamais que le titre de *nobiliffimes*, tandis que Pulchérie, à l'âge
de quatorze ans, avoit été décorée de celui d'Augufte : tout
ce qui a tranfmis à la poftérité la mémoire de ces deux princeffes, ce font des palais qu'elles firent bâtir à Conftantinople,
& qui ont confervé leurs noms, pendant plufieurs fiecles.

Les trois reines. Il paraît par les conciles, qu'on leur donnoit à toutes les trois le nom de reines.

Apperçoivent un autel. » Se voulant entierement confacrer
» au fervice de Dieu, & de l'état (dit l'hiftorien du Bas-Empire)
» elle fit vœu de virginité, & porta fes fœurs à fuivre fon
» exemple, de crainte que leur mariage ne fût une fource de
» divifions & de jaloufies. Pour rendre fa réfolution irrévo-

Tome III.   C

d'ornements fuperbes, & étincelant de pierreries : elles font frappées de ce fpectacle ; une infcription apprenoit que c'étoit une offrande folemnelle de Pulchérie ; des prêtres entouroient cet autel. Prin-ceffes (dit Pulchérie à haute voix), vous voyez un monument de l'engagement augufte que je vais former. Miniftres du Dieu qui nous entend , recevez mes ferments : c'eft à lui, c'eft à cet époux fuprême que je m'enchaîne , & pour jamais. J'en prononce le vœu éternel , irrévocable... Mes fœurs , imitez-moi , ne vivons plus que pour la religion , pour contribuer à la profpérité du regne de notre frere.

Accablées de ce grand exemple, Arcadie, & Marine fe profternent , & fe couvrent du voile facré. A peine fe font - elles liées par ces nœuds indiffolubles ,

---

» cable , elle la rendit publique , par un préfent qu'elle fit à
» l'églife de Conftantinople : c'étoit une table d'autel d'un ou-
» vrage admirable , enrichi d'or & de pierreries : l'infcription
» qu'elle fit graver fur le bord antérieur , marquoit que la
» princeffe l'avoit offèrt comme un gage de fa virginité , &
» pour la profpérité du regne de fon frere ». De femblables facrifices n'appartiennent qu'à une ame fublime : auffi l'hiftoire ne peut-elle leur donner trop d'éloges. L'immortelle mémoire devroit être la récompenfe de la vertu : c'eft le crime qu'il faudroit condamner à un éternel oubli.

leur fœur reprend: A-préfent nous avons reçu du ciel une ame nouvelle & détachée des illufions de la terre ; que l'amour des vertus , l'ardeur d'un faint zele , une tendreffe pure pour l'empereur & fon peuple nous réuniffent !

De ce moment , Pulchérie femble s'être élevée jufqu'à la nature divine ; une forte d'éclat célefte s'eft répandu dans tous fes traits.

De retour au palais, la princeffe ordonne qu'on faʃe venir Paulin; il arrive; il refte interdit à l'afpeʧ du voile lugubre...— Que vois-je, madame? ce voile... —Vous dit que j'ai acquitté ma promeffe, que j'ai fait choix d'un époux auquel vous devez céder ; un tel rival ne peut vous infpirer que du refpeʧ , & non de la jaloufie. Paulin , le facrifice eft confommé. Il vous apprend fans doute quelle loi je me fuis impofée. Paulin.... c'en eft fait. Ne fongeons plus qu'à Théodofe. Difputons-nous tous deux le noble foin de le rendre digne du trône; cherchons-lui une époufe qui mérite de porter le nom

---

Cherchons-lui une époufe. » Pulchérie en-effet cherchoit une » époufe à fon frere dans les plus illuftres maifons de l'empire; » elle partagea même ce foin avec Paulin , attaché à Théodofe » depuis l'enfance , & ils éprouvoient tous deux combien il eft

C 2

d'impératrice ; que ce foit aujourd'hui notre unique objet ! il n'en eft plus d'autre pour Pulchérie.

Le courtifan demeure confondu , anéanti ; il eft frappé de la grandeur d'ame que vient de faire éclater la princeffe ; fon amour, forcé de s'immoler, fe change, pour ainfi dire , en un culte religieux : il éprouve pour une mortelle ce fentiment d'adoration dont on ne doit être pénétré que pour la divinité ; il s'efforce enfin d'atteindre à la vertu fuprême de Pulchérie , » qui partageoit fon temps entre les devoirs de la » religion , les œuvres de la charité chrétienne , & » le foin des affaires de l'empire ».

Théodofe , fous l'adminiftration de fa fœur , s'éle-

» difficile de rencontrer enfemble toutes les graces & toutes
» les vertus » !

Théodofe , fous l'adminiftration de fa fœur &c. Il fera aifé de juger qu'on ne s'eft point amufé à donner ici un tableau d'imagination ; voici ce que nous dit le Beau : » Pulchérie commença » par écarter d'auprès de Théodofe , l'eunuque Anthiochus, qui » ayant été jufqu'alors fon précepteur , s'occupoit plus des » intrigues de cour, & de fes propres intérêts, que de l'inftruc-» tion du jeune prince. Enfuite , n'ofant confier à perfonne un » emploi fi important , elle s'en chargea elle-même. Elle jetta

voit dans ces principes qui font la bafe d'une éducation que l'abus même des paffions & de l'autorité
ne fauroit détruire ; Pulchérie , par fes exemples ,

» d'abord dans le cœur de fon frere les fondements d'une piété
» folide , en le faifant inftruire de la doctrine la plus pure.
» Comme les pratiques de religion ne font pas incompatibles
» avec les vices du cœur , elle s'étudioit principalement à ré-
» gler fes mœurs , à lui infpirer l'amour de la juftice , la clé-
» mence , l'éloignement des plaifirs. Pour la culture de fon ef-
» prit , elle fe fit feconder par des maîtres vertueux qu'elle
» favoit choifir , les plus inftruits en chaque genre , & ce qui
» n'eft gueres moins utile que d'habiles maîtres , elle lui pro-
» cura des compagnons d'étude , capables d'exciter fon émula-
» tion : c'étoient Paulin & Placite qui parvinrent enfuite aux
» premieres dignités. Elle n'oublia pas le foin de fon extérieur ;
» en même-temps qu'elle lui faifoit faire tous les exercices
» convenables à fon âge , elle formoit elle-même fes difcours ,
» fa démarche , fa contenance ; elle lui enfeignoit l'art d'ajou-
» ter du prix aux bienfaits , & d'oter aux refus ce qu'ils ont
» d'amer & de rebutant &c. ». Tandis qu'Antiochus nous eft
peint dans l'hiftoire du Bas-Empire , comme un intrigant qui
n'étoit occupé que de fes intérêts , Defmolets nous dit que
c'étoit un homme d'une probité éprouvée. C'eft ainfi qu'on bar-
bouille l'hiftoire fans nulle difcuffion , en fe faifant un mérite
d'être le très-fidele écho de ceux qui l'ont barbouillée avant
nous.

C 3

comme par fes entretiens, lui infpiroit l'amour de la juftice, la clémence, qui eft la premiere vertu des monarques, & fur-tout l'éloignement des plaifirs; les moins condamnables, s'ils n'apportent pas la corruption, entraînent prefque toujours la moleffe, & la moleffe touche de bien près au vice. Les maîtres les plus habiles préfidoient aux études du prince. Paulin excitoit en lui l'émulation, aiguillon fi néceffaire à l'activité de l'efprit. Pulchérie n'avoit point dédaigné d'embellir fon ouvrage: elle s'étoit appliquée à former l'extérieur de fon frere, perfuadée que rien n'eft indifférent dans un fouverain, qu'il doit être attentif fur la façon même de fe préfenter en public, fur fa démarche, fur fa contenance; qu'en un mot une belle ame doit s'annoncer fous de belles formes. Théodofe montroit une adreffe finguliere à manier un cheval, à tirer de l'arc, à lancer le javelot: mais ce que fa fœur ne ceffoit de lui enfeigner, c'étoit la fcience des rois, l'art de répandre & de placer fes bienfaits. L'empereur favoit refufer comme il favoit obliger: il dépouilloit le refus de tout ce qu'il a de dur & de mortifiant; fa piété éclairée égaloit fa douceur & fa bonté. Inacceffible aux tranfports aveugles de a colere, qui dégradent prefque toujours l'homme.

& fur-tout un prince , il regardoit la néceſſité de punir comme une des fonctions les plus défagréables & en même-temps les plus importantes de la puiſſance ſu-préme. » Il n'eſt pas difficile (difoit-il) d'ôter la vie » à un homme : mais dès qu'il l'a perdue , il eſt trop » tard de s'en repentir ». Jamais Théodofe ne ſouf-frit qu'on infligeât la peine de mort pour une offenfe qui lui fût perfonnelle ; il condamna toujours ces perſécutions qu'un zele mal dirigé ſuſcite contre les hé-rétiques , convaincu que les ſeules armes dont ſe ſert la religion doivent être la charité & une ſenſibilité inépuifable. Ce prince témoigna , durant toute ſa vie , une averſion décidée pour ces fêtes d'in-humanité , qui firent ſi long - temps les délices

---

Ces fêtes d'inhumanité. Comment ſe figurer un peuple qui traitoit de *barbares* les autres nations , qui prétendoit donner des leçons dans tous les genres à l'univers entier , qui ſe faifoit appeller *le peuple roi* , comment ſe le figu-rer courant avec tranfport , raffafiant ſon avidité monſtrueuſe à un ſpectacle où les ruiſſeaux de ſang , les membres palpitants , les entrailles fumantes , où le tableau de la mort dans toutes ſes horreurs frappoit les yeux de toutes parts ? C'eſt cependant dans les plus beaux jours de Rome , à l'époque la plus brillante de ſa civilifation & de ſes lumieres , que ſes citoyens ſe repaiſſoient

C 4

d'une nation, que quelques écrivains veulent nous
offrir pour modele. Un jour qu'on repréfentoit une
chaffe dans le cirque, le peuple demanda à grands
cris qu'on allât chercher un athlete connu par fa
force, pour combattre une bête féroce des plus re-
doutables : l'empereur fe leve avec un noble emportement : » Ne favez-vous point (s'écrie-t il) que
» ce n'eft pas un jeu pour moi de voir couler le
» fang des hommes ? » Les moindres détails font
intéreffants dans une créature qui commmande aux
autres : Théodofe étoit fi humain, que prenant /
plaifir à s'occuper de la lecture, une partie de
la nuit, pour ne pas interrompre le fommeil de fes
domeftiques, il s'éclairoit d'une lampe qui brûloit
continuellement. Il eft fâcheux que la faibleffe, qui

---

de ces horribles objets : les Veftales mêmes avoient un banc
particulier dans l'amphithéatre; elles poffédoient le fingulier privilége, par un feul figne du pouce, d'ordonner ou d'empêcher
la fin de ces miférables victimes de la barbarie publique, qu'on
mettoit aux prifes avec des bêtes féroces, ou qui s'entredéchi-
roient avec leurs femblables. Étrange & révoltante inconfé-
quence de l'efprit humain, qui prouve bien que cette raifon
fi vantée n'eft qu'un peu d'or où il entre beaucoup d'alliage !
La religion chrétienne fit difparaître ces arènes fanglantes ; &
ce n'eft pas affurément un de fes moindres bienfaits.

eft prefque toujours criminelle dans un fouverain, vint dans la fuite altérer tant d'heureufes qualités.

Tel étoit le prince pour lequel fa fœur s'attachoit à faire choix d'une époufe qui fût digne de partager le trône. L'empereur touchoit à fa vingtieme année; il preffoit Pulchérie de nommer une impératrice : — Je n'envifagerai point la fplendeur de la naiffance: la beauté réunie à la vertu, voilà ce qui me déterminera. A l'égard de l'extraction, c'eft à l'empereur d'ennoblir ce qui l'approche.

La princeffe avoit eu l'attention de raffembler autour d'elle une troupe de filles qualifiées des plus belles & des plus vertueufes, ce qu'on appelloit autrefois à notre cour, *filles d'honneur;* renfermées dans l'intérieur du palais, elles n'étoient point expofées aux regards du public; on leur donnoit une éducation extrêmement cultivée; leurs mœurs fur tout

---

Une troupe de filles qualifiées &c. Defmolets nous dit expreffément qu'elles » ne formoient fa cour que dans l'intérieur du pa-
» lais & ne paraiffoient point en public; elle les faifoit élever,
» leur donnoit des maîtres; leurs mœurs étoient furveillées, &
» elle ne leur faifoit pas part de fon projet; Théodofe lui-
» même n'avoit la liberté de les voir qu'en paffant & par hafard.
» Paulin parcouroit de fon côté les provinces pour le même
» objet ».

étoient furveillées. Il eft aifé de concevoir le projet de Pulchérie ; & ces jeunes perfonnes n'en avoient même aucun foupçon ; ce n'étoit qu'un hafard adroitement concerté, qui, procuroit à l'empereur la liberté de les voir ; mais jufqu'alors fa fœur avoit été trompée dans fon attente. Nulle de ces beautés n'avoit eu le bonheur de fixer les regards de fon frere ; il promenoit par-tout une indifférence fombre , qui faifoit craindre qu'elle ne dégénérât en langueur. Paulin , toujours dévoué à la princeffe , n'avoit pas héfité à la fervir dans fes vues : il parcouroit , depuis quelque temps , les diverfes provinces de l'empire , & il étoit prêt à revenir fans avoir rempli le but de fes voyages: il ne pouvoit enfin trouver cet objet qui devoit recevoir la main & la couronne de Théodofe.

Le foin de marier l'empereur , n'empêchoit point que Pulchérie ne continuât de porter fes regards vigilants fur toutes les parties de l'adminiftration. Varane , éloigné des principes de fon pere Ifdegerd ,

---

Varane éloigné &c. Les chrétiens qui fe trouvoient dans les états de ce prince barbare étoient expofés à la perfécution : ils prirent donc le parti de fuir , & d'aller fe refugier fur les terres de l'empire. Varane envoya redemander , avec hauteur , fes fujets : l'empereur fit voir une noble fermeté, il répondit : » qu'il

chercha bientôt à rompre avec l'empire ; il avoit rappellé fes ambaſſadeurs,& exerçoit des cruautés inouies
ſur les chrétiens : c'étoit ſe déclarer aſſez ouvertement
l'ennemi d'une puiſſance qui étoit un des premiers
appuis du chriſtianiſme ; l'étendard de la guerre ſe
leve. La princeſſe , qui ne connaiſſoit point cet eſprit de jalouſie , qu'on peut appeller la petiteſſe des
gens en place , ne rougit pas de recourir aux lumieres
& aux avis d'Anthémius. Cet ancien miniſtre s'étoit

» ne les rendroit point , & qu'il faudroit plutôt que le roi de
» Perſe vînt les arracher de ſes bras « , ce qui produiſit une
guerre ſanglante. Varane fut vaincu , & obligé d'implorer la
paix.

Aux avis d'Anthémius &c. Cet homme reſpectable , qu'il ne
faut pas confondre avec les Rufin, les Olympe, les Eutrope &c.
préſida aux premieres années du regne de Théodoſe II ; ſa ſageſſe ſut défendre une minorité de ces troubles & de ces atta-
ques , qui rarement en ſont inſéparables. Il avoit été préfet du
prétoire d'Orient : il ſut contenir les ſujets & les ennemis ; mais,
obſerve judicieuſement un hiſtorien : » il ne put arrêter les ca-
» bales de la cour , ni réprimer l'inſolence des eunuques , qui
» abuſoient de l'enfance du prince , pour ſurprendre quelque-
» fois des ordres conformes à leurs paſſions ». Ce fut à Anthémius que l'empire ſut redevable d'une paix bien cimentée avec

volontairement dépouillé de fon pouvoir : il avoit
recherché l'obfcurité avec la même avidité que d'au-

Ifdegerd , roi de Perfe. Cet habile miniftre , qui ne connaiffoit
ni la vanité ni l'intérèt , & dont l'unique ambition étoit de faire
le bien de l'empire , avoit eu la prudence de fe former un confeil de perfonnes auxquelles il fuppofoit de l'expérience , & les
lumieres qui en font ordinairement le réfultat ; fans être guerrier,
il favoit de fon cabinet mettre en mouvement tous les refforts
militaires : auffi eut-il des fuccès dans cette partie importante de
l'adminiftration : il s'appliqua, avec ménagement , à réformer les
abus, à détruire ce luxe deftructeur, la maladie de confomption des
empires les mieux conftitués. Il avoit encore eu l'adreffe de remé-
dier à ces affreufes difettes, un des fléaux auxquels l'Orient fe trouve
fouvent expofé : pour cet effet , un fonds de 500 livres pefant
d'or , établi à perpétuité , fervoit à maintenir la vente du bled à
un taux raifonnable. On ne fait trop pour quelle raifon ce grand
homme s'étoit retiré de la cour : il n'eft pas douteux qu'il n'ait effuyé des dégouts, partage ordinaire de quiconque veut faire le bien
dans ce féjour , le théâtre des paffions humaines , & où elles fe
montrent dans leurs plus hideufes convulfions. Quoi qu'il en foit,
ce fut Pulchérie qui le remplaça dans le miniftere. Anthémius,
depuis fa retraite , vécut fi obfcurement , que l'hiftoire ne fait
plus aucune mention de lui, après le mois d'Avril de l'an 414.
Contentons-nous de dire en l'honneur de fa mémoire , qu'il a
reçu même des louanges de la part de Sr. Chryfoftome , qui affurément ne peut être foupçonné de flatterie.

tres recherchent l'éclat ; il vivoit en fage, près de Conftantinople, dans une campagne, dont la fimplicité fym-
patifoit avec celle de fon ame. Il difoit fouvent à fes
amis : je n'ai commencé à exifter, que du moment où
j'ai pris congé de la cour ; ici mon cœur fe dilate, & il
étoit refierré par tout ce qui m'environnoit. Comment fe plaire dans un féjour où l'on fe fait un fyftême
d'une impofture continuelle, où rien n'eft fi odieux,
& fi préjudiciable que la vérité, où l'on ne peut ac-
quérir des amis, où l'ingratitude eft à fon comble ?
J'ai trouvé la nature dans cette retraite, & il n'y a
que la nature & tout ce qui lui appartient, qui puiffe
rendre l'homme heureux, lui procurer du-moins
cette ombre de bonheur qu'il nous eft permis de défirer & d'atteindre. Faffe le ciel que je vieilliffe en
paix fous ces ombrages, & que ce petit champ, qui
eft mon empire, & qui remplit mes vœux, reçoive
mes derniers foupirs & ma cendre !

Le meffage de Pulchérie eft parvenu à Anthémius :
auffitôt il s'écrie : j'obéis avec empreffement ; il faut
favoir s'immoler à l'état : ce doit être le premier fentiment & l'obligation de tout citoyen. Il vole donc
aux ordres de la princeffe, & s'offre à fa vue : ——
Vous avez commandé, madame ; vos volontés me

feront toujours facrées : Anthémius pourroit-il vous
être de quelque utilité, à vous & à l'empire? Anthémius, répond la fœur de Théodofe, je ne crois point
m'abaiffer en réclamant votre expérience & vos confeils, & je mettrai même ma gloire à les fuivre.
Il s'agit de l'intérêt public : que cet objet donc
nous réuniffe ! décidez , & mes avis céderont
fans peine aux vôtres.

C'eft ainfi que Pulchérie méritoit de tenir les
rênes de l'empire ; elle ne connaiffoit d'autre orgueil que celui de contribuer à la gloire & au bonheur du fouverain , & de fes fujets. Anthémius eft
donc confulté avec pleine confiance , & l'on fe conforme exactement à fes décifions, fur la guerre qu'on
fe voit obligé de déclarer aux Perfes : c'eft lui-même
qui nomme les généraux. Les ennemis perdent une
» bataille confidérable : » On en reçut , trois jours
» après, la nouvelle à Conftantinople, quoiqu'il y eût
» une diftance de près de quatre cent lieues ». Cet
échec ne rebuta point le courage de Varane : il tenta
de nouveaux efforts ; la défaite totale de fa troupe des
immortels, le força enfin de mandier une paix qu'on lui

Des immortels. On fe reffouviendra , d'après la lecture de
Quinte-Curce , que c'étoit un corps de dix mille cavaliers tirés

avoit offerte, & l'on peut dire que l'état fut redevable de ce fuccès éclatant au fage miniftre qui avoit donné des confeils éclairés , & à Pulchérie , qui s'étoit montrée affez grande pour les rechercher & y déférer.

Quel eft l'étonnement de la princeffe , lorfqu'Anthémius vient lui demander la permiffion d'aller s'enfevelir dans fon obfcur afyle ! —— Je crois , madame , avoir rempli vos ordres ; fouffrez préfentement qu'inutile à mon maître & à fa digne fœur , je me rende à ma chere folitude : n'aurois-je point mérité cette grace ? Pulchérie combat fon deffein, effaie de l'éblouir par des propofitions brillantes. —— Madame , j'entre dans l'âge où l'on apprécie le fonge de la vie; me refuferiez-vous de difpofer du refte de quelques jours que m'accorde la bonté divine ? Puiffiez-vous, madame, ne pas connaître les dégouts attachés à ces poftes éminents que l'infenfé vulgaire a fi peu de raifon d'envier ! A ces paroles , il échappe un profond foupir à Pulchérie; en un mot ,

---

des maifons les plus riches & les plus diftinguées de l'empire Perfan : ils fubfiftoient depuis les premiers fucceffeurs de Cyrus. On leur avoit donné le nom *d'immortels* , parce que leur nombre étoit fixe , & que celui qui venoit à manquer, étoit auffitôt remplacé.

le miniftre implore fa retraite plus vivement que la plupart de fes pareils n'euffent follicité leur retour. Il fort de Conftantinople, chargé des bénédictions du peuple, & il eut le bonheur, dans la fuite, de mener une vie fi cachée, que l'hiftoire ne dit rien de fa fin, & femble l'avoir ignorée.

Ah! (s'écrie la princeffe, après le départ d'Anthémius) qu'il eft heureux! & combien la vérité l'éclaire! ne puis-je, à fon exemple, fuir le monde, loin des grandeurs, loin des ingrats, loin des facrifices continuels que je fuis obligée de m'impofer! mais mon frere, mais l'empire exige que je lui donne mon repos, tous mes moments, ma vie; & malgré mon pouvoir, quelles cruelles contrariétés me fatiguent, & me tourmentent! je ne faurois trouver pour l'empereur, ce qui s'offre fouvent au dernier de fes fujets, une époufe qui mérite de lui plaire, & de s'affeoir fur le trône à fes côtés! Paulin a vu toutes fes recherches infructueufes, & Théodofe.... il reffent le befoin d'aimer & d'être aimé; fans doute

---

Il reffent le befoin d'aimer. » Théodofe (dit le pere Defmolets) » preffoit fa fœur de lui choifir une époufe; il la vouloit plus » belle que tout ce qu'il y avoit de filles à Conftantinople, &

c'eft

c'eſt le plus cruel des maux , c'eſt le plus cruel des maux !... je me rappellerois... mes larmes coulent !... oublierois-je que je ne ſuis plus à moi , que l'épouſe d'un Dieu... ne ſongeons qu'à Théodoſe , & ne vivons que pour lui, que pour l'état ; redoublons nos ſoins pour découvrir cette femme prédeſtinée , qui doit être honorée du nom d'impératrice.

C'eſt ſur ces entrefaites qu'on annonce à Pulchérie une jeune Grecque qui vient réclamer ſa juſtice , & embraſſer ſes genoux : Qu'on l'introduiſe, ſans différer, (dit la princeſſe) dans mon appartement ! mon premier devoir eſt de protéger l'infortune, d'eſſuyer ſes larmes. Eh ! pourquoi le ciel nous auroit-il placés au premier rang, ſi ce n'eſt pour défendre le malheureux ? qu'elle entre !

La ſœur de Théodoſe demeure interdite à l'aſpect d'une beauté qu'on pouvoit , ſans exagération , appeller un prodige de graces. Nous nous ſervirons des expreſſions d'un poëte contemporain : » Qu'on ſe repréſente la candeur virginale , l'inno-

---

» diſoit franchement , qu'il ne balanceroit pas à ſe déterminer
» pour une beauté qu'il trouveroit à ſon gré , quand même elle ne
» ſeroit pas ſoutenue par l'éclat de la naiſſance ».

Tome III.   D

» cence dans toute fa pudeur, la douce rougeur du
» bouton de rofe qui commence à s'ouvrir, fondue
» avec la blancheur éblouiffante du lys, des traits
» fins & délicats, un vifage d'un ovale parfait, ces
» contours heureux, perfections dont la nature fem-
» ble n'avoir favorifé que les feuls climats de la Grece,
» de grands yeux noirs pleins à la fois de feu & de
» cette langueur fi intéreffante, fi touchante, l'attrait
» même de la féduction, un col d'albâtre & arrondi,
» careffé par les ondes de cheveux blonds qui alloient
» en boucles négligées, fe perdre & jouer autour de
» la ceinture ; une taille majeftueufe & déliée, auffi
» fouple que la tige d'un palmier naiffant, un charme
» univerfel répandu dans toute la perfonne : & l'on
» n'aura qu'une faible idée de la jeune fille qui em-
» braffoit les genoux de Pulchérie : quelle nobleffe,
» quelle modeftie dans tout fon maintien ! Une
» femme d'un certain âge l'accompagnoit. Cette
» créature célefte ouvre la bouche, & un fon de
» voix flatteur & harmonieux comme celui d'une
» lyre d'argent, fe fait entendre, & acheve de mettre
» le fceau à l'enchantement » : — Madame, je fuis
aux pieds de l'image de la Divinité même ; je viens
à regret vous demander juftice contre mon propre

fang : mes freres.... Elle n'a pas la force de pourfuivre ; il eft aifé de voir qu'elle craint d'accufer une
famille qui lui eft chere encore , & que fon excellent
naturel l'empêche de faire éclater fes plaintes : cependant elle ne peut retenir fes larmes , qui la ren-
dent encore plus belle & plus fûre d'augmenter l'intérêt qu'elle a produit. La femme âgée qui étoit
à fes côtés, prend la parole : — Princeffe , ma malheureufe niece n'ofe vous déclarei que fes deux freres
font les auteurs de fa peine ; les barbares ! ils l'ont
dépouillée , fans nulle pitié , de fon bien ; ils l'ont
même chaffée de la maifon où elle a reçu la naiffance.... La jeune perfonne interrompt d'un ton
plein de bonté & de douceur : Oh ! je fuis certaine
qu'ils fe repentent de leurs procédés : la nature ne
fauroit.... C'eft en vain que vous cherchez à les excufer , réplique fa compagne : madame prononcera ,
& nous obéirons.

    Pulchérie extrêmement émue , fe hâte de relever

Se hâte de relever &c. Pulchérie étoit pénétrée de ces fentiments, & elle les avoit infpirés à fon frere : » Théodofe ordonna
» de réferver à l'Être fuprême tous ces fignes d'adoration qui ne
» peuvent convenir à des créatures , quelques élevées qu'elles

la charmante Grecque : — On ne fe met à genoux que
devant Dieu feul : vous m'infpirez un fentiment , un
attendriffement ... je fuis impatiente de vous faire
rendre la juftice qui me paraît vous être due : parlez avec l'affurance d'obtenir ma protection. Que de
charmes , difoit à part la princeffe ! aurois-je trouvé
l'impératrice ?

La fœur de Théodofe eft inftruite , fur-tout par la
femme âgée, de tous les détails ; quand elle vient à
favoir qu'Athénaïs (c'eft le nom de la jeune Grecque)
eft payenne , alors il lui échappe : — Quoi ! vous
n'êtes pas chrétienne ! avec tant de beauté , de graces,

» foient. . . Placé entre Dieu & fes fujets , il appercevoit l'ef-
» pace immenfe qui le féparoit de la Divinité , & l'étroit inter-
» valle qui le diftinguoit des autres hommes ». Il fuffiroit de la
philofophie pour inftruire les grands de la frivolité & du peu
de valeur attachées à toutes ces diftinctions , l'ouvrage de la politique : on eroit voir des perfonnages de théâtre : mais il n'eft
point d'acteurs fenfés qui croient à la vérité de leurs rôles ; celui
d'homme vertueux eft le feul qui ait de la réalité.

Qu'Athénaïs &c. On n'a point flatté le portrait. » Athénaïs
» (dit le Beau) étoit d'une beauté éblouiffante , & elle expofa
» le fujet de fes plaintes, avec des graces fi touchantes , que
» la princeffe fut auffi charmée de fon efprit que de fa beauté ».

d'esprit ! Les deux femmes s'apperçoivent qu'un trouble subit s'est emparé de Pulchérie : elle a cependant sçu le surmonter ; elle les congédie l'une & l'autre, en leur promettant de s'occuper avec chaleur de leur affaire, & de les rappeller incessamment au palais.

Elles se sont à peine retirées, que la princesse s'écrie : O ciel ! faut-il que le paganisme défigure ton plus bel ouvrage ? jamais on ne réunit plus d'enchantements ! quels regards ! quelle modestie ! que de graces ingénues ! quelle expression de sensibilité ! oh! une semblable beauté ne peut-être séparée de la vertu! comme une ame pure respire dans tous ses traits ! comme elle trembloit d'accuser ses freres! oui, Athénaïs, il ne te manque que d'être chrétienne, pour être le chef-d'œuvre de la Divinité ; en te formant, elle t'a désignée assurément pour le trône; le christianisme t'embelliroit encore : il épureroit tant d'excellentes qualités que tu parais annoncer ! Grand Dieu ! j'avois fait mon choix, je le regardois comme un de tes bienfaits, & ... elle n'est point chrétienne ! elle n'est point chrétienne ! & qui donc sur la terre est plus fait pour connaître, pour sentir toutes les vérités de notre religion ?

D 3

Théodose cherchant à vaincre l'ennui dévorant qui le confumoit, fe livroit au divertissement de la chasse; il étoit déjà dégouté de la grandeur, foit qu'il en connût les désagréments, & les peines inféparables, ou foit que fa fenfibilité demandât un objet qui l'attachât davantage. Combien de puissances de la terre, combien de fouverains ont éprouvé que toute leur fplendeur fuprême ne vaut pas un plaifir du cœur ! & qui le procure ce plaifir fi néceffaire au bonheur de notre exiftence, fi ce n'eft le fentiment, la jouif-fance du pur amour ? Cette privation pourfuit, ac-cable fouvent les defpotes fur leurs trônes, les ful-tans dans leurs férails; le dernier des hommes, qui goûte la douceur d'aimer & d'être aimé, n'eft-il pas plus heureux que toutes ces brillantes victimes d'un éclat qui ne peut en impofer qu'à l'aveugle vulgaire ?

L'empereur quitte donc fes courtifans, pour aller s'enfoncer dans une folitude dont l'afpect flattoit fa mélancolie: un fite fauvage, des rochers efcarpés, des cyprès ténébreux répandus çà & là : voilà ce qui irrite la curiofité de Théodofe; il s'avance dans cette efpece de défert; il apperçoit de loin une humble chaumiere; il y porte fes pas: c'étoit la demeure d'un

de ces philofophes chrétiens que l'Orient a révérés
fous le nom de folitaires & d'anachoretes ; celui - ci

D'un de ces philofophes chrétiens. L'anecdote eft véritable , &
confignée dans l'hiftoire ; nous n'avons fait ici que la copier.
Les idées de ftoïcifme s'étoient jointes à celles du chriftianifme,
& dans ces têtes échauffées du foleil de l'Afie , l'imagination
s'exaltoit à un point que ces refpectables folitaires ont porté
l'enthoufiafme de la pénitence & de la mortification à des excès inouis : qu'on fe rappelle les Siméon Stylite , les Antoine,
les Pacofme , &c. On voit encore dans l'Inde , de ces martyrs
volontaires qui fe foumettent pendant le cours quelquefois
d'une longue vie à des tourments incroyables : il eft vrai que
leurs motifs ne font pas épurés par une religion femblable à la
nôtre ; il n'y a qu'un orgueil, auffi abfurde que coupable , ou
une ftupidité qui approche de celle de la brute , qui puiffe pro-
duire les fuperftitions extravagantes des Faquirs, des Santons,&c.
D'ailleurs quelle différence de ces pieux anachoretes qu'a fait
naître le chriftianifme ! ceux-ci ont fouvent rendu de grands
fervices à l'humanité ; ils montroient la vérité à cette claffe
d'hommes qui femble deftinée à ne la jamais connaître : ils re-
préfentoient aux fouverains leurs injuftices , & plaidoient , en
quelque forte , devant eux la caufe de cette malheureufe humanité qui a fi peu de défenfeurs : ils ont fait tomber, plus d'une fois,
les armes des mains de ces monftres altérés de fang ; affurément
les philofophes payens n'ont jamais fait de fi belles actions , la
premiere philofophie étant la philofophie pratique , & non

D 4

étoit venu d'Égypte s'établir dans le voifinage de Conftantinople ; il prend l'empereur pour un fimple courtifan : il l'engage à faire avec lui la priere, & enfuite ils s'affeyent.

Théodofe ne ceffoit de confidérer la fimpli-cité de l'habitation, celle de fon hôte ; il veut jouir de fon entretien, & lui demande ce que faifoient les religieux d'Égypte. Ils prient pour les malheureux humains, répond l'anachorete ; ils con-jurent le ciel d'éclairer cette foule d'aveugles qui courent à leur perte, triftes jouets des faux plaifirs, des fauffes grandeurs, de ces paffions effrénées dont ils font toujours punis ! hélas ! ils expirent, ils meu-rent fans avoir jamais vécu ! c'eft au tombeau que leurs fonges s'évanouiffent ; ils font alors parvenus au réveil, mais il n'eft plus temps d'en profiter : s'ils avoient été des hommes, ils auroient été de zélés chrétiens. Notre religion n'eft autre chofe que le culte de la bienfaifance, & fon fublime Auteur nous en a

_____

celle qui fe contente de s'évaporer dans des fonges métaphy-fiques & illufoires. Le folitaire dont il eft ici queftion, quand il eut reconnu l'empereur, craignit tant (dit le Beau), que cette aventure ne lui attirât quelque confidération, qu'il abandonna fa cellule, & s'enfuit en Égypte ; de tels fages ont eu bien peu d'imitateurs !

donné l'exemple : c'eſt par la bonté que ſa divinité ſe manifeſte.

Théodoſe écoutoit avec plaiſir le ſolitaire ; il jette les yeux ſur une corbeille qui étoit dans un coin de la cellule : il déſireroit ſavoir ce qu'elle contient : — Ce qui ſert à entretenir des jours que je remplis ſans remords , ſans chagrin , & que je finirai ſans re- gret. Et auſſi-tôt il découvre aux regards de l'em- pereur un morceau de pain , & un vaſe plein d'eau , & l'invite même à partager un repas ſi frugal. Tout ce que je puis faire , dit le vieillard , eſt d'ajouter quelques dattes. Quand vous ſeriez l'empereur, je ne pourrois vous regaler mieux. Le prince ſourit, ac- cepte l'invitation , & d'un ton plein de ſenſibilité : — C'eſt un des meilleurs repas que j'aie faits : mon pere , ſoyez aſſuré de la reconnaiſſance de Théodoſe. Quoi ! s'écrie le ſolitaire étonné , vous ſeriez... — Oui, mon pere, c'eſt moi qui ai le malheur peut-être d'occuper le trône : j'ai goûté une douce ſatisfaction à vous entendre : daignez implorer le ciel en ma fa- veur : qu'il m'accorde les qualités néceſſaires pour régner ! qu'il me faſſe ſupporter le fardeau de ma place ! » Mon pere , vous êtes bien-heureux de vivre » loin des affaires du ſiecle ! le vrai bonheur n'ha-

» bite pas fous la pourpre ! je vous le redis avec
» vérité : je n'ai jamais trouvé de plus grand plaifir
» qu'à manger votre pain, & à boire votre eau ».

Cette aventure, extraordinaire pour un fouverain,
avoit intéreffé Théodofe : la fuivante le toucha encore davantage.

Ce prince aimoit à fe promener feul dans les
endroits écartés, & fur-tout il fuyoit cet appareil qui auroit pu le faire reconnaître. Il apperçoit fur le penchant d'un côteau, un pâtre entouré de
fa femme & de fes trois enfants : l'homme étoit dans
la vigueur de l'âge ; la joie refpiroit fur fon front
brûlé du foleil ; fa compagne annonçoit la même
gaieté, & elle avoit les agréments de la fimple nature : leur petite famille s'amufoit avec eux, & ils
alloient l'un & l'autre l'embraffer tour-à-tour. Quel
fpectacle pour une ame fenfible ! & celle de Théodofe n'avoit point encore perdu de cette délicateffe
que l'âge & l'abus des fenfations viennent émouffer.
Il les aborde : — Mes amis, vous me paraiffez contents ? Oh ! dit le berger, il n'y a point dans l'empire
d'homme auffi heureux que moi ! vous le voyez : j'ai
une femme que j'aime, des enfants qui me font également
ment chers : ce font-là toutes mes richeffes, il eft vrai :

mais, graces au ciel ! je jouis d'une bonne fanté ; nous travaillons tous, & nos enfants déjà commencent à nous prêter la main ; le morceau de pain que nous mangeons, eft quelquefois trempé de nos fueurs, j'en conviens, mais nous l'avons gagné, & il ne nous coûte aucun re-proche; & puis quel mets vaut l'appétit? Comment, re-prend Théodofe en foupirant, vous ne défireriez rien? — Défirer ! & quand je m'examine . . . fi je formois des vœux ! . . . avec dix pieces d'or, j'aurois tout ce que je puis fouhaiter aujourd'hui, une petite mai-fon, de quoi loger ma femme & mes enfants, & en-viron un arpent de terrein, & je mourrois fans au-cune inquiétude ; je laifferois ma pauvre famille à fon aife, car je les aime plus que moi-même ; eft-ce que vous n'éprouvez pas cela ? — Mon ami, répond Théodofe, je n'ai pas le bonheur d'être époux, ni pere ; je ne fuis point marié ! — Vous êtes donc bien à plaindre? il n'y a d'autre félicité que celle-là ; tenez, l'empereur lui-même . . . oh ! malgré fa grandeur, je le regarde comme très-malheureux : il n'a point en-core de femme. — Tu as raifon ; ne lui porte pas envie. — Vous pleurez ! — Va, l'empereur mérite ta compaffion. — Ma compaffion ! il a toute notre tendreffe. Tous les jours, ma femme & mes enfants,

nous prions Dieu pour lui de tout notre cœur, qu'il
le comble de ſes bénédictions ! Notre maître ! il eſt ſi
bon ! puiſſions - nous avoir bientôt une impératrice
digne de lui ! Théodoſe vouloit cacher ſes larmes qui
redoubloient. — Mon ami ... mon ami... l'empereur eſt flatté d'avoir l'attachement d'honnêtes gens
tels que vous ; en attendant que vous receviez des
témoignages de ſa ſenſibilité , voici cinquante pieces
d'or.... Cinquante pieces d'or , s'écrie le berger !
cinquante pieces d'or ! ma femme ! mes enfants ! jettez-
vous aux pieds.... — Relevez-vous , & aimez-moi.

Théodoſe accourt chez Pulchérie : il y porte le
trouble & l'attendriſſement dont cette ſcene l'avoit pénétré ; il raconte ſa nouvelle aventure, & il ajoute : Eh
bien ! ma ſœur, eſt-il décidé que le ciel me refuſera la
ſatisfaction qu'il accorde à ce berger ? je l'ai vu , j'ai
vu le bonheur d'un époux...... La princeſſe
ne le laiſſe point achever : — Mon frere.... nous
touchons peut-être au moment de voir tous vos
vœux remplis..... — Comment.... expliquez-
vous... — Je ne puis ... dans quelque temps. ...
—De grace... apprenez-moi... Auriez-vous trouvé...
— Permettez , ſeigneur, que je garde le ſilence ; eſ-
pérez, & offrez vos prieres à ce Dieu qui eſt le maître

des cœurs. . . . c'eft tout ce que je puis vous dire. ——
Je vous en conjure , ma fœur... — Je vous l'ai dit ;
ne rejettez point l'efpérance , & implorez le ciel . . . .
lui feul change les ames . . . . votre bonheur aujour-
d'hui dépend du Souverain abfolu.

Pulchérie s'obftine à fe taire, malgré les inftances &
les follicitations preffantes de Théodofe ; elle le quitte
enfin fans avoir fatisfait fa curiofité. La princeffe
agiffoit avec cet efprit de prudence & de fageffe
qui ne l'abandonnoit jamais : la jeune Grecque étoit
plongée dans les ténebres de l'idolatrie , & il falloit
abfolument qu'elle fût chrétienne pour être préfentée
à l'empereur. Ce devoit être l'objet de tous les foins
de Pulchérie ; elle ordonne qu'on aille chercher
Athénaïs , & qu'on la lui amene fans fa parente.

Athénaïs paraît. — Approchez , approchez , fille
charmante. J'ai demandé que vous vinffiez feule au
palais ; j'ai quelque chofe d'important à vous communiquer : oui , Athénaïs , j'ai de grands deffeins fur
vous. . . . que vous ne fauriez prévoir. — Madame ,
ce n'eft que la juftice que j'ai ofé réclamer à vos pieds,
mon peu de fortune. . . . — Vous êtes la maitreffe
de poffeder. . . d'être au comble de l'opulence. . . .
Athénaïs , comment avec cette beauté qui m'a frappée moi-méme, avec cette ame qui s'annonce fous de

fi heureux dehors , éclairée par tant d'efprit , tant de
connaiffances, comment pouvez-vous refter attachée
à des erreurs dont l'impofture eft fi aifée à combattre
& à détruire ?

Pulchérie , qui étoit remplie de la lecture des
livres faints , détaille dans une très-longue converfation , tous les avantages du chriftianifme fur
les autres cultes. Athénaïs , fans fortir des bornes
de cette aimable modeftie qui fe faifoit admirer autant
qu'on l'aimoit , répond à la princeffe , & lui préfente
tout ce qu'on pouvoit alléguer en faveur du paganifme. Peut-être, repart la fœur de Théodofe, mes armes ne font elles pas de la trempe des vôtres; vous êtes
exercée à la difpute ; vous avez des talens : mais je
défends la bonne caufe , & d'ailleurs je vous remet-
trai en des mains qui ne peuvent que vous bien guider.

Auffitôt Pulchérie fait venir un de fes officiers ,
& lui donne tout bas fes ordres ; elle reprend l'entretien : — Je ne vous le cacherai pas , Athénaïs : je
défirerois fort que vous fuffiez chrétienne ; en
abjurant les faux Dieux , vous marchez à une
brillante élévation !.... — L'idée , madame, que
tout l'univers a de vos hautes vertus, me raffure ; penfez-vous que je voudrois mentir à mon cœur , trahir
ma religion , pour la fortune la plus éclatante ?... —

Non, Athénaïs, non, ce n'eſt point à ce prix que j'attends que vous ouvriez les yeux à la vérité ; ces artifices feroient indignes de Pulchérie, indignes du culte que je profeſſe ; je ne prétends point vous ſéduire : j'aſpire à vous convaincre. Si vous perſiſtez dans votre aveuglement, je n'en ſuis pas moins diſpoſée à vous rendre la juſtice que vous avez raiſon d'eſpérer de mon équité ; j'imite en cela notre Dieu : il étoit juſte & bienfaiſant envers tous les hommes ; mais c'eſt votre bonheur, votre bonheur durable que je ſollicite ſi vivement ; ſervez-vous de vos lumieres : elles vous découvriront le grand ſecret de l'immortalité de l'ame, & la vôtre, Athénaïs, mérite de jouir de cette éternité .... un autre que moi, plus ſavant, plus profond dans ces principes ſublimes, ſe chargera de vous inſtruire : vous m'accorderez cette marque de complaiſance?

Un évêque, ſur ces entrefaites, entre dans l'appartement. — Venez, Atticus, dit la princeſſe, voici

---

Atticus, &c. évêque de Conſtantinople. » C'étoit (c'eſt le » pere Deſmolets qui parle) un homme ſage, adoré même des » hérétiques qu'il ne perſécutoit pas ; il combattoit leurs erreurs avec force, & traitoit leurs perſonnes avec douceur ». Le Beau nous peint ce même prélat » comme un homme auſſi.

une pupille intéressante que je confie à vos soins : elle fera honneur à vos instructions ; il seroit à souhaiter que sa parente en profitât ; ce seront vos deux éleves, & je vous les recommande comme si elles m'appartenoient. Je vous l'ai dit, Athénaïs : je serai la premiere à vous presser de ne céder qu'à l'évidence ; point de considérations humaines ; nul égard à mes désirs ; encore une fois comptez sur ma protection, & sur mon équité. Athénaïs payenne peut sans doute se promettre l'une & l'autre : mais Athénaïs chrétienne aura mes sentiments les plus chers.

Paulin arrivoit désespéré de son peu de réussite. Consolez-vous, lui dit Pulchérie avec une agitation

---

» adroit, qu'il paraissoit doux & modeste, & qui profita d'une » circonstance (où l'empereur éprouva quelque chagrin de la » part du clergé) pour l'engager à étendre les droits de son » église ». Le moyen donc de concilier l'histoire avec la vérité ! Voilà deux écrivains diamétralement opposés ! c'est ainsi que nous devons compter sur la fidélité des récits qu'on nous fait. Il y a long-temps que quelques personnes sensées l'ont dit : assurément l'histoire, dans la littérature, seroit la partie la plus digne d'occuper nos idées, & nos études ; mais des romans mal écrits, sans nul intérêt, qui usurpent le beau nom d'histoire, dans quelle classe les ranger ? dans le dernier rang sans doute des inepties littéraires.

qui

qui furprend le courtifan : je crois avoir trouvé ce qui eft échappé à vos recherches.

La princeffe lui raconte toutes les particularités relatives à la jeune Grecque , & en même-temps lui fait part de l'obftacle invincible qui l'arrêtoit. Il faut efpérer , dit Paulin, qu'Atticus parviendra à détruire cet obftacle ; cette nouvelle me charme , madame , & je partage l'intérêt que vous éprouvez. Pulchérie exige qu'il gardera le fecret jufqu'au moment où il pourra éclater.

Atticus , quelques jours après , vient dire à la princeffe qu'il fe flatte de convertir Athénaïs : la juftesse de fes idées lui faifoit connaître par dégrés la faiblesse de l'édifice du paganifme.

D'un autre côté , Théodofe fuccomboit à fa langueur : elle allarmoit tout l'empire ; on commençoit même à craindre pour fes jours ; il s'offre aux regards de fa fœur , enfeveli dans cet accablement mortel : — Banniffez , mon frere , cette triftesse profonde ; je vous l'avois promis : il eft temps de vous révéler que je crois votre bonheur affuré ; jufqu'ici j'avois été obligée de me contraindre : j'entrevois des efpérances .... vous allez connaître , voir une beauté ... je veux que vous &

Paulin, vous jugiez par vous mêmes si elle a une égale...
— Où est - elle, ma sœur ? qui cache à ma vue
cet objet?... Le ciel me donneroit une épouse ?

L'empereur transporté brûloit déjà de voir ce
prodige d'attraits qui devoit fixer son choix. Pulchérie lui répéte ce que Paulin venoit d'entendre;
Théodose étoit dévoré d'impatience. Oui, reprend
la princesse, l'un & l'autre vous jouirez de sa présence, de sa conversation : mais j'exige aussi que vous
soyez invisibles à ses yeux ; vous pourrez, dans cet
appartement, l'entendre & la considérer d'un lieu où
vous serez avec Paulin.

Le prince souscrit à tout ce que lui impose sa sœur;
il se feroit soumis aux plus dures conditions. Quelle
paraisse, s'écrie-t-il ! que je la voie !

Pulchérie a expliqué ses volontés : on va les exécuter. Théodose, & son favori, que l'on a envoyé

Dans cet endroit favorable &c. C'est encore d'après l'histoire
que nous parlons : » Le récit de la princesse excita dans Théo-
» dose une vive impatience de voir Athénaïs : Pulchérie, sous
» prétexte de s'instruire plus en détail de l'objet de sa requête,
» la fit entrer dans son appartement, où le jeune prince, sans
» être apperçu d'elle, eut le temps de la considérer d'un lieu
» où il étoit avec Paulin ; tous deux furent frappés de l'éclat de
» sa personne, tandis que Pulchérie admiroit la justesse, les

chercher, fe font retirés dans cet endroit favorable, d'où ils pouvoient voir, fans être apperçus. Le feu de cent bougies éclairoit l'appartement. Athénaïs, de cette cour fi nombreufe, ne connaiffoit gueres que la princeffe, quelques-unes de fes femmes, & l'évêque Atticus; c'étoit ordinairement le foir qu'on l'appelloit au palais.

Elle arrive, accompagnée d'Emiñe; jamais fa beauté n'avoit été fi éblouiffante, fi intéreffante; l'air de l'infortune dans une femme aimable eft peut-être la premiere des graces. L'empereur demeure immobile, & Paulin partage fon étonnement; mais de quel trait a été frappé le prince! c'eft une divinité, qui, dans tout fon éclat, s'eft expofée à fa vue; à la furprife ont fuccédé le refpect, l'amour, l'adoration. Cette impreffion rapide s'étoit répandue dans tous fes fens comme un feu fubtil & dévorant; Athénaïs parle: l'ame de l'empereur va, en quelque forte, voler fur la bouche de la jeune Athénienne, & s'y attacher: —— Voilà l'impératrice, Paulin! c'eft l'amour même! je ne puis réfifter....

Théodofe oublioit tout ce qu'il avoit promis à fa

» grâces & la modeflie de fes difcours. Théodofe en devint
» paffionnément amoureux ».

E 2

sœur : il alloit se précipiter aux genoux d'Athénaïs : son favori emploie tous les efforts pour le retenir. La jeune Grecque continue de parler ; l'emportement du prince augmente ; il ne lui est plus possible d'enchaî-ner ses transports , d'écouter Paulin : il va se mon-trer. Pulchérie croit avoir entendu quelque bruit, & en soupçonne la cause : elle court à l'endroit où étoit son frere : elle le trouve impatient de se faire connaître ; elle le conjure d'attendre un instant , & retournant vers Athénaïs , elle se hâte de la congé-dier elle, & sa parente, après les avoir assurées, qu'in-cessamment leurs chagrins seroient terminés , & qu'elles recevroient des preuves convaincantes de sa protection.

Elles ne sont pas hors de l'appartement : L'Orient a sa souveraine , s'écrie Théodose accourant vers sa sœur ! oui, voilà celle qui aura ma main, mon cœur, mon ame entiere ! tous mes vœux sont enfin remplis ! que d'appas ! quelle modestie ! quelle pudeur ravissante ! comme ses peines... oh ! ma sœur, ce sont les miennes ! ce sont les miennes ! ce n'est pas son bien qu'il faut lui rendre : c'est mon trône que je brûle de lui offrir ; c'est l'empire de l'univers qu'elle mériteroit de pos-féder. Mais vous ne demandez pas , interrompt

Pulchérie , si ses vertus répondent à ses charmes ?
— Elle est trop belle , pour n'être point ver-
tueuse ; l'honnêteté même respire dans tous ses
traits ; c'est un ange descendu sur la terre ! Il est
vrai , continue la princesse , qu'elle est digne de vos
hommages. Je me suis informée , j'ai fait d'exactes
perquisitions : ses vertus sont peut-être encore au-
dessus de ses attraits ; jamais le moindre souffle cor-
rupteur n'a approché de cette ame pure ; vous serez
le premier objet sur lequel ses yeux se feront arrêtés;
elle vit avec sa parente, dans une obscurité profonde :
— Eh ! ma sœur , avez-vous fixé le jour de mon hymen?... Mais qu'ai-je dit? je parle d'être son époux ! &
qui m'assure que je suis aimé ? Ma sœur , je ne voudrois rien devoir à mon rang : c'est Théodose qui
aspireroit à toucher Athénaïs , & non l'empereur ;
sans son amour , que m'importe le présent de
sa main ? — Pourquoi vous défier des avantages que vous avez reçus de la nature ? pensez-
vous que vous ayez besoin d'un sceptre pour inspi-
rer la tendresse ? votre âge , vos sentiments , votre
ardeur , vous pourroient garantir l'assurance de
plaire : mais , mon frere , il s'élève un obstacle
puissant , dont j'ai tardé jusqu'ici à vous instruire ,

E 3

parce que je ne le regarde point comme infurmon-
table. Un obftacle, s'écrie le prince ! & quel peut-il
être? — Vous le voyez : Athénaïs femble réunir tous
les dons du ciel, efprit, graces, beauté, vertu; mais....
— Achevez, ma fœur .... pourfuivez .... daignez ...
— Mon frere ... Athénaïs a le malheur de n'être
point chrétienne... — Elle n'eft point chrétienne !
Athénaïs livrée aux erreurs du paganifme ! & ... qui
eft plus digne de profeffer une religion, qui eft le
fentiment même, qui nous apprend à aimer ? Athénaïs payenne ! o ciel !

Cette nouvelle foudroie le fouverain; il étoit attaché à fa religion plus qu'aucun de fes fujets : — Qu'ai-
je entendu, ma fœur ! Athénaïs ... il ne me refte plus
qu'à mourir ! je ne faurois vivre fans pofféder Athénaïs, & je ne puis mettre mon diadême fur fon front!
je t'offenferois, grand Dieu !.,. quel plus grand facrifice me demandes-tu ?

Théodofe s'abandonne à la douleur; Pulchérie cherche à le retirer de cette cruelle fituation, en lui difant
qu'Athénaïs reçoit des inftructions d'Atticus ; elle
ajoute même qu'il y a tout lieu d'efpérer qu'elle fortira de fon aveuglement : — Oui, prince, vous pouvez ne pas rejetter un avenir flatteur : je fais que

cette fille charmante écoute avec docilité les leçons de l'évêque , que fa raifon commence à lui parler en faveur du chriftianifme , & Athénaïs a des talents , des connaiffances , des lumieres , qui , je n'en doute point , aideront à la convaincre , & l'ameneront à cette converfion fi défirée. En attendant, repofez-vous donc fur moi du foin de hâter votre bonheur ; vous fentez trop que cet heureux changement doit être l'ouvrage de la feule conviction ; je n'irai point recourir à des artifices groffiers qui blefferoient la pureté de notre culte , éblouir la jeune Grecque par l'éclat d'une grandeur prochaine : elle n'apprendra la brillante deftinée qui l'attend , qu'après qu'éclairée du flambeau de la vérité , elle aura adopté notre religion.

Le favori approuve les tranfports de fon maître ; il convient , en jettant un regard de trifteffe fur Pulchérie , qu'Athénaïs a peu d'égales. L'empereur quitte fa fœur , éperdument amoureux , & livré à ce trouble qui fuit toujours les grandes paffions.

Athénaïs voyoit fouvent la princeffe ; leurs converfations rouloient fur l'unique objet qui occupoit Pulchérie , fur ce changement dans fa croyance qui ne s'o-

E 4

péroit point affez-tôt. Emine, de fon côté, s'efforçoit de rappeller fa niece aux principes du paganifme. Vous me connaiffez, lui difoit Athénaïs: aucune vue d'intérêt ne me conduira jamais. S'il falloit acheter la protection de Pulchérie, la fortune la plus confidérable, au prix d'une complaifance criminelle, penfez-vous que j'euffe à balancer? Mais je rendrai toujours hommage à la vérité: je conviendrai donc avec franchife, qu'Atticus commence à m'ébranler; il parle à ma raifon, il éleve des doutes.... je ne me rendrai, foyez en certaine, qu'à la perfuafion, & fi j'embraffe le chriftianifme, croyez que j'aurai été convaincue.

Emine & Athénaïs avoient fixé leur retraite dans un des fauxbourgs de Conftantinople; elles fuyoient entierement la fociété. Deux jeunes gens, l'un nommé Léon, & l'autre Euchérius, viennent habiter près de leur fimple demeure: ils épient l'occafion, & la faififfent, de fe lier avec les étrangeres, & de leur parler; ils s'annoncent comme deux victimes de l'infortune qu'elle avoit réunies: ils étoient venus à Conftantinople pour chercher quelque honnête reffource qui les retirât de l'indigence. Léon fur-tout s'attachoit à repréfenter le tableau de fes difgraces: il étoit refté orphelin, dès le berceau; fa famille avoit ufurpé fon bien.

Cette derniere circonſtance a bientôt excité dans l'ame d'Athénaïs un ſentiment favorable à Léon ; elle s'accoutumoit à le voir , & lorſqu'elle ne le voyoit point , elle s'appercevoit de ſon abſence ; d'ailleurs la beauté n'eſt point indifférente aux hommages ; quelque vertueuſe que ſoit une belle femme , elle goûte une ſorte de ſatisfaction ſecrete à s'avouer le pouvoir de ſes charmes , & Léon faiſoit connaître à la jeune Grecque toute l'étendue de ſon empire ; il lui témoignoit un attachement ſi reſpectueux ! il craignoit tant de lui déplaire ! A cette timidité qui le rendoit ſans doute plus redoutable, il joignoit des graces, des talens, une phyſionomie noble & touchante ; aimant & n'oſant l'avouer , il ſe contentoit de préſenter , tous les jours, à l'objet de ſon culte , les plus belles fleurs ; habile dans l'art de tracer les caracteres , ce jeune homme peignoit les divers ouvrages que compoſoit Athénaïs , & cette attention de ſa part la flattoit extrêmement ; il parloit peu , & ne faiſoit que ſoupirer , ce que les deux étrangeres attribuoient à ſa triſte ſituation.

Athénaïs enfin devient elle-même rêveuſe , mélancolique ; vouloit-elle écrire : la plume lui tomboit des mains ; cherchoit-elle à fixer ſes regards ſur un livre :

elle ne s'arrêtoit point à ce qu'elle lifoit ; fes études lui plaifoient moins ; les fréquentes abfences de Léon commençoient à lui caufer une inquiétude qu'elle avoit de la peine à diffimuler ; cependant elle, & fa tante n'ignoroient pas le motif de ces abfences : Léon alloit à la ville copier des manufcrits, ce qui l'aidoit à le faire fubfifter, lui, & fon ami Euchérius.

Ma tante, dit un jour Athénaïs à Emine, je croirois vous offenfer, me manquer à moi-même, fi je vous cachois plus long-temps les difpofitions de mon cœur (& il lui échappe un profond foupir) : je ne fais d'où me vient une trifteffe .... que je ne puis vaincre ! elle augmente, lorfque Léon n'eft point avec nous. Vous me tenez lieu de mere : éclairciffez mes fentiments ; Léon m'a infpiré une compaffion fi forte ! oh ! il m'a pénétrée du plus vif intérêt ! Athénaïs, lui répond Emine, vous êtes bien plus éclairée que moi : vous poffédez les arts ; votre pere vous a initiée dans les myfteres des fciences les plus fublimes ; mais il ne vous a pas inftruite fur des impreffions que vous devez rejetter : ma fille, cette pitié fi attendriffante, cette finguliere fenfibilité qui vous fait partáger fi vivement les malheurs de Léon, ne vous en impofez point .... c'eft de l'amour, —

De l'amour ! j'aimerois ! j'aimerois Léon ! ——
Oui, vous l'aimez: croyez-en ma tendreffe qui veille
fur vos moindres mouvements : de jour en jour,
il vous attache davantage ; & à quoi vous conduiroit ce penchant ? vous devez abfolument renoncer au mariage : notre médiocrité approche de l'indigence, & Léon lui-même eft fous le poids de l'adverfité, il ne fauroit être votre époux. —— Je ne me
fuis jamais arrêtée à cęs idées ; j'ai renoncé à tout
engagement : mais, fi Pulchérie nous tenoit fa promeffe, qu'elle me fît en un mot rentrer dans mon
bien, ne pourrois-je pas obliger Léon, adoucir
fon fort ? j'aurois tant de plaifir à foulager fes
peines ! d'ailleurs ne craignez point que je m'engage
dans la moindre démarche que l'honneur défavoue ;
je ne veux voir Léon & l'entretenir qu'en votre
préfence. —— Si vous y confentiez, ma chere niece,
nous lui interdirions notre maifon ; je me charge de
ce foin... —— Oh ! gardez-vous en bien, gardez-vous
en bien ! vous l'affligeriez ! il eft fi à plaindre ! notre
fociété fans doute lui eft devenue néceffaire ....
nous ne fommes gueres plus heureufes que lui !
& les malheureux fouffrent moins, lorfqu'ils peuvent fe rencontrer avec ceux qui éprouvent une
femblable deftinée : j'en crois mon propre cœur...

non , ce ne fera point moi qui ajouterai aux peines de Léon ! — Ma niéce, vous le voulez: cette faibleffe vous caufera peut-être de violents chagrins ; pourquoi accroître vos maux ? & fi notre fituation n'alloit pas changer ! fi nous reftions toujours dans cet état... vous ne voyez donc pas ce qui nous menace ? — J'aurai du moins des larmes à donner à cet infortuné. N'eft - ce rien que la compaffion? fi elle ne fait pas ceffer le malheur , elle le foulage , elle l'adoucit , & nous aide à le fupporter.

Le hafard veut qu'Emine s'écarte un inftant d'auprès de fa niece : Léon tranfporté faifit la circonftance : il vole vers Athénaïs. Vous allez donc fouvent à la cour, dit-il à la jeune Grecque? —Hélas! je vais implorer la princeffe ; elle m'a donné fa parole , que ces jours-ci mon affaire feroit terminée. — Oui , vos malheurs finiront , foyez-en fûre ; pour les miens , ils n'auront de terme que ma vie. — Repouffez une fi trifte image , Léon ; vous devez être bien perfuadé que vous ferez la premiere perfonne informée du changement heureux de ma fortune ; je ne puis me défier de la promeffe de Pulchérie , elle eft trop bienfaifante , trop équitable.... Léon , vous faurez ce que l'amitié.... — L'amitié , madame , interrompt Léon! c'eft un bien faible retour! Et auffitôt tombant aux pieds d'Athénaïs: —— Il ne m'eſt plus poſſible de combattre un ſentiment qui l'emporte ; j'ai cherché inutilement à le renfermer dans mon ſein : madame , vous voyez à vos genoux l'amant le plus tendre, le plus ſou-mis. . . . . —— Léon ! un amant ! relevez - vous , c'eſt vous qui me faites cette offenſe ! vous attendez que ma parente. . . . . —— Belle Athénaïs , j'en ferai l'aveu en préſence d'Emine ; je le dirois à l'univers entier... (il apperçoit Emine qui rentroit) : oui , ma-dame , j'adore votre charmante niece ; je ne prétends point vous le cacher : ſes vertus , autant que ſa beauté, m'ont enflammé . . . . je meurs de mon amour . . . . Athénaïs à ce mot marquoit de l'indignation. Eh ! quel eſt votre eſpoir, interrompt la parente d'un ton courroucé? Nous vous avons ouvert notre maiſon : c'eſt pour ſéduire. . . . —— N'achevez pas , madame : connaiſſez mes intentions ; mon hommage eſt trop pur ; il eſt digne de votre adorable niece : j'oſe aſpi-rer à ſa main. Sans fortune , répond Emine , mal-heureux comme nous. . . —— Je parviendrai à un état bien différent : oui , ma deſtinée changera . . . . n'en doutez point ; elle me permettra de ſollici-ter cette union , ſi mon amour peut lui plaire. Athénaïs regarde Emine , & enſuite tournant ſes

beaux yeux chargés de larmes fur le jeune homme:
— Ah ! Léon , pourquoi la fortune eft - elle contre
nou s

Ces feules paroles ont tout révélé à Léon : il apprend qu'il eft aimé d'une femme qu'il idolâtre ; il
fe releve enchanté , tranfporté : — Je fuis le plus
heureux des mortels ! oui , charmante Athénaïs , nous
ferons unis ! votre adorateur le plus paffionné fera
votre époux ! vous ferez la fouveraine abfolue...
d'un cœur qui fentira tout le prix du vôtre . . . . ah !
fi je fuis aimé d'Athénaïs ... quelle grandeur , l'empire , l'empire du monde entier vaudroit-il cette fuprême félicité !

. Léon s'abandonne à toute l'ivreffe , à tout le délire
de fa paffion. Emine l'interroge fur les caufes de cette
révolution fi inattendue : le jeune homme s'empreffe à
diffiper tous fes doutes; il la confirme enfin dans l'heureufe idée que fa fituation va prendre une autre face ,
& que, dans peu de temps, fes efpérances fe réaliferont.

Cependant Atticus faifoit continuellement de nouveaux progrès fur l'efprit de la jeune Grecque ; fon
exemple entrainoit fa parente : Emine auffi paraiffoit
moins attachée au paganifme.

Athénaïs , par un hafard fingulier , ne favoit

pas encore que Léon fût chrétien : elle lui parle
de l'extrême defir qu'avoit Pulchérie de lui faire
embraffer fa religion. Quel eft l'étonnement de
l'Athénienne, lorfqu'elle entend fon amant la preffer de céder aux follicitations de la princeffe ! ——
Mon culte, Léon, ne feroit pas le vôtre ? ——
Eh ! pouvez - vous douter , ma chere Athénaïs ,
que je profeffe le chriftianifme ? C'eft la religion du
fentiment, du pur fentiment ; je vous aimerois peut-
être avec moins d'ardeur, avec moins de délicateffe ,
fi je n'étois pas chrétien ; Jupiter eft-il fait pour être
le Dieu d'Athénaïs ? C'eft le mien fans doute qui eft
la fource de toutes les vertus, qui nous fait éprouver que l'ame eft une fubftance divine ; la fageffe
chrétienne eft encore au-deffus de la fageffe humaine,
& c'eft celle-là que vous devez adopter : elle eft
votre partage, fans que vous le fachiez : oui , vous
êtes pénétrée , digne Athénaïs, des faintes maximes
qu'on nous enfeigne : votre cœur eft remplie de
notre morale célefte ; ce n'eft que votre efprit qui
tient au paganifme ; foumettez cet examen à vos
propres lumieres, & il fuffira de votre jugement pour
vous détromper.

Athénaïs écoutoit Léon avec une attention, avec

un intérêt qu'elle n'avoit point encore reffenti. L'amour feroit - il entré dans cette renonciation aux menfonges d'un culte groffier & aveugle? il eft fi aifé de s'abufer fur les actions les plus louables ! Quoiqu'il en foit, depuis cette converfation, Athénaïs recherchoit avec plus d'empreffement les entretiens d'Atticus ; de jour en jour, elle faifoit des pas rapides vers la vérité. C'en eft fait, dit-elle à Léon, je crois qu'Atticus l'emportera ; oui, votre religion... elle pourra être la mienne : elle ne défend point la fenfibilité ; elle l'ennoblit, elle l'épure, & fon principe eft la bienfaifance.

Pulchérie eft inftruite du triomphe que le chriftianifme eft prêt à remporter : elle redouble fes marques d'affabilité envers Athénaïs, lui prodigue fes careffes, fait éclater fa joie : —— Athénaïs, de ce moment, le ciel fe déclare pour vous ... vous ferez élevée au plus haut dégré : je vous l'avois promis... vos freres vous porteront envie ; précipitez cet inftant heureux qui doit affurer votre fituation ; la beauté & la vertu obtiendront une récompenfe ... dont vous même ferez étonnée.

La jeune Grecque revole auprès d'Emine, qui s'entretenoit avec Léon : —— Je fuis impatiente de vous apprendre.... Félicitez - moi : la princeffe m'a

'fait

entrevoir la condition la plus brillante ; je ne puis imaginer ce qu'elle peut être : elle excitera , m'a dit Pulchérie , mon étonnement........ O vous qui m'avez daigné accueillir dans ma mifere ; qui m'avez tenu lieu d'une mere que je régrette encore ; & vous , Léon , le ciel fait que je ne défire un autre état que pour faire le bonheur de ma parente , & de ce que j'aime le plus après elle. Ce fera moi , Léon , qui goûterai la fatisfaction de vous venger des injuftices du fort ; graces aux bontés de la prin-ceffe, je préviendrai peut-être cette révolution flatteufe que vous nous avez annoncée , je me plais à m'offrir cette image : mais pourquoi ne profiterois-je pas de ces circonftances favorables? mon aveu ne fervirôit qu'à preffer Pulchérie de répandre fur moi fes bienfaits : je fuis tentée de lui déclarer que vous demandez ma main.... — Ah! Athénaïs , au nom de notre amour , gardez-vous de rien découvrir à votre protectrice ; & fi elle s'oppofoit à notre union , fi elle alloit vous nommer un époux... — Léon , je l'ai dit à ma parente , je vous l'ai dit : vous avez mon cœur; l'empereur lui-même ... — L'empereur.... eh - bien... parlez... —Théodofe, avec toute fa puif-fance,n'obtiendroit pas un feul des fentiments que vous m'avez infpirés; je prends plaifir à vous le répéter : vous feriez le plus malheureux des hommes, le dernier des efclaves.... Léon, qu'ai-je encore à vous apprendre ?

On n'effayera point d'exprimer le raviffement de Léon ; cœurs fenfibles, je ne puis que vous en préfenter le tableau. Ce jeune-homme venoit de fon côté affurer tous les jours Emine qu'il touchoit à ce bienheureux moment où il lui feroit permis de mettre aux pieds d'Athénaïs l'hommage de fon cœur & de fa fortune.

Deux amants auffi tendres, auffi délicats que ceux dont nous traçons ici la peinture, devoient ramener fans ceffe ces converfations, ces doux entretiens, qui font la pure jouiffance de l'amour : c'eft dans ces épanchements de l'âme que le fentiment répand toutes fes délices. Oui, Léon, difoit Athénaïs, il y a des moments où je défirerois que vos efpérances fuffent trompées, que vous fuffiez plongé dans l'adverfité, pour m'enivrer du plaifir de vous faire oublier vos malheurs.... — Arrêtez, femme adorable ! Quoi ! comblée de richeffes, d'honneurs, au faîte de la profpérité, vous daigneriez jetter les yeux fur Léon accablé de l'infortune ! — En doutez-vous ? & qui eft-ce qui à produit cet intérêt, cet intérêt dont je n'ai pu me défendre, qui étoit le plus tendre amour, fi ce n'eft la confidence de vos peines, d'une fituation que vous ne deviez point éprouver ? vous avez fait couler mes pleurs, & le don de mon cœur n'a point tardé à fuivre mes larmes. — Eft-ce affez de toutes les miennes, divine Athénaïs, pour vous exprimer ma reconnaiffance, mon amour, toute mon ivreffe ? ah ! que je me pénetre de cet aveu qui me charmera toujours ! redites-moi cent fois que vous feriez infenfible à la féduction des grandeurs, que l'empereur, avec tout fon éclat, ne balanceroit pas dans votre ame le malheureux Léon. . . . Si j'avois un trône à vous offrir, Athénaïs, que vous l'embelliriez ! ce feroit la place de vos attraits, de vos vertus ; que dis - je ? c'eft un autel qu'il faudroit vous élever : vous êtes la déeffe de la beauté, du fentiment. . . . — Il eft vrai qu'un trône, Léon, que je partagerois avec vous, pourroit me flatter ; je n'ambitionnerois des richeffes, des grandeurs que pour fatisfaire les befoins de mon ame, que pour verfer des bienfaits : voilà la félicité de ces dieux de la terre ! qu'ils font heureux ! ils peuvent effuyer les larmes de l'infortuné, le confoler, faire ceffer fes maux, fervir de pere à l'orphelin, ranimer le pauvre, fe

remplir du doux ravissement de faire le bien. Et , interrompt Léon, en laissant échapper des pleurs d'admiration & d'attendrissement, si vous étiez impératrice...
— Oh ! je voudrois que Constantinople , que la terre entiere se ressentît de ma bienfaisance ; les malheureux ne m'approcheroient que pour voir finir leurs peines : du - moins je les adoucirois ; on ne m'imploreroit jamais vainement : je maintiendrois les droits de la justice : mais je m'abandonnerois au plaisir délicieux de pardonner ; pardonner c'est s'appro - cher de la nature divine. Par exemple , mes freres m'ont rendu bien malheureuse ! eh-bien ! je goûterois une joie inexprimable à tout oublier , à les embrasser ! la haine est un tourment si pénible ! la bienveillance un sentiment si agréable , si satisfaisant ! De tous vos empereurs , celui , sans contredit , que je préfere est le grand Théodose : le prince qui a dit à son fils : » Soyez clément comme Dieu même « , est mon héros , & doit l'être de tous les cœurs sensibles.

Léon s'étoit précipité aux pieds d'Athénaïs , &

Soyez clément &c. Ce sont les propres expressions de Théodose le Grand.

au milieu des pleurs.... —— Femme charmante ! ame
célefte ! laiffez-moi vous adorer comme l'image de
Dieu même ; oui fans doute , vous êtes faite pour être
l'ornement du chriftianifme , pour embellir.... le
trône du monde ne vous récompenferoit point au gré
de mon amour... vous goûterez le plaifir...vous
ferez....

Euchérius , à ce mot , parle bas à fon ami ; il le
prend à part. Léon revole auprès de la jeune Grecque,
en lui difant : n'en doutez point , chere Athénaïs,
Pulchérie tiendra fa promeffe.... c'eft moi qui vous
l'affure.

Athénaïs ne favoit trop que penfer fur ces dernieres
paroles de Léon ; fon efprit s'égaroit dans une foule
de réflexions qui ne faifoient qu'augmenter fa per-
plexité.

Elle eft prête enfin , ainfi que fa parente, d'abjurer le culte des faux dieux : l'une & l'autre ont
reconnu l'impofture de leur religion, & font remplies
des vérités de la nôtre ; elles n'attendent plus que le
moment qui mettra le fceau à leur converfion , & où
elles recevront le baptême.

Athénaïs cependant eft plongée dans la douleur;
elle répand fon trouble , fes craintes , fes larmes

dans le fein de Léon : — Oui, je me rends à l'évidence ; je crois, je fens, je fuis perfuadée que le chriftianifme eft le feul hommage qui puiffe flatter le Premier des êtres, que nous avons ap- pellé Dieu : mais Léon, mon cœur n'en impofe- t-il pas à mon efprit ? Peut-être l'amour, fans que je le fache, entre-t-il dans cette perfuafion ; mon ame, Léon, vous eft fi attachée ! & ... je vous aime extrê- mement : je ne rougis pas de vous en faire l'aveu ; je vois en vous mon époux : mais fi ma tendreffe fe mêloit à ce changement ... je fuirois jufqu'aux lieux que vous habitez ; oui, Léon, j'aurois la force de rompre ma chaîne ; la religion eft au-deffus de tout ; je vous facrifierois, je me facrifierois, j'aurois le courage de mourir fans avoir à me reprocher un crime, un crime honteux.

Léon emploie les expreffions les plus tendres, toute la vivacité de fon ardeur pour raffurer Athé- naïs, & diffiper fes allarmes : — C'eft moi qui vous adore, qui meurs d'amour pour vous, belle Athé- naïs ; c'eft moi qui donnerois cent fois ma vie pour obtenir un feul de vos regards : mais je vous le jure par cette tendreffe qui m'animera jufqu'au dernier foupir, par le Dieu véritable dont vous venez d'embraffer la loi, vous n'avez point à craindre des vues humaines & intéreffées dans le zèle qui vous infpire ; je partage la nobleffe de votre ame, votre amour pour la vérité. Si je n'étois pas convaincu de la pureté de vos motifs, je ferois le premier, foyez-en certaine, à vous preffer de différer, & d'attendre que le ciel vous éclairât d'une lumiere plus vive ; je penfe comme vous, j'immolerois !... je mourrois pour ma religion. Eh-bien ! reprend la jeune Grecque, en attachant fur fon amant fes beaux yeux humides de larmes, je vous croirai, Léon, je vous croirai... J'ai encore un autre fujet d'inquiétude : on va foupçonner que la fortune m'a pouffée à vos autels.... —— Athénaïs, ne confultez, n'écoutez que votre cœur : c eft lui qui doit décider fur la nature de vos démarches ; avez-vous fon aveu ? fachez vous confoler de la fauffeté des opinions d'autrui, des noires imputations de la calomnie ; l'eftime d'Athénaïs doit lui fuffire.

Elle fe rend avec Emine chez Pulchérie. Enfin, madame, dit Athénaïs, mes yeux font deffillés ; graces aux fages inftructions du refpectable Atticus, je fuis chrétienne, & je le proclame hautement ; ma parente a les mêmes fentiments, & le même défir d'être baptifée. La princeffe fait éclater fa joie : —— Athénaïs, le ciel a comblé mes vœux ! mes pleurs mêmes lui ont demandé votre converſion. Vous voilà donc chrétienne ! vous voilà préparée à recevoir l'effet de mes promeſſes ! Athénaïs, vous n'avez plus rien à ſouhaiter . . . : vous êtes au faîte du bonheur . . . . je ne puis contenir mes tranſports. . . . vous pleurez !

Athénaïs répéte à peu près à Pulchérie ce qu'elle vient de dire à Léon : elle ne pouvoit diſſiper ſes craintes : — Oui, madame, je tremble qu'on ne me ſoupçonne d'avoir accordé à la fortune le ſacrifice du culte de mes peres ; cette idée m'accable ... madame, n'adouciſſez point ma triſte deſtinée : s'il le faut, que je ſois encore plus malheureuſe, & qu'on n'empoi-ſonne pas le mouvement qui m'a portée au chriſtia-niſme ! La réponſe de la princeſſe eſt conforme à celle de l'amant d'Athénaïs : — — Vos inquiétudes ne ſont point fondées : vos vertus, votre ſageſſe, vos talens ſont connus ; ne quittez-vous pas le paganiſme, parce que l'erreur vous eſt démontrée ? Athénaïs, aurois-je voulu vous ſéduire ? Obtenir de telles victoires, ce ſeroit offenſer ce Dieu qui ne veut que des hom-mages libres & volontaires. Si l'on oſe vous noircir, offrez cette épreuve à la religion que vous venez d'adopter ; Dieu & votre cœur, voilà vos juges, &

ceux à qui vous devez en appeller ; je n'ai point eu jufqu'ici d'autres confolateurs ; moi-même, Athénaïs, j'ai effuyé des bruits injurieux, je me fuis contentée de l'aveu de ma confcience, & j'ai continué, fans m'allarmer de ces injures, de me conduire felon des principes auxquels l'empire doit peut-être fa gloire & fa félicité. D'ailleurs, vous ferez placée fi haut, que les traits de l'envie & de la méchanceté ne pourront arriver jufqu'à vous. Allez, ma chere Athénaïs, dif-pofez-vous, avec votre parente, à l'augufte cérémonie qu'on va préparer. On aura foin de vous faire avertir.

Athénaïs revient, avec Emine, livrée toujours à ce tumulte d'agitations diverfes ; Léon, & Euchérius les attendoient. La jeune-perfonne s'affied, fondant en larmes : — Léon .... Léon ... je l'ai dit à la prin-ceffe, je le redis à vous même : que je fois chrétienne, & que je ne reçoive point ces témoignages éclatants de bonté qu'elle ne ceffe de me faire efpérer ! Je fais que je pourrai affurer le bonheur de ma parente, vous offrir ma main, des richeffes, vous rendre heureux, Léon, & quel plaifir pour mon ame fenfible ! mais vou-driez-vous .... mon cœur eft déchiré .... je fuis près d'expirer.

Comme les paroles d'un amant font perfuafives ! qu'elles ont d'empire ! Léon eft parvenu à calmer les inquiétudes d'Athénaïs : Mais , reprend - elle , que me veut dire la princeffe ? » Je ferai dans un » rang fi haut, que même les traits de la malice humaine » ne pourront m'atteindre ». Ah ! Léon, ce n'eft que pour Emine, ce n'eft que pour vous que je defire une autre deftinée , le ciel m'en eft témoin , la plus brillante , fans vous, me feroit infupportable. — Eh ! Athénaïs , je l'avois annoncé à Emine, à vous même, que ma fortune devoit changer : je fuis donc arrivé à ce moment . . . c'eft moi qui vous éleverai . . . je ferai en état de vous offrir des tréfors , des grandeurs . . . . mais . . . . c'eft Athénaïs feule qui pourra faire ma félicité.

Toutes les allarmes d'Athénaïs font diffipées ; aucun motif humain n'altere le tranfport fublime qui la fait voler dans nos temples. Le jour de fon baptême eft fixé ; il eft arrivé ce jour fi attendu. Elle reçoit de Pulchérie l'ordre de s'apprêter à la cérémonie , & en même-temps de fe revêtir de l'habillement fomptueux qu'elle lui envoie. Son amant ne fe laffoit pas de la regarder , de l'adorer : — Que vous êtes belle, divine Athénaïs ! que vous êtes belle ! N'eft-ce que

pour le feul Léon que brilleront tant de charmes !....
les courtifans...... — Je vous l'ai dit, Léon,
l'empereur lui-même, tous les monarques de la
terre ne vous enleveroient pas un feul de mes fentiments. Léon, ajoute Athénaïs avec ces graces,
avec ce charme qui lui étoit attaché, c'eft vous qui
êtes mon fouverain !

Léon étoit aux pieds de fa belle maitreffe ; il gardoit ce filence, la plus vive expreffion de l'amour;
enfuite il s'écrie : Je puis donc goûter le plaifir, le
plaifir raviffant d'être aimé ! ce ne font point les
biens, les grandeurs, l'éclat.... C'eft l'infortuné
Léon qui a fu obtenir, qui poffede le cœur de
la belle Athénaïs : Dieu ! Dieu ! je fuccombe à
l'excès de mon bonheur ! — Et vous ne viendrez
pas, Léon, à cette cérémonie ? — Hélas ! je fuis
fi éloigné de tant de fplendeur ! je ferai mes efforts,
confondu dans la multitude, pour pénétrer jufqu'au
palais.... je chercherai les yeux de ma divine
amante.... s'abaifferont-ils fur un homme obfcur ?....
— Léon, vous vous doutez bien que dans cette
foule immenfe, au milieu de cette cour brillante,
je ne verrai que vous, que vous feul.

Léon, pénétré du fentiment le plns tendre, le

plus paffionné, laiffe couler fes larmes fur une des
belles mains de fa maitreffe, qu'il preffe contre fa
bouche, contre fon cœur. —— Athénaïs … allez …
pour régner fur mon ame, pour poff16der . . . . .
l'empire du monde entier payeroit-il tant de vertus,
tant de charmes! Athénaïs . . . . vous ferez la fouveraine, . . c'eft la divinité même qui fur le trône . . . . .

Léon n'acheve pas; il fe retire avec Euchérius, en
jettant un regard plein d'attendriffement fur Athénaïs
dont il ne pouvoit fe féparer.

Emine & fa niece font enfin parties pour fe rendre
au palais; Pulchérie les attendoit dans la pompe la
plus impofante; une nombreufe affemblée l'environnoit; jamais Conftantinople n'avoit vu un fpectacle
plus magnifique, de parures plus fomptueufes; le feu
des diamants étinceloit de toutes parts.

A l'approche d'Athénaïs s'éleve une forte d'ap-
plaudiffement univerfel; on vante avec tranfport fa
beauté, fes graces, fa modeftie, qui ajoutoit encore
à tant d'appas, fa démarche noble & majeftueufe; les
payens fe difoient: c'eft Vénus même defcendue de
l'olympe; les chrétiens: c'eft un ange que le ciel,
dans tout fon éclat, nous envoie! Tous les fpectateurs convenoient qu'un front fi beau auroit mérité

de porter une couronne, & que cette créature en-
chantereſſe étoit faite pour être la reine du monde;
une broderie en argent relevoit ſon vêtement d'une
blancheur éblouiſſante ; ſes cheveux flottoient négli-
gemment ſur ſes épaules ; une pudeur de roſe colo-
roit ſon viſage. Avancez, ma chere pupille, lui dit la
princeſſe avec une affabilité careſſante : venez ceindre
le bandeau ſacré, & prononcer ces ſermens qui vont
vous lier à notre ſainte religion.

Athénaïs ſatisfait à tous les devoirs qu'exigeoit
cette auguſte cérémonie ; elle récite tout haut, d'un
ton plein de nobleſſe & de ſenſibilité, ſa profeſſion de
foi ; Emine ſuit l'exemple de ſa niece ; Atticus enfin
leur adminiſtre le baptême. La ſœur de Théodoſe
voulant que la jeune néophyte ne conſervât rien du
paganiſme, lui fit changer ſon nom d'Athénaïs en
celui d'Eudoxie ; on y ajouta même le nom d'*Ælia*
que portoit Pulchérie.

La princeſſe cédant à ſa joie, s'écrie : Vous voilà
donc chrétienne, ma chere Athénaïs ! le ciel vient
de mettre le dernier dégré de perfection à un de ſes
plus dignes ouvrages ! vous étendrez, vous ferez
aimer le chriſtianiſme ! il eſt temps que j'acquitte ma
parole ; la fortune avoit voulu vous abaiſſer : l'équité

& Dieu, par mes mains, vont vous élever à un rang
que vous méritez; la beauté & la vertu réunies ne
pouvoient recevoir une moindre récompenfe.

Pulchérie parle bas à un des officiers du palais.
L'affemblée demeure dans une attente inexprimable. Pour Eudoxie, elle avoit confervé l'ame d'A-
thénaïs, cette ame qui devoit refter attachée éternellement à Léon; ce que venoit de lui dire la princeffe,
& qui excitoit fi fort la curiofité des fpectateurs,
l'occupoit bien moins que le regret de ne pas appercevoir fon amant; peut-être y avoit-il quelque
mouvement de vanité mêlé aux inquiétudes de la
tendreffe: Eudoxie eût pu défirer en fecret que Léon
fût témoin de cette efpece de fête dont elle étoit le
principal objet; c'étoit en-effet un jour de triomphe
pour elle, & Léon n'en partageoit point la douceur!
fes regards ne ceffoient de le chercher, & il ne paraiffoit point!

Une porte s'ouvre: il en fort plufieurs feigneurs
richement habillés: l'un tenoit dans fes mains une couronne éclatante de pierreries, l'autre, un fceptre
chargé de femblables ornemens; ils approchent:
nouvelle furprife! on fe demande ce qu'on doit
augurer d'un tel appareil; Eudoxie elle-même eft

immobile d'étonnement. La fœur de Théodofe reprend la parole , & d'un ton élevé : — Eudoxie ,
rendez graces au ciel , qui vous a éclairée de fa
lumiere divine , & rempliffez la premiere place
du monde , que vous honorerez encore par votre
mérite perfonnel. (aux feigneurs) Pofez cette couronne fur fon front ! que ce fceptre foit dans fes
mains ! Peuple , voilà votre impératrice. Auffitôt
Eudoxie , avec une forte d'effroi , repouffant ces
attributs de la majefté , va tout en larmes fe précipiter aux genoux de la princeffe : — Madame...
madame , je ne puis accepter... mon cœur...., il n'eft
plus à moi... Léon... je me meurs. En-effet , elle
ne voit plus , elle n'entend plus , elle a perdu la connaiffance; Emine la tenoit penchée fur fon fein.

Athénaïs , s'écrie quelqu'un qu'on n'a pu encore
appercevoir ! la preffe s'efforce de s'ouvrir : on voit
accourir... on ne fe trompe point , c'eft l'empereur,
c'eft Théodofe lui-même, revêtu du manteau impérial,
qui s'élance , qui va tomber aux pieds d'Eudoxie :
—— Ma chere Athénaïs , ouvre les yeux , reconnais
dans Théodofe , Léon ton amant , ton époux , qui
brûle de te conduire aux autels ! Eudoxie a repris
l'ufage des fens , elle leve fa paupiere , jette un cri :

— Léon ! Léon mon souverain ! — Dis , Eudoxie ; ton adorateur le plus passionné. Me pardonneras-tu cet artifice , le seul que se sera permis mon amour ? J'avois voulu mériter par moi-même le bonheur de te plaire , n'avoir en ma faveur que l'ardeur la plus vive , la plus pure , ne rien devoir au rang suprême , à la grandeur ; ma sœur même ignoroit ce strata-gême innocent..... Divine Athénaïs ! tu as pu aimer Léon, Léon infortuné, désirer de le rendre heu-reux ! c'est Léon qui te place sur son trône , qui vou-drois t'offrir l'empire du monde : regne, regne avec moi pour faire ma félicité, celle de mes sujets, celle de l'uni-vers entier ! que tout mon peuple tombe avec son empereur à tes genoux , & t'adore comme la plus fidelle image de la Divinité !

Ce sont-là de ces situations où le pinceau échappe des mains. Eudoxie , en laissant couler des pleurs , ne pouvoit qu'articuler ces mots : C'est vous ! c'est vous , Léon ! mon bonheur m'accable ! Ensuite cou-rant dans les bras de Pulchérie : — Madame , je n'oublierai jamais que je fus votre ouvrage. Que ne vous dois-je pas ! la reconnaissance d'Eudoxie écla-tera jusqu'à son dernier soupir ; oui , je serai toujours votre fille la plus tendre , la plus soumise ; & puis

revenant

revenant à Théodofe : — Seigneur..... Eh-quoi !
interrompt l'empereur, en fouriant, Athénaïs auroit-
elle déjà oublié Léon ?

Après fon amant & Pulchérie, le premier objet
qui parût toucher Eudoxie, fut Emine. Ma digne
bienfaitrice , ma mere, lui dit la nouvelle fouveraine, je pourrai donc vous donner quelques faibles
marques de ma tendreffe ! votre niece fur le trône, fe
reffouviendra toujours que vous l'avez recüeillie dans
fa mifere , que votre maifon, vos bras lui ont été
ouverts; non, jamais l'impératrice ne perdra de vue
la malheureufe Athénaïs , & tout ce que vous avez
fait pour elle.

Quel plaifir on goûte à expofer de femblables tableaux ! Théodofe s'adreffant à Pulchérie : Voici , je
crois, le moment de nous procurer un fpectacle qui ne
nuira point à l'époque de mon bonheur : je me rappelle
que j'ai promis à ce berger, dont la naïveté m'a tant
intéreffé, de n'en pas demeurer aux cinquante pieces
d'or : envoyons-le chercher.

La princeffe applaudit à ce fouvenir qui honoroit
la fenfibilité de fon frere ; on s'empreffe d'obéir à fes
ordres ; le pâtre vient avec fa femme & fes enfans :
Quelle eft fa furprife, lorfqu'il retrouve l'empereur dans

cet étranger dont il avoit reffenti les libéralités !
Il fe profterne lui & fa famille devant Théodofe,
qui lui dit avec un fourire plein de bonté, en lui
montrant Eudoxie : Eh-bien ! mon ami, me voilà
prefque auffi heureux que vous ! Je vais avoir une
époufe, & j'imagine que vous approuverez affez mon
choix. Le villageois confondu, refte dans l'extâfe ;
Eudoxie releve cet honnête homme qui étoit tombé à
fes pieds, careffe fa femme, fes enfans, & veut qu'ils
affiftent à fon mariage. Théodofe répandit fur eux les
bienfaits ; il demanda même au berger s'il vouloit
re nplir quelque emploi à Conftantinople : le fage agriculteur, en comblant le prince de bénédictions, pré-

---

Le fage agriculteur &c. Affurément le premier fecret de la
fageffe eft de connaître la véritable fource du bonheur. Cet
homme, comme on le vit dans la fuite, avoit agi bien plus
fagement qu'Athénaïs, & il montra conféquemment qu'il
avoit plus de lumieres & de fens, quoiqu'il n'eût pas reçu
le fecours des arts. A portée d'être quelquefois fous les yeux
de Théodofe, on lui eût envié cette efpece de faveur,
& fes chagrins auroient furpaffé de beaucoup là fatisfaction
paffagere qu'il eût due à ce faible avantage. Combien de
fois Athénaïs aura-t-elle en-effet regretté fon obfcurité ! &

féra , à tout ce qu'on lui propofoit , d'habiter une
maifon ruftique qu'il fe bâtit lui-même , & de cul-
tiver fon jardin. Tous les ans, il venoit préfenter à
l'empereur & à l'impératrice , comme à fes Dieux
bienfaiteurs , les premieres fleurs & les premiers fruits
que fon petit champ lui rapportoit , hommage fi
touchant , que chaque fois Théodofe & fon époufe
verfoient de douces larmes d'attendriffement ; fouvent même ils fe difoient : hélas ! il eft encore plus
fortuné que nous !

Pulchérie fe trouve feule avec Paulin : — Eh bien ,
Paulin ! ce que nous venons de faire ne doit-il pas
nous infpirer une fatisfaction au-deffus de tout ce que
les paffions peuvent promettre à des ames vulgaires ?
Nous vengeons le mérite des torts de la fortune ; nous
produifons au grand jour la beauté , les talens , les
vertus réunis ; nous les élevons fur le trône ; nous
donnons à mon frere une époufe digne de fon choix ,
à l'empire une fouveraine qui affurera le bonheur des

---

comment lui auroit-il été poffible de fe cacher les amertumes qui
empoifonnerent fon étonnante deftinée ! à quoi lui avoient
fervi fes connaiffances , fes talents ? qu'eft - ce en un mot que
l'efprit , lorfqu'il ne nous rend point heureux !

G 2

peuples. Que le plaisir de faire le bien, remplit un cœur susceptible de nobles transports ! Je ne saurois m'empêcher de céder aux mouvemens d'une sorte d'orgueil qu'assurément l'amour ne m'eût point fait connaître ; il nous étoit défendu à l'un & à l'autre de l'écouter cet amour, qui sans doute nous eût rendu incapables de veiller aux intérêts de mon frere, & à ceux de l'empire. Occupons-nous donc du soin de contribuer à la félicité publique ; Paulin, c'est-là le véritable charme attaché au pouvoir : je l'éprouve,

---

Que le plaisir de faire le bien &c. Si ce n'étoit pas un plaisir, & peut-être même le premier des plaisirs, quelle seroit la ré-compense des gens en place qui ont assez de courage pour aimer la vertu & pour la pratiquer ? Peuvent-ils se dissimuler qu'ils font continuellement l'objet de la basse jalousie, de la calomnie la plus noire, de l'ingratitude la plus monstrueuse, que leurs actions les plus innocentes font travesties souvent en erreurs condamnables, & quelquefois en crimes atroces, qu'ils servent, si l'on peut le dire, d'éternelle pâture à la méchanceté humaine ? Et pourquoi donc feroient-ils le bien ? parce que le cœur se nourrit sans cesse de cette volupté su-prême, & que la vertu se suffit à elle-même pour faire son bon-heur, au-lieu que les autres passions, pour se satisfaire, ont besoin de recourir à des moyens qui leur font étrangers.

je le fens..... continuez de me donner de fages
confeils ; foyez plus que le fidele fujet de votre
maitre : foyez fon ami. Allons, pourfuivons notre
carriere ; marchons de vertu en vertu ; Paulin, le
prix eft dans notre cœur ; cette récompenfe, on ne
fauroit nous la ravir ; qu'une nation entiere, que
le monde nous doive, s'il fe peut, fon bonheur, &
nous ferons les mortels les plus heureux.... ——
Les plus heureux, madame !... vous n'avez donc
jamais connu l'amour ? Il eft aifé de concevoir qu'un
tranfport d'héroïfme peut nous élever jufqu'à faire
le facrifice de notre exiftence : on peut immoler fa
vie, mais être contraint de renfermer une ardeur...
qui me confume, renoncer jufqu'à l'efpérance, mourir d'amour, vous voir, madame, & à chaque inftant fentir le prix de tout ce qui m'eft enlevé ; jouir
à peine de la liberté de lever les yeux fur l'objet...
madame, non, vous ne pouvez imaginer l'excès de
mon fupplice ! Cependant je m'efforcerai de fervir
vos moindres volontés ; j'impoferai filence à mes
foupirs ; je briferai mon cœur ; & dites après que
je ne fuis pas digne de concourir avec vous aux
foins d'une adminiftration dont la gloire vous eft
réfervée.... —— Paulin, plaignons-nous l'un & l'autre ;

mais ne me parlez plus d'un penchant que nous
devons tous deux maitrifer pour jamais. Qu'avez-vous
à me reprocher ? C'eft Dieu qui a été votre rival ,
qui l'a emporté , qui me foutiendra le refte de mes
jours. C'en eft affez. C'eft pour la derniere fois que
je vous entendrai. Allons auprès de l'empereur partager l'allégreffe publique, & fur-tout fongeons vous,
& moi à conferver notre eftime.

Depuis ce moment, Paulin fçut taire une paffion
qui fe changea en une admiration refpeétueufe pour la
princeffe ; jufqu'au terme de fa vie , Pulchérie eut
tous fes fentiments.

Les nóces de Théodofe & d'Eudoxie fe célébrerent
avec une magnificence dont Conftantinople n'avoit
point encore vu d'exemple ; la fête dura près d'une
quinzaine de jours ; les jeux du cirque accompagnerent
cette brillante folemnité ; le peuple ne ceffoit d'aller
au palais adorer en quelque forte Eudoxie , & de
faire entendre les plus flatteufes acclamations. Théodofe quelquefois, fe permettant une plaifanterie agréable , difoit à l'impératrice : » Ce Léon a pourtant
» fait fortune, & il n'en eft pas moins amoureux ».

Eudoxie ne fe contentoit pas d'exprimer tout
ce que fon cœur lui infpiroit : elle manifeftoit

des fentiments fi généreux : elle ordonne qu'on
s'informe où fe font retirés fes freres, & qu'on les

Où fe font retirés fes freres. » Les freres d'Eudoxie (nous dit
» l'hiftorien du Bas-Empire) avoient mérité fon reffentiment;
» ils prirent la fuite, & fe cacherent, dès qu'ils apprirent
» qu'elle étoit devenue femme de leur fouverain. La princeffe
» plus généreufe & plus habile qu'ils n'étoient en fait de ven-
» geance, ne voulut les punir que par des bienfaits ; elle les
» fit chercher & conduire à Conftantinople ». Eudoxie leur
tint à peu près le même difcours qu'on a mis ici dans fa bouche.
Defmolets nous rend ce fait d'une façon différente: » Les deux
» freres d'Athénaïs, Valere & Œtius (que d'autres appellent
Généfius) » jouiffoient de fa fucceffion à Athènes : ils appren-
» nent que leur fœur eft fur le trône ; ils craignent qu'elle ne
» fe venge ; ils fe déterminent à aller implorer fa clémence :
» ils vont dans la foule des courtifans, choififfent le moment
» où elle fortoit du temple, environnée de fa cour, & fe
» jettent à fes pieds ; elle les reconnaît, fourit, & leur dit ;
» en les relevant & les embraffant : *Que craignez-vous, mes*
» *amis ? ne voyez-vous pas combien je vous ai d'obligation de*
» *m'avoir fait faire le voyage de Conftantinople ?* » Nous obferve-
rons en paffant que tout cela eft écrit d'une maniere bien fèche,
bien dépourvue de coloris. Voilà pourtant le ftyle de la plupart de
nos hiftoriens : il n'eft pas étonnant que la jeuneffe marque tant de
répugnance pour cette forte de lecture. Ces écrivains là affu-

lui amène. A la premiere nouvelle de son élévation, ne doutant point qu'elle n'écoutât un trop juste ressentiment, ils avoient fui précipitemment de leur patrie, & s'étoient tenu cachés dans un asyle obscur. Après plusieurs recherches infructueuses, ils sont découverts & conduits à la capitale.

Ils paraissent devant la souveraine comme des criminels tremblants, qui n'attendoient plus que l'exécution de leur arrêt. Eudoxie s'élance du trône, court vers eux, & les embrassant l'un & l'autre, en pleurant : — Mes freres... mes freres, l'impératrice a oublié les sujets de plainte que pouvoit avoir Athénaïs ! je vous dois plus de reconnaissance que vous n'imaginez : je vous regarde comme les auteurs de mon élévation ; ce n'est pas votre dureté qui m'a bannie de la maison paternelle, c'est la Providence divine, c'est le Dieu des chrétiens, le seul aujourd'hui que

---

rément n'ont point possédé l'heureux secret (pour me servir des expressions de Montaigne) d'*emmieller la viande salubre à l'enfant.*

C'est le Dieu des chrétiens &c. Ce sont les propres mots d'Athénaïs. Comme on sent qu'elle a dû goûter un plaisir pur

j'adore, qui m'a prife par la main pour me conduire au trône, & qui m'y a placée; je fuis impératrice; je fuis chrétienne; ne dois-je pas pardonner?

Valere eut la dignité de maître des offices, & Généfius fut nommé préfet du prétoire d'Illyrie. Euchérius, qui n'étoit autre que Paulin, reçut des marques fi diftinguées de la bienveillance de fa fouveraine, que la calomnie ofa dans la fuite s'en prévaloir: elle parvint même à jetter des nuages fur une intimité innocente, qui n'étoit que le fruit du goût d'Eudoxie pour les arts. D'ailleurs cette princeffe ne ceffa de mériter fa grandeur & d'honorer la ma- jefté de fa place: elle conferva, fous la pourpre, fes talens, fon attachement extrême pour la littérature

---

en pardonnant ainfi à fes freres! La vengeance la plus ingé- nieufe, la plus éclatante, lui eût-elle procuré une fi douce fatisfaction? On pourroit appeller la clémence *un des plaifirs des princes*, & affurément ils n'en peuvent avoir aucun autre qui approche de celui-ci. Le premier qui a dit que *le plaifir des dieux étoit le plaifir de la vengeance*, a proféré un blaf- phème auffi abfurde que facrilége: c'eft infulter à la nature divine, & la rabaiffer en quelque forte bien au-deffous de la nature humaine.

& les sciences ; il nous est resté plusieurs de ses ouvrages, qu'on relit encore avec plaisir.

Eudoxie sur le trône ne démentit point la belle
ame qu'avoit annoncée Athénaïs : elle fut toujours
l'appui des malheureux, la mere du pauvre, la protectrice de l'humanité souffrante : aussi emporta-t-
elle au tombeau cette récompense que doivent bri-

Plusieurs de ses ouvrages. L'évêque Atticus lui avoit inspiré
le goût des livres saints ; elle nous a laissé des traductions en
vers, une paraphrase des huit premiers livres de l'écriture,
deux autres des prophéties de Daniel & de Zacharie, un
poëme en trois livres, à la louange de Cyprien martyrisé sous
Dioclétien ; ce poëme est à Florence, dans la bibliotheque
des Médicis. Eudoxie avoit aussi composé un autre poëme sur
la victoire remportée par Théodose contre les Perses ; on lui
attribue encore les centons d'Homere sur la vie de Jésus-
Christ. Cette princesse, en passant par Antioche, harangua le
sénat : on lui avoit élevé, au milieu de la salle, un trône
enrichi d'or & de pierreries ; on voulut la flatter selon l'usage :
on lui dit que ses ancètres étoient originaires d'Antioche :
elle répondit par ce vers d'Ovide :

» *Et cupio, & lætor vestro me sanguine natam.*

Et non (comme dit le Beau) par un vers emprunté
d'Homere.

guer les princes , l'amour & les bénédictions du peuple.

Comme , par une fatalité qu'on ne sauroit gueres concevoir , il est rare que le bonheur le plus éclatant ne soit pas mélangé de quelque ombre d'infortune , Eudoxie , sur la fin de ses jours , essuya des chagrins domestiques , qui la déterminerent à

Des chagrins domestiques, &c. C'est ici qu'Athénaïs expie , en quelque sorte , son prétendu bonheur ; c'étoit un crime aux yeux de la fortune que cette élévation rapide & inattendue , qui avoit, pour ainsi dire étonné l'univers. Comme la jalousie dénature les caracteres! Théodose,ce prince rempli de douceur, & de bienfaisance , qui aimoit éperduement sa femme , devient tout-à-coup sombre , rêveur , & il est rare que dans un prince la rêverie ne conduise pas à la violence & même à la cruauté. Le pere Desmolets nous donne le conte suivant , qui a tout l'air d'une fable grossiere & mal imaginée , pour avoir été la source des chagrins de Théodose , & des marques de ressentiment dont ils furent suivis. » Un jour des rois que l'empereur alloit au » temple de la métropole, un paysan se trouva sur sa route : » il lui présenta une pomme de Phrygie, la plus belle & la » mieux colorée qu'on eût jamais vue & d'une grosseur sur— » prenante ; Théodose ordonne qu'on gratifie le paysan de » cent pieces d'or (ce qui montoit à treize ou quatorze cent » livres de notre monnoie) & qu'on porte ce fruit à l'im—

s'aller enfevelir dans la Paleftine, où elle vécut encore onze années. Elle s'étoit fait conftruire fon

---

» pératrice : Eudoxie commande à fon tour qu'on l'envoie de
» fa part à Paulin ; celui-ci trouve le préfent fi beau, qu'il
» charge un de fes officiers d'aller l'offrir à fon fouverain,
» lorfqu'il fortiroit de l'églife. Le monarque, fans rien dire à
» l'officier, le reçoit d'un air obligeant, & l'ayant fait cacher ¹
» à fa rentrée au palais, il va droit à l'appartement de l'im-
» pératrice : après quelques difcours, il lui demande ce qu'elle
» penfoit de cette pomme, & ce qu'elle en avoit fait, elle
» répond qu'elle l'a mangée ; elle va même jufqu'à l'affirmer.
» L'empereur fait apporter le fruit, accable fa femme de re-
» proches fanglants, l'accufe d'impofture, d'infidélité ; elle
» refte confufe ; Théodofe la quitte, fans avoir pu en obtenir
» une parole. Paulin enfin a la tête tranchée, fans qu'Eudoxie
» & Pulchérie en aient été prévenues ».

C'eft ce même Paulin que Théodofe appelloit *fon ami*, &
auquel il avoit été attaché depuis l'enfance : exemple éclatant,
qui prouve bien ce que c'eft que l'*amitié des rois*, du moins de
la plupart des fouverains. Nous avons vu fe renouveller
cet exemple fi mémorable & fi inftruétif fous Louis XIII, à
l'égard de *fon cher ami* Cinq-Mars.

Pour revenir à Paulin, voici de quelle façon le Beau nous
préfente ce morceau fi intéreffant : » Paulin étoit tendre-
» ment attaché à Théodofe dès fon enfance ; ils avoient
» paffé enfemble cet heureux temps de la vie, où le cœur

tombeau à Jérufalem , dont elle répara les murs
tombés en ruines. » Depuis Hélene , mere de Conf-

» ignore encore le déguifement , ainfi que la défiance , &
» où l'amitié n'eft contrainte ni par le refpect , ni par la
» réferve : émules dans leurs études , & toujours amis , le
» mariage de Théodofe , loin d'affaiblir leur union , en avoit
» affuré les nœuds. Paulin avoit contribué à l'élévation d'Athé-
» naïs : en relevant fes qualités brillantes , il avoit fixé fur
» elle les regards du prince ; Théodofe l'en aimoit davantage ;
» il le combloit d'honneurs ; il lui avoit confié la charge de
» maître des offices , & lui deftinoit les plus hautes dignités
» de l'empire. L'eftime , autant que la reconnaiffance , atta-
» choit à Paulin le cœur de l'impératrice ; elle fe plaifoit
» à le voir , à l'entendre ; elle retrouvoit en lui le goût qu'elle
» avoit pour les lettres , joint aux qualités les plus effentielles ;
» c'étoit un confident fûr , un guide éclairé & fidele au milieu
» du labyrinte de la cour , inconnu à la princeffe , & ce com-
» merce innocent procuroit à Eudoxie toutes les douceurs que
» permet la vertu ».

Tout l'empire fut frappé de cette mort , & Eudoxie
furtout ; fon honneur étoit intéreffé dans cette perte :
elle avoit à pleurer à la fois , & un ami effentiel qui lui
étoit ravi , & fa réputation en proie à des foupçons &
des bruits calomnieux. Depuis ce moment , Théodofe & la
grandeur lui font devenus infupportables ; elle a en horreur
le diadème ; elle regrette , au milieu des larmes , la vie obf-

» tantin (dit le Beau) , on n'avoit jamais rendu tant
» d'honneur aux faints lieux ».

Eudoxie mourut à l'âge de cinquante-quatre ans ,
quelques hiſtoriens diſent à cinquante neuf , le 20
octobre en 460. Elle proteſta , au lit de mort , qu'elle
n'avoit rien à ſe reprocher au ſujet de Paulin :
» qu'elle n'avoit aimé dans ſa perſonne que l'ami de
» Théodoſe , & un protecteur généreux , qui s'étoit
» empreſſé de ſeconder en ſa faveur les intentions
» de Pulchérie ». La ſociété d'une dame chrétienne ,
nommée Mélanie , n'avoit pas peu contribué à lui
inſpirer le dégoût des grandeurs, & l'inclination pour

---

cure qu'elle avoit quittée avec tant de joie , & ſi peu de
connaiſſance du vrai, vingt années auparavant ; elle court enfin
ſe retirer à Jéruſalem ; indifférente à tout ce qu'on lui rapportoit de la cour , de ſon mari même , & les converſations de
Mélanie lui procurerent *ce repos philoſophique* , qui ſans contredit eſt le premier de tous les biens.

C'eſt à de pareils traits que l'hiſtoire eſt utile , ſurtout
à ces perſonnages élevés , auxquels la hauteur de leurs places
peut cauſer quelque étourdiſſement. On ne ſauroit trop remettre la vérité ſous les yeux : Athénaïs , avec quelque bien ,
eût été cent fois plus heureuſe qu'Eudoxie , ſouveraine d'une
des plus belles parties de la terre.

la retraite. Rien ne reffemble tant à la vraie philofophie que la religion envifagée dans fon objet moral : le but de l'une & l'autre eft de nous montrer la vérité, de nous faire fentir le peu de valeur réelle attachée à ce qui excite les defirs de la plupart des hommes. Combien, fi l'on peut le dire, de paffions factices, & qui nous paraîtroient étrangeres, fi nous ne confultions que les vœux de la nature ! Sans contredit Athénaïs recouvrant le bien que fes freres lui avoient enlevé, eût été plus heureufe qu'elle ne le fut fur le trône, & fouveraine d'un des premiers empires de

---

Sur le trone. Le bonheur ne feroit-il pas dans les premieres places ? & l'obfcurité lui eft-elle abfolument néceffaire ? certainement Louis XIV, ce prince environné de tant de gloire, raffafié de tant d'éloges, un des plus grands rois dont puiffe s'honorer la nation, put croire, fur la fin de fa vie, que le dernier de fes fujets étoit moins malheureux que lui. C'eft donc en nous que réfide la vraie félicité, & hors de nous, nous n'en faififfons que les apparences. » Veux-tu être heureux, » difoit un philofophe? fois-le par toi & en toi même &c. ». Un fage de nos jours a femblé réalifer ce fyftême, qui paraît n'être qu'un jeu de l'imagination : il s'étoit fait une fociété, un monde idéal, des amis, & c'étoit en lui qu'il alloit chercher fes plaifirs, & qu'il les goûtoit.

l'univers. Le bonheur n'eft donc point dans ce qui frappe nos yeux : c'eft au cœur feul à l'apprécier & à en jouir.

Le Barbier. laine . inv 1785   ph . Triere . sculp .

SUITE
DES NOUVELLES
HISTORIQUES.
Par M. D'ARNAUD.

TOME TROISIEME.

SECONDE NOUVELLE.
LE COMTE
DE GLEICHEN.

Prix, 3 liv. broché.

A PARIS,

Chez la Veuve BALLARD & Fils, Imprimeurs
du Roi, rue des Mathurins.

M. DCC. LXXXIV.
Avec Approbation & Privilége du Roi.

CATALOGUE des ŒUVRES de M. D'ARNAUD,

in-8°, & enrichies d'estampes des meilleurs Maîtres, qui se vendent en volumes, ou séparément.

THÉATRE.

COMMINGE, Drame.
EUPHÉMIE, Drame.
FAYEL, Tragédie.
MÉRINVAL, Drame.

LES ÉPOUX MALHEUREUX, 2 volumes.

ÉPREUVES DU SENTIMENT.

Tome premier, contenant :
FANNY.
LUCIE & MÉLANIE.
CLARY.
JULIE.
NANCY.
BATILDE.
Tome second.
ANNE BELL.
SÉLICOURT.
SIDNEY & VOLSAN.
ADELSON & SALVINI.
SARGINES.
Tome troisieme.
ZÉNOTHÉMIS.
BAZILE.
LOREZZO.

LIEBMAN.
ROSALIE.
Tome quatrième.
ERMANCE.
D'ALMANZI.
PAULINE & SUZETTE.
MAKIN.
GERMEUIL.
Tome cinquième.
DAMINVILE.
HENRIETTE.
VALMIERS.
AMÉLIE.
Tome sixième.
FÉLICIANE, *sous presse.*
LIVERMOND, *sous presse.*

NOUVELLES HISTORIQUES.

Tome premier, contenant :
SALISBURY.
WARBECK.
LE SIRE DE CREQUI.
Tome second.
LE PRINCE DE BRETAGNE.

LA D. DE CHATILLON,
LE C. DE STRAFFORD
Tome troisième.
EUDOXIE.
LE C. DE GLEICHEIN.
***, *sous presse.*

Les 2 premiers volumes *in-8°. des Epreuves du Sentiment*, ainsi que le Théatre, se trouvent chez M. BOUGY, Marchand Papetier, rue S. Jacques.

Les autres volumes des *Epreuves du Sentiment*, in-8°. & des *Nouvelles Historiques* jusqu'au troisieme volume, se trouvent chez M. DELALAIN, aîné, Libraire, rue S. Jacques.

L'édition *in-12* des *Epreuves du Sentiment*, 6 volumes, se trouve chez M. MOUTARD, Imprimeur de la Reine, rue des Mathurins.

Les *Epoux Malheureux*, 2 vol. in-8°. & in-12, se trouvent chez la Veuve BALLARD & *Fils*, Imprimeurs du Roi, rue des Mathurins, & LAPORTE, Libraire, rue des Noyers.

La Veuve BALLARD & *Fils* viennent de mettre en vente *le Comte de Gleichen*, la seconde nouvelle du troisieme volume des *Nouvelles Historiques.*

Les *Lamentations de Jérémie*, en vers, avec une Estampe, se trouvent chez l'Auteur, rue des Postes, maison de M. de Fouchy.

On souscrit aussi chez l'Auteur, rue des Postes, & chez le même Libraire, pour les *Délassemens de l'Homme sensible*, dont le quatrieme volume va se donner ; les deux autres se publieront d'ici au mois d'Avril prochain, époque où la souscription se renouvellera.

LE COMTE

DE

GLEICHEN.

Le Barbier, inv.   1783   L. Halbou, sculp.

LE COMTE DE GLEICHEN.

Le Barbier l'aine in. S. halbou Sculp

LE COMTE

DE

GLEICHEN.

Mélédin, malgré tous ses efforts, n'avoit pu empêcher Damiete de céder à la valeur opiniâtre des Chrétiens : ils s'en étoient rendus maîtres après un siége de dix-huit mois , ce qui leur fit oublier l'échec considérable qu'ils venoient d'essuyer, quelques jours avant cette conquête : plus de six mille croisés étoient reftés fur le champ de bataille ; le foudan avoit emmené un nombre de prifonniers , parmi lefquels on comptoit des chevaliers de la premiere diftinction ; quelques-uns furent employés à la culture des jardins.

Ces infortunés , dans leur défaftre , avoient encore des graces à rendre au ciel : ils étoient tombés dans les mains d'un vainqueur qui n'abufoit point de fes avantages , ce qui eft très-rare dans un guerrier heureux. Mélédin , digne neveu du grand Saladin ,

---

Mélédin, digne neveu, &c. Ce prince étoit auffi grand politique que fon oncle Saladin fut un modele de bravoure ; Mélédin fage & modéré dans fes conquètes, offrit plufieurs fois la paix aux Chrétiens ; le légat Pélagius s'obftina toujours à la refufer , & entraîna tous les croifés dans fon opiniâtreté. Ce moine obfcur, élevé au cardinalat par fes intrigues, étoit de ces caracteres remuants, qui ne cherchent qu'à dominer ; d'ailleurs il appuyoit fon opinion, pour continuer la guerre , de certaines prophéties , qui fembloient lui promettre un fuccès affuré ; il étoit efpagnol, & ces prédictions affirmoient » qu'il fortiroit en ce temps-là » de l'Efpagne un homme qui ruineroit la fecte & l'empire » de Mahomet en Orient. » C'en fut affez pour engager Pélagius à rejetter les propofitions avantageufes que fit Mélédin , & de-là la perte totale de la plus belle armée des

possédoit plusieurs des belles qualités de son oncle. Les historiens du temps, qu'on n'accusera point de flatterie à l'égard des Sarrasins, s'accordent tous pour donner à ce prince des louanges méritées : il étoit humain, compatissant, généreux ; il proposa même à différentes fois la paix à des conditions que les croisés eussent dû accepter : mais l'esprit de vertige détruisoit les effets du noble enthousiasme de la religion ; un certain légat Pélagius étoit déterminé par des inclinations belliqueuses, qui se concilioient assez mal avec les maximes de l'église. D'ailleurs la saine politique demandoit qu'on réglât les transports d'un

chrétiens qui eût encore déployé ses drapeaux dans ces contrées, &c.

L'esprit de vertige. En-effet qu'on rapproche toutes les croisades, qu'on en fasse une analyse qui mette un tableau précis sous les yeux : on sera étonné du nombre de fautes grossières & impardonnables, qui ont, pour ainsi dire, marqué les pas des chefs de ces diverses entreprises. Quelle leçon pour quelqu'un que son état appelle au premier rang dans le militaire ! On n'a besoin que de ces seuls exemples, pour sentir tous les désavantages qui résultent de l'esprit de division, & de la valeur aveugle & sourde aux conseils de l'expérience.

H 3

fougueux & aveugle courage. Cette valeur infenfée
& le peu de jugement & de réunion dans les confeils
n'ont pas été une des moindres caufes de la fin
malheureufe qu'ont eue les croifades : importante
leçon pour les fouverains avides de conquêtes. L'art
de les conferver eft peut-être au-deffus des moyens
de fe les procurer , & ce dernier talent ne fut pas
celui de nos princes chrétiens.

Le Grand-Caire étoit la réfidence des foudans
d'Égypte ; Mélédin avoit embelli cette ville d'édi-
fices fomptueux ; fon palais fe faifoit remarquer par
un parc d'une étendue immenfe , rempli des plus
beaux arbres qu'avoient pu fournir l'Europe & l'Afie.
Une femme qu'avoit aimée paffionnément ce monarque , & qui venoit de mourir , lui rendoit cher ce
féjour, dont l'afpect folitaire & fauvage entretenoit
fa mélancolie. Toute fa tendreffe s'étoit portée fur
le feul enfant que lui eût laiffé cette époufe , l'objet
de fes éternels regrets : Zélide en rappelloit l'image ;
c'étoient la même beauté , les mêmes graces; fon pere
l'idolâtroit ; on lui avoit donné le furnom de *Rofe du
matin.* On fait que les Arabes font prodigues de ces
expreffions métaphoriques ; mais c'étoit la vérité
qui avoit appellé ainfi Zélide : la rofe en-effet éclofe

aux premiers rayons du jour, n'eſt pas plus belle &
plus ſéduiſante. La fille de Mélédin touchoit à ſa
quinzieme année ; il avoit déſarmé en ſa faveur l'auſ-
térité orientale : Zélide , dans le palais , comman-
doit plus que le ſoudan même ; une eſclave chrétienne l'avoit élevée ; une infinité de détails parti-
culiers à notre Europe ne lui étoient point étrangers ; mais cette princeſſe avoit une ame ſupérieure
encore aux agréments de ſa figure & de ſon eſprit;
ſon extrême ſenſibilité ſe répandoit ſur tout ce qui
lui offroit l'apparence du malheur ; à ce titre elle
s'intéreſſoit au ſort des victimes d'une guerre que la
méſintelligence & l'incapacité de nos princes ſembloient devoir éterniſer.

Parmi ces captifs , il y en avoit un qui attacha
ſur-tout les regards de Zélide ; il lui échappoit ſouvent de profonds ſoupirs ; il levoit les yeux au ciel,
comme s'il eût voulu l'accuſer d'injuſtice ; tout dé-
céloit dans cet eſclave une haute extraction ; la vraie
nobleſſe , celle de l'ame éclatoit dans tous ſes traits ;
ſa vue ſeule excitoit l'intérêt & même l'attendriſſement ; la princeſſe rechercha pluſieurs fois ſa préſence , & chaque fois elle devenoit plus compatiſ-
ſante & plus rêveuſe.

H 4

On avoit chargé ce prifonnier du foin des fleurs; un compagnon de fes fers travailloit à fes côtés : celui-ci étoit Grec d'origine : il fe nommoit Léon. Les malheureux fe rapprochent aifément; les deux infortunés ne tarderent pas à former une liaifon qui devoit adoucir leurs difgraces; la confidence eft la confolation & le foulagement de l'adverfité. Léon fe fit connaître le premier; il étoit allié à l'illuftre maifon de Ducas; il avoit fuivi nos armées dans l'ef-pérance que quelque action d'éclat le releveroit au rang de fes ancêtres : le fcélérat Murtzuphle fem-bloit en avoir dégradé la fplendeur.

Murtzuphle étoit de l'illuftre maifon de Ducas, & proche parent des fouverains; des fourcils joints & fort épais lui avoient fait donner le nom de Murtzuphle : il brouilla Alexis, qui étoit fur le trône, avec les croifés; ce démêlé eut des fuites fâcheufes : on en vint aux mains. Murtzuphle fe faifit de la perfonne de l'empereur, le plongea dans un cachot, excita le peuple à la révolte, fit mêler du poifon dans les viandes qu'on fervit au malheureux Alexis, & voyant que les effets de fon crime ne fe manifeftoient point affez-tôt, il courut lui même l'étrangler, & mit enfin le diadême fur fon front. Le ciel ne tarda point à punir ce monftre. Les Chrétiens livrerent un affaut à Conftantinople; l'ufurpateur fit éclater le plus grand

L'autre captif, qui depuis long-temps gardoit un silence obstiné, ne put refuser sa confiance à un homme qui lui marquoit tant de sincérité; il prend à son tour la parole : — Léon, ce ne sont point mes chaînes qui me causent le violent chagrin dont vous me voyez pénétré; une ame vraiment courageuse trouve toujours en elle des moyens assurés de se mettre au-dessus de la fortune. D'ailleurs, j'ai combattu, je souffre pour ma religion, & s'il le faut, je mourrai pour elle; c'est-là l'esprit de tout digne

---

courage & une profonde connaissance dans l'art de la guerre; mais, ce qui arrive assez rarement, la fortune se déclara pour la juste cause : Murtzuphle fut totalement défait avec son parti. Les croisés manquant à toutes les regles de la prudence, de l'équité & de la saine politique, donnerent la couronne au comte Baudouin. L'infame meurtrier de son prince alla se réfugier auprès du vieux Alexis, qui lui fit arracher les yeux : son châtiment ne fut point borné à ce supplice : ayant trouvé le moyen de se sauver, Thierri de Los, un de nos croisés le surprit dans sa fuite, & l'amena à Constantinople; il essuya toutes les formes d'un jugement : convaincu d'avoir ôté la vie à son maître, on le fit monter au haut d'une colonne élevée dans la place du *Taureau*, & de-là il fut précipité à la vue des Grecs & des Latins.

chevalier, c'eſt mon devoir; mais la ſenſibilité coñ-
ſerve ſes droits ſur notre cœur; pour être chrétieñ
& ſoldat, je n'en ſuis pas moins époux & pere,
& en ce momeñt..... pardonnez aux larmes qui
m'échappent : je ſuis éloigné d'une femme qui m'eſt
chere, de deux enfants . . . . ils partageoient ma tendreſſe.... hélas ! ne les reverrai-je jamais ? ils ignorent
entierement les revers que j'ai eſſuyés; ils croient ſans
doute que je ne vis plus, tandis que je traîne ici
une exiſtence odieuſe, qui, à la vérité, ne differe
gueres de la mort. L'Allemagne m'a vu naître ; mes
ayeux lui ont donné un empereur : le nom de Gleichen ne ſeroit-il point parvenu à vos oreilles ?... ——
Vous êtes de cette illuſtre famille ! & où ce nom ſeroit-
il étranger ? ce n'eſt pas à vous d'accuſer la deſtinée : plus
heureux que moi, aucune ombre n'a terni l'éclat de
votre race : ſa mémoire s'eſt conſervée dans toute

De Gleichen, &c. Les comtes de Gleichen avoient reçu leur
comté de Charlemagne ; c'eſt un petit pays dépendant du cercle
de la Hauté-Saxe dans la Thuringe, au couchant du territoire
d'Erfurt. Le château étoit ſitué entre Erfurt & Gotha. Le
dernier comte de ce nom eſt mort en 1639 : c'eſt environ eñ
1227 que vivoit celui dont il eſt ici queſtion.

fa pureté ; la famille de Schwartzbourg n'a point produit, ainſi que la mienne , un fléau de ſa patrie , qui n'a monté au trône qu'à force de crimes , & qu'une affreuſe , mais juſte vengeance , en a précipité. Éloignons ces images affligeantes ; ne nous rempliſſons que d'un avenir flatteur ; nos fers . . . . . — Ne feront jamais briſés , Léon : Mélédin s'eſt expliqué. C'eſt ici que nous ſupporterons la vie , que s'ouvrira notre tombeau ; non , mon épouſe & mes enfants... je ne les prefferai plus dans mes bras ! grand Dieu ! pourquoi nous eſt-il défendu d'attenter à nos jours ? qu'eſt-ce , hélas ! que le reſte de la carriere que nous avons à parcourir ?

Léon , peut-être moins ſenſible que le comte , s'efforçoit de le conſoler : on prend ſouvent pour fermeté cette indifférence qui ne part que d'un cœur froid & peu touché.

Les deux eſclaves obſervent ſur une fenêtre, d'où l'on pouvoit les voir ſans être vu , un arrangement de fleurs , qui fixa ſur-tout l'attention de Gleichen. Son compagnon , plus inſtruit que lui dans ce qui concernoit les mœurs & les uſages aſiatiques , s'attache auſſi à regarder ces fleurs , & tout-à-coup, il s'écrie: Mon ami ! le ciel ne nous a point abandonnés ! on

s'intéreſſe à l'un de nous deux . . . . du courage ! de
l'eſpérance ! laiſſez-moi examiner... voilà un bouton
de roſe à côté d'une branche de myrthe ... cette
tubéreuſe placée au-deſſus d'un œillet ... oui, nous
devons aſſurément concevoir la plus ﬂatteuſe attente.

Le comte reſtoit dans l'étonnement ; les paroles
de Léon ſont auſſi obſcures pour lui que ſes tranſports de joie ; il le conſidere avec une nouvelle ſur-
priſe : il le voit redoubler d'attention , les yeux fixés
continuellement ſur la fenêtre. Le Grec reprend ,
avec une forte d'enthouſiafme : Excellentes nouvelles pour vous ! Comte , on veut vous connaître,
ſavoir en un mot qui vous êtes : on vous promet de
s'occuper de votre ſort : que décidez-vous ? dictez-
moi la réponſe , je me charge de ce ſoin.

Gleichen engageoit cependant Léon à s'expliquer:
— Tout ceci eſt pour moi une énigme inintelligible;
plus vous me parlez,& moins je comprends... vous me
dites de répondre,&... où eſt la lettre qu'on m'a écrite?
— Comte , il eſt aifé de voir que la connaiſſance
des uſages de ces contrées vous eſt peu familiere:
vous n'avez donc pas appris le langage des fleurs ?

Le langage des fleurs. Comme la difficulté excite l'induſtrie!

Si vous faviez qu'on emploie à votre égard des expreffions pleines de fentiment; jamais cet art ingénieux ne s'eft montré un plus fidele interprete.

Léon donne à Gleichen les éléments de cette efpece de langue , que la difficulté de fe voir , de s'entretenir , l'amour , plus que toute autre chofe fans
doute , ont inventée chez les Orientaux.

Nous nous rappellerons que le comte avoit infpiré un intérêt qui prenoit inceffamment de nouvelles forces ; & qui reffentoit cet intérêt fi domi-
nant ? la fille même de Mélédin ; fa tendre jeuneffe ,
l'efpece d'efclavage où vivent les femmes afiatiques ,
cette contrainte cruelle qui irrite les défirs , & d'une
étincelle produit fouvent un incendie : c'étoient-là
les dangereux ennemis que Zélide avoit à combattre.
Qu'on n'oublie point les lieux où elle étoit née , climats brûlants , bien différents de nos pays froids ,
qui femblent fi peu faits pour nourrir le feu des

Croiroit-on qu'en Afie le langage des fleurs eft en-effet une
langue particuliere ? on tient de cette forte des converfations
fuivies ; les couleurs , les nuances mêmes , l'arrangement des
fleurs forment la différence des idées & des expreffions. C'eft à
ces efpeces de fingularités qu'on peut s'écrier avec le Poëte
latin : *Quid non poffit amor !*

paffions. Peut - être la princeffe ignoroit - elle la
caufe du trouble qu'elle éprouvoit ; mais fa pitié,
difons fon attendriffement déclaré en faveur de l'infortuné Gleichen lui ôtoit jufqu'à fon repos : elle
en parloit fans ceffe à cette efclave chrétienne, chargée de fon éducation. Albana (c'étoit le nom de
l'efclave) avoit été enlevée par des corfaires qui
infeftoient les murs de Sicile & vendue à des mar-
chands Sarrafins ; achetée par un des officiers du
foudan, elle étoit entrée, après quelques années,
au fervice de la jeune princeffe, & avoit feint de
quitter fa religion pour embraffer la mufulmane.
Attachée en fecret au chriftianifme & à fa patrie, elle
ne déguifoit point à Zélide & fes regrets & fes remords ; cette fille voyoit donc avec quelque plaifir
le cœur de fon éleve s'ouvrir à des mouvements de
fenfibilité en faveur d'un Européen & d'un Chrétien.
Je ne fais, lui dit la princeffe, pourquoi je fuis
trifte & mélancolique, depuis que mes yeux fe font
arrêtés fur un de ces deux efclaves qui travaillent
dans nos jardins. Combien il me touche ! L'as-tu
bien obfervé ? quelle phyfionomie pleine de nobleffe !
oh ! c'eft affurément un de vos chevaliers, un homme
du premier rang ! ce captif ne peut être d'une con-

dition vulgaire ; il me paraît accablé de fa fituation ;
quelquefois même des larmes lui échappent, & ces
pleurs..... Albana, c'eft moi, c'eft moi qui les
répands ! la compaffion eft donc un fentiment bien
violent ! mon cœur en eft pénétré, déchiré !

Gleichen, conduit par fon ami, arrange de fon
côté des fleurs qui répondoient à celles que Zélide
expofoit fur fon balcon ; il fe contente de faire entendre qu'il fupportoit impatiemment la fervitude,
qu'il regrettoit fa patrie, fa famille, qu'il mouroit
de défefpoir, fachant que le foudan a réfolu de ne
point brifer leurs chaînes, quelque rançon qu'ils
offriffent, & qu'il avoit même prononcé l'arrêt d'un
efclavage éternel.

Ces efpeces d'entretiens muets ne font que nourrir
& développer une impreffion qui tous les jours devenoit plus profonde. Zélide a fans ceffe recours à fes
fleurs : les couleurs font plus brillantes, plus expref-
fives ; ces organes inanimés peignent vivement cet
intérêt, ou plutôt cette inclination naiffante qui n'agite
déjà que trop la fille de Mélédin ; enfin le comte
ne peut plus douter qu'il ne foit aimé : Léon, à ce
fujet, lui a donné toutes les connaiffances de ce langage fymbolique.

Gleichen ignoroit encore quel pouvoit être le cœur sensible qu'il avoit touché en sa faveur. Vous avez été surpris, lui dit un jour Léon, de l'espece de triomphe que vous venez de remporter en ces lieux : vous le serez bien davantage, quand le nom de la personne qui s'intéresse à votre sort, vous fera connu : apprenez que c'est la fille du soudan ......
— Zélide ! — Elle-même. Un de nos compagnons d'infortune m'a tout découvert.

A cette nouvelle, le comte se livre aux alarmes. A quels supplices ils seront exposés l'un & l'autre, si le soudan va concevoir le moindre soupçon ! ce ne seroit pas assez de leur perte : ils entraîneroient dans leur désastre tous les captifs chrétiens ; comment se sauver d'un piége si dangereux ?

Gleichen étoit déterminé à rejetter sans ménagement tout ce qui pouvoit entretenir une sorte d'intrigue dont les suites ne pouvoient qu'être funestes. Il faut, disoit-il à son ami, que la vérité éclatte, que la princesse soit instruite. . . . . Quel est votre dessein, interrompt Léon ? avant que d'embrasser un parti, remplissez-vous de votre cruelle destinée : vieillir, mourir dans les fers, ne point même goûter la consolation d'exhaler son dernier soupir dans le sein de ses compatriotes :

compatriotes : voilà , comte , le fort qui nous eſt
réſervé. Cette image eſt-elle bien fous vos yeux ,
dans votre cœur ? Sans doute , interrompt Gleichen,
je fens toute l'horreur de notre ſituation : il eſt inutile de me la préſenter ; la mienne fur-tout eſt des
plus affligeantes ! Léon , vous n'êtes ni mari , ni pere ;
mais , en ce moment, qu'exigez - vous que je faſſe ?
décidez. — Qu'oubliant moins vos intérêts , vous
vous gardiez d'apprendre à la princeſſe que vous
avez une épouſe.... — Et vous voudriez que je
trahiſſe.... — Il ne s'agit point ici d'écouter ſcru-
puleuſement une délicateſſe peut-être trop exagérée :
comte , il eſt des circonſtances où la néceſſité commande. Encore une fois , ſongez à votre liberté , à
votre exiſtence , à votre famille , qui vous impoſe les
plus grands ſacrifices. Je ne vous ferai du-moins qu'une
priere : différez de révéler préſentement... ce qui nous
perdroit, n'en doutez pas. Vous ne ſçavez donc point
ce qu'eſt le cœur d'une femme ? Il eſt rare que la
généroſité y domine l'amour : c'eſt la premiere des
paſſions pour ce ſexe ſenſible ... attendez un inſtant favorable .... le ciel viendra à notre ſecours ;
profitons aujourd'hui de la lueur d'eſpoir qui nous
eſt offerte.

Tome III.   I

Il faut croire que le Grec parvint à fe rendre maître de l'efprit de Gleichen : celui-ci promit qu'il ne parleroit que des chagrins inféparables de l'efclavage, & qu'augmente l'éloignement de la patrie.

Mélédin donne une fête fuperbe à celles des fultanes qui avoient la préférence fur ce nombre de beautés que renfermoit fon ferrail ; Zélide préfidoit à ce divertiffement. Nous avons déja obfervé que la tendreffe de fon pere l'avoit affranchie de cette contrainte rigoureufe, une des chaînes du defpotifme oriental ; elle defcend dans les jardins, accompagnée de cette efclave Sicilienne qui veilloit à fon éducation. Le comte arrangeoit un bouquet que le foudan deftinoit à fa fille ; il apperçoit venir vers lui deux femmes voilées : celle qui s'avançoit la premiere, faifoit admirer la richeffe d'une taille à la fois élégante & majeftueufe ; elle marchoit comme une déeffe qui auroit à peine imprimé fa trace fur la terre : il n'attend point qu'elles approchent : il va à leur rencontre : Gleichen refte immobile, en extâfe, lorfqu'une de ces femmes a levé fon voile ; un poëte Arabe, qui s'eft exercé fur cette hiftoire, a mis dans la bouche du chevalier ces expreffions qu'il faut pardonner au génie de fa langue, mais qui peignent

vivement le charme que refpiroit cette merveille
de fon fexe :

» O ciel ! eft-ce la jeune Aurore

» Qui defcendue ici de fon char de rubis ,

» Vient nous montrer ce doux fouris

» Dont tout s'embellit, fe colore ?

» Pour donner une reine aux fleurs ,

» Une heureufe métamorphofe

» Auroit-elle animé la belle & tendre Rofe ?

» Je vois fes brillantes couleurs ,

» Je fens fes parfums enchanteurs ,

» Ce matin même elle eft éclofe ;

» Flore ajoute fans ceffe à fes attraits vainqueurs.

Ces vers au - refte fignifient que Gleichen
n'avoit jamais rien vu de plus beau ; & comme fon
enchantement augmente, lorfqu'il entend la voix
même du cœur lui adreffer ces mots ! — Chrétien,
tu dois connaître l'intérêt que je prends à ton fort;
c'eft moi qui prête mon ame à ces fleurs , qui les
fais parler. . . . — Vous feriez, madame, la princeffe. . . . — Oui , je fuis la fille du foudan, que,
pour mon malheur, ta deftinée a touchée . . . . j'ai
faifi un moment que me laiffoit le tumulte d'une fête...
je viens te dire... je ne t'apprendrai rien . . . chré-

I 2

tien, l'efclave de mon pere, tu le vois, eft le maître de fa fille !

Zélide, à ces paroles, laiffe voir une rougeur qui l'embellit encore. Le comte étoit tombé à fes pieds : — Madame, je vous invoque comme une divinité : vous m'en offrez tous les traits : vous en avez auffi fans doute l'ame compatiffante & généreufe ; c'eft de vous, madame, que j'attends la fin de mes infortunes ; ce font vos mains protectrices qui daigneront brifer mes fers.... — Chrétien, tu ne parles pas des miens ! penfes-tu que ma chaîne foit moins pefante que la tienne ?

Zélide enfin enhardie par l'amour qui fe joue des dignités, des bienféances, Zélide découvre le fecret de fon cœur ; le comte à fon tour lui a révélé tout ce qui le concernoit : elle eft inftruite de fa naiffance illuftre, du pays qui lui a donné le jour, du rang qu'il occupoit, de l'éclat répandu fur fa maifon ; peut-être Gleichen, dont la noble franchife s'indignoit contre la feinte qui traîne toujours après foi la baffeffe, alloit-il lui apprendre qu'il étoit marié : on annonce dans les jardins l'arrivée du foudan : la princeffe eft donc obligée de fe féparer de l'efclave, fans fçavoir ce qu'elle doit efpérer d'un aveu qu'elle n'a pu retenir; elle court à fa confidente : —— Ma chere Albana…. ma chere Albana, c'eft en-vain que je voudrois te déguifer mes fentiments : tout juftifie l'intérêt fi touchant que ce chrétien m'a infpiré ; je ne me trompois point : il eft d'une haute extraction…… il eft digne d'exciter cette bienveillance, cette impreffion fi puiffante qui me follicite, qui me commande en fa faveur…… mais où tendent fes vœux? Albana, il foupire après la liberté ! il ne demande qu'à quitter ces climats ! &… fi Gleichen abandonne ce féjour, que de-viendrai-je ? malheureufe !.. non, je ne te le cache point : fon départ me caufera la mort : cependant je defirerois l'obliger, être fa bienfaitrice… ah ! pour-quoi faut il que je l'aie vu ? & depuis que je lui ai parlé…. c'eft moi, ma chere amie, c'eft moi qui fuis la trifte efclave, d'autant plus à plaindre, que je chéris mes fers ! hélas ! ils ne peuvent affez m'en-chaîner ! fi du-moins il reftoit en ces lieux, que, tous les jours, je puffe jouir de fa préfence !… ce plaifir me fuffiroit, oui, il me fuffiroit… Albana, j'aime, je le fens trop !…..

Mélédin aborde fa fille, & lui préfente le bouquet qu'il venoit de prendre des mains du comte oh !

I 3

comme celles de Zélide fe précipitent fur ces fleurs !
elle les met dans fon fein , & ne peut s'empêcher
de dire : Mon pere... mon pere, elles ne fçauroient
être affez près de mon cœur! Gleichen, éloigné à
quelques pas du foudan, étoit à portée d'entendre
ces mots, & affurément ils n'étoient pas échappés
fans deffein à la princeffe. La fête fut des plus brillantes ; Zélide en reçut tous les honneurs : effectivement fa beauté furpaffoit toutes les autres, comme
les aftres de la nuit , pour me fervir encore du langage
du poëte. Arabe , pâliffent & s'effacent devant les
rayons de l'aftre du jour.

Léon félicite le comte de fon efpece de triomphe.
Mon ami , répond Gleichen en foupirant, vous me
faites jouer un rôle indigne d'un chevalier ! irai-je
par un vil artifice féduire la jeuneffe , les graces ,
la candeur même, mentir à l'ingénuité , à l'innocence ! je laifferois dans l'erreur cette créature en-
chantereffe , la feule femme peut-être qui, depuis que
j'ai engagé ma foi à une époufe chérie , m'ait fait
fentir le pouvoir de la beauté! En-effet , que de
charmes ont frappé ma vue ! c'eft une de ces houris
raviffantes dont nous parle leur Mahomet ! non , ne
l'efpérez point, ne l'efpérez point. Si le foudan ne

fût pas arrivé , la princeſſe... elle ſçavoit tout : que je ſuis mari , que je ſuis pere , que mon cœur , mon ame entiere appartient , & doit appartenir à une autre ... acheter la liberté à ce prix ! ah ! plutôt cent fois l'eſclavage le plus dur , la mort la plus horrible ! que jamais je ne revoie mon pays , ma famille ! je ne trahirai point... C'eſt-à-dire , interrompt vivement Léon , que vous avez juré la perte de tous les chevaliers captifs ? ſoyez-en bien bien ſûr : cet amour qui, dans ce moment, inſpire Zélide , ſe changera en une haine .... elle communiquera au ſoudan tous les tranſports de la vengeance, &... nous ſerons enveloppés dans votre ruine. D'ailleurs vous n'avez rien promis , on ne peut vous accuſer d'impoſture.... ne m'entretenez donc plus de vos regrets ; vous creuſez notre précipice : nous y tomberons , victimes de votre prétendue généroſité.

Les fleurs , de la part de Zélide , prenoient le langage d'une paſſion décidée ; Léon , malgré les repréſentations de Gleichen , rendoit des réponſes propres à nourrir cette ardeur ſi confiante ; en-vain le comte menaçoit de démentir tout ce que le Grec lui faiſoit dire.

L'agitation du *loyal* chevalier ne ſauroit ſe repr

I 4

fenter : fouvent il étoit prêt , dans fon défefpoir , à
détruire l'affemblage de ces efpeces d'organes muets
qui ne fervoient qu'à entretenir un amour trop crédule ; il fe reprochoit le crime le plus honteux pour
un homme de fon rang , le menfonge qui eft toujours
fouillé par la baffeffe ; il s'accufoit de laiffer naître
une paffion qu'il ne pouvoit partager , & Zélide avoit
tant de charmes , d'ingénuité ! elle excitoit un intérêt
fi touchant ! il y avoit des moments rapides où elle ba-
lançoit dans le cœur de Gleichen , fon époufe : mais
la fidélité , la tendreffe , tous les fentiments qu'il avoit,
en quelque forte , confacrés à cette femme chérie ,
venoient bientôt le ramener à la vertu & à fon devoir.

Un efclave annonce au comte qu'une perfonne
inconnue lui demande un rendez - vous, au milieu de la nuit , dans un bofquet qu'il lui défigne :
Gleichen , égaré par une multitude de réflexions diverfes , promet de s'y trouver , fans trop fçavoir la
réponfe qui lui étoit échappée.

A peine l'efclave s'eft-il retiré , que le comte vouloit le rappeller , & reprendre fa parole : —— Qu'au-
roit-on à me confier ? cette perfonne... ô ciel ! fi la
fille du foudan.... à cette heure !...

Il eft faifi d'épouvante ; il fait part à Léon du

meſſage qu'il vient de recevoir ; cependant il ſe détermine à s'expoſer aux riſques d'une entrevue ſi
peu attendue ; il a pris la réſolution , ſi c'eſt la princeſſe , de ne lui rien diſſimuler ; il répondra par
une noble franchiſe , à un aveu qu'il ne lui eſt point
permis d'entendre & de favoriſer ; Léon vainement
cherche encore à le détourner de ce projet : Gleichen
ferme l'oreille à toutes ſes ſuggeſtions , à ſes prieres
mêmes ; oui, Zélide ſçaura qu'elle ne peut être aimée
de l'objet qui ſans doute lui étoit le plus cher ; ſi l'a-
mour peut ſe payer de la reconnaiſſance , Gleichen
lui en aſſurera les tranſports les plus vifs , les plus
conſtants. Ah ! s'écrie Léon , je vous l'ai dit , vous
connaiſſez peu un ſexe qu'on n'offenſe point im-
punément ! vous parlez de reconnaiſſance ? qu'eſt-ce
que la reconnaiſſance au prix de la tendreſſe? Comte ,
cet aveu... nous perdra tous? vous oubliez, homme
inflexible ! le nombre de deſtinées qui ſont attachées
à la vôtre ?

Gleichen ſe rend , dans l'ombre de la nuit , au
boſquet indiqué ; il eſt livré à une infinité de combats différents : s'il cede à la vérité qui le preſſe, il
n'eſt pas l'unique victime de ſa ſincérité , & il en-
viſage peu ſa propre conſervation : il enveloppe dans

fa perte, tous les captifs ; il porte un coup funeste à
la chrétienté, & en diffimulant, en employant la
feinte, le comte devient coupable de la plus lâche,
de la plus noire trahifon ; il offenfe la jeuneffe, la
beauté, l'amour, la candeur ; il caufera peut-être
la mort à la femme la plus aimable, & la plus digne
d'être aimée. Que réfoudre ? à quel parti s'arrêter ?

Il entend quelque bruit ; il entrevoit un voile ;
on approche : une femme s'avance vers lui. Albana,
(c'étoit elle-méme) lui parle ainfi : Seigneur, car votre
naiffance m'eft connue, n'ayez aucune crainte : tout
eft calme, tout dort en ces lieux, excepté une jeune
victime d'un penchant qui ne peut que la rendre
trop malheureufe : c'eft la princeffe qui m'envoie
vers vous : vous n'ignorez point les fentiments que
vous lui avez infpirés ; hélas ! je vois moi-même avec
douleur, qu'ils prennent, tous les jours, plus d'empire ; je fuis chrétienne, feigneur, quoique j'aie paru
embraffer le mahométifme : c'eft vous prévenir
qu'une même religion, qu'un même intérêt, en quelque forte, nous unit ; cependant puis-je oublier que le
foudan a confié fa fille à mes foins ? & malgré moi,
je trahis mon devoir, l'honneur ! je fuis forcée à cette
démarche fi inconfidérée, fi coupable ! Zélide...

va peut-être expirer ; elle ne veut , m'a-t-elle dit ,
que vous voir , vous voir un seul instant , & satisfaite de cette complaisance de ma part , elle m'a
promis qu'elle s'efforceroit ensuite de triompher
d'un amour que tout sans doute doit l'engager à
vaincre.

La générosité , la vérité ont enflammé Gleichen ;
il a tout avoué : la Sicilienne sçait enfin que le comte
a laissé dans sa patrie une épouse , des enfants....
— Ah ! seigneur , que viens-je d'entendre ? gardez-vous , gardez-vous de révéler ce secret à ma
jeune maitresse ! vous ne connaissez pas avec quel
transport , quelle flamme on aime dans ces contrées ?
oui.... Zélide en mourroit , & ... je la perdrois!..
nous serions tous immolés !... Son pere... seigneur...
son pere... que cette image soit toujours devant vos
yeux ! — Mais... Albana , pensez-vous qu'en fuyant
ses regards.... — Ne point la voir , seigneur ! elle
vous attend , & .... j'ai promis de vous amener.
— M'offrir à sa vue ! ô ciel ! & il faudra garder le
silence , tromper... un chevalier !.. Albana , quelle
loi vous m'imposez ! — C'est la nécessité , l'intérêt
de nos compatriotes , le salut même de Zélide , qui
vous ordonne de vous taire. Seigneur... je ne sçais

au-refte quels confeils vous donner ... je n'envifage
qu'un précipice.... Venez... fuivez-moi.

A quels orages l'ame du comte eft abandonnée !
il marche en tremblant fur les pas de la Sicilienne ;
elle l'introduit, par des détours, dans un appartement
éclairé d'un nombre de lampes, qui répandoient une
odeur fuave ; les parfums les plus délicieux de l'A-
rabie s'exhaloient de plufieurs vafes qu'entouroient
des guirlandes formées des plus brillantes fleurs :
mais ce n'eft point ce fpectacle qui frappe Gleichen :
c'eft la déeffe même de la beauté à demi-couchée
fur des carreaux, felon l'ufage oriental ; fon voile
étoit relevé : elle le baiffe à l'inftant : — Approchez,
chrétien, approchez. Albana fans doute vous a inftruit.... faut-il donc que je laiffe éclater dans toute
fa violence, un fentiment qui auroit dû s'enfevelir
avec moi ! Je puis vous cacher ma rougeur : mais je
ne faurois m'en impofer fur ma démarche : mon
amour.... mon amour eft à un tel excès, que je
franchis toutes les bornes.... chrétien, je ne fçais
plus qu'aimer. (Et, à ce mot, la princeffe répand des
larmes.) J'ai voulu ... j'ai défiré vous voir... j'ai
donné ma parole à ma fidele Albana que ce feroit
le dernier jour... Qu'ai-je promis ! ô ciel ! la derniere

fois ! ah ! me fera-t-il poffible, me fera-t-il poffible
de ne plus fouhaiter votre vue, de ne plus la chercher?... Seigneur, vous m'avez éclairé fur votre
naiffance.... le foudan, mon pere me témoigne
une tendreffe dont j'ai lieu de tout attendre; fi vous
reffentiez mes tranfports, fi vous partagiez cette ardeur qui me brûle, qui me dévore, vous oublie-
riez votre patrie : la mienne deviendroit la vôtre :
Mélédin vous combleroit de fes bienfaits... M'aimez-
vous ?

A ce mot, prononcé par une bouche de rofe,
par l'amour lui-même, Gleichen ne peut s'empêcher
de tomber aux pieds de la princeffe, & lui baifant
la main : — Madame... madame, vous me voyez
pénétré.... tant de graces, de charmes... la plus
vive reconnaiffance..... — Ah ! dites l'amour le
plus tendre, le plus paffionné.... qui réponde à
toute mon ardeur.... Oui, Mélédin peut vous dédommager de tous les facrifices; informé de votre
nobleffe, de votre rang, n'en doutez point, il vous
élevera jufqu'à lui; l'hymen pourra nous unir; vous
régnerez avec Zélide; que dis-je ? c'eft vous qui
donnerez des loix, qui commanderez : Zélide n'afpire qu'à porter le nom de votre efclave... Ah ! chré-

tien , c'eft la fille de ton vainqueur , du foudan d'Egypte qui meurt pour toi !

Quels traits pour l'ame du comte ! la plus fédui-fante des femmes , une jeune princeffe , la rofe même qui s'ouvroit au premier rayon de l'amour , tout l'at-trayant , tout le charme de la volupté : voilà les en-nemis , les enchantements auxquels il falloit que Gleichen réfiftât. Zélide reprend : Un feul obftacle s'oppoferoit à notre union ; mais , fi vous êtes fenfible, fi vous pouvez me payer de quelque retour ... m'ai-mer ... comme je vous aime : oh ! cet obftacle s'ap-planira : eh ! penfez-vous que notre croyance differe tant de celle que vous avez adoptée ? j'en fuis cer-taine : à ce prix , le foudan ... chrétien .... vous feriez mon époux.... — Que je renonce à ma reli-gion , madame ! n'avez-vous jamais vu... n'avez-vous jamais entendu parler de nos chevaliers ? Il n'y a que le feul comte de Tripoli , le feul Raimond qui

---

Le feul Raimond. Nous l'avons déja dit ailleurs : (fixieme Partie *des délaffements de l'homme fenfible ,* tome troifieme.) le comte de Tripoli , furieux de ce que Sybille lui avoit préféré Lufignan pour lui donner fon lit & la couronne , alla fe ré-fugier auprès de Saladin , apoftafia , prit les armes contre les

ait démenti sa naissance, son origine, sa patrie. Igno-
rez-vous qu'une éternelle exécration lui est réservée ?
nous ne prononçons qu'avec horreur ce nom que
nous nous efforçons d'oublier..... Madame, une
barriere invincible est élevée entre nous deux. La
religion, s'écrie Zélide en pleurs, causeroit mes
maux ! Comte, ah ! vous ne savez pas aimer ... vous
ne savez pas aimer !.. cruel ! j'eusse tout fait pour toi !
du-moins .... tu resteras chrétien dans le cœur,
nous servons le même Dieu..... —— La feinte,
madame ! l'artifice est indigne de nous deux ...
Princesse, croyez que vos bienfaits ne s'effaceront
jamais de ma mémoire; que je vous doive la liberté !
& mon ame ... sera toujours remplie de Zélide;
elle aura tous les sentiments que l'honneur, que le
devoir me permettront de lui accorder; elle sera
après.... Zélide sera ce que j'aimerai le mieux.

Gleichen, prêt de se trahir, n'avoit proféré qu'avec
un extrême embarras ces dernieres paroles. Vous
êtes un ingrat, s'écrie Zélide éplorée! je voulois...

Chrétiens, les perdit totalement dans la Palestine, & mourut
de rage : Saladin ne l'ayant pas nommé roi de Jérusalem, comme
il le lui avoit promis.

allez , languiffez dans l'obfcure condition d'efclave ; traînez le poids des fers : c'eft une deftinée qui vous eft due ; ces Chrétiens doivent-ils feulement exciter la pitié? vous m'avertiffez... je me fuis livrée à l'humiliation... mais... je réparerai... je réparerai ma faute, je l'expierai par la haine. . . . . Ah ! feigneur... moi! vous hair ! non , ne le croyez pas, ne le croyez pas... Vous parlez de liberté?.. vous m'avez ravi la mienne!.. Que vous vous éloigniez de ces lieux ! que je ne vous voie plus ! que les mers nous féparent ! que jamais Zélide ne puiffe dire qu'elle vous aime ! . . . . hélas ! ce fentiment... fuis-je la maîtreffe de l'étouffer , même de le combatrre ! il m'animera, il m'enflamera jufques dans le tombeau. . . . . Vous ne me dites rien ? —Madame , il ne m'eft permis de vous répondre que par un feul mot : la différence de nos religions ... — Albana ... qu'il s'éloigne ! . . . qu'il forte ! qu'il ne reparaiffe plus !.. je ne te verrai. . . . non , je ne te verrai jamais ; j'ai offenfé pour toi la vertu , mon devoir . . . . . j'ai oublié que j'étois la fille d'un fouverain , de ton maître . . . . barbare ! tu me cauferas la mort !

Gleichen n'entendoit déja plus ces derniers mots : la Sicilienne le ramenoit dans les jardins , par les
mêmes

mêmes détours : — Qu'avez-vous fait ? qu'avez-vous fait ? ne deviez-vous pas du-moins lui témoigner cette fenfibilité qui, au défaut de l'amour, confole, adoucit ... elle mérite votre pitié, votre reconnaif-fance.... Ah ! s'écrie le comte; elle mériteroit la tendreffe la plus vive, je ne le fens que trop ! mais, Albana, me convient-il... eft-il en mon pouvoir d'écouter des tranfports, que fans doute Zélide eft capable d'infpirer ? & quand je brûlerois d'une ardeur mutuelle; quand fes charmes fe feroient emparés de mon ame : irois-je oublier mon époufe, ma religion, cette religion pour laquelle tout digne chevalier doit mourir, qui nous a appellés dans ces contrées, qui nous y fait trouver l'efclavage, le tombeau ?

Le comte, & la Sicilienne fe féparent frappés d'une fituation fi accablante, & plus incertains que jamais fur le parti qu'ils prendront dans une telle extrêmité.

Gleichen retourne auprès de Léon qui lui marque fon impatience d'être inftruit quelles avoient pu être les fuites de l'entrevue. Pour Zélide, il eft impoffible de fe figurer l'affreux bouleverfement de tous fes fens: —Je montrerai... je montrerai aux Chrétiens que nous les furpaffons en générofité; Albana... je fçaurai vaincre, furmonter cette paffion... qui me coûtera la vie !.. il n'importe... qu'il foit libre ! qu'il s'éloigne pour jamais de ces climats ! que mon nom s'efface de fa mémoire ! je le difpenfe même du tribut de cette reconnaiffance.... eh ! l'ingrat ! lui feroit - il poffible de payer mon amour ?... tu es ma feule amie, mon cœur n'a jamais eu de fecrets qu'il t'ait cachés.... j'aime, j'aime avec fureur, fans efpoir ! tu le vois : le barbare ! il refufe le préfent de ma main ! je l'euffe élevé jufqu'au trône de mon pere. Il me parle de religion ! ah ! je fens, Albana ... la mienne... pardonne, ô divin Prophete ! pardonne!... guéris donc mon cœur d'une bleffure fi profonde !.. Albana... je briferois fes fers, car le foudan ne me refuferoit point cette grace ! & il partiroit ! il fuiroit pour toujours de mes yeux ! encore fi mes regards pouvoient quelquefois s'attacher fur les fiens ! fi je fçavois du-moins qu'il eft en ces lieux, qu'il refpire l'air que je refpire!... Non, je n'aurai pas la force d'être fi généreufe, d'être à ce point mon ennemie, mon bourreau : il reftera dans les chaînes... fi elles étoient rompues, à peine fe reffouviendroit-il de Zélide ! c'eft ainfi, Albana, qu'il récompenferoit une tendreffe fans exemple ; & de retour dans fa patrie, il fe riroit de mes larmes,

de mon trépas : car penfes-tu que j'y puiffe furvivre ? Je ne me connais plus, je n'ai plus de
vertu, de raifon..... il eft donc fi attaché à fort
culte ! il eft vrai... il eft vrai, le chriftianifme enfeigne, ordonne la fenfibilité !.. Albana, j'en veux examiner les principes : tu les a déja mis fous mes yeux :
ta religion ne m'eft point étrangere... je dois m'en
occuper : elle eft celle du comte.

Cependant Mélédin, malgré fes vues pacifiques,
étoit encore forcé de relever l'étendart de la guerre.
L'empereur Frédéric lui avoit fait redemander, avec
beaucoup de hauteur, le royaume de Jérufalem.
Le foudan répondit par fes ambaffadeurs : » Qu'il
» ne rejettoit pas l'amitié de ce prince : mais qu'à
» l'égard de la reftitution des faints-Lieux, il lui étoit
» abfolument défendu, par fa religion & fa confcience,
» de le farisfaire fur cet article ». Il ajoutoit : » Que
» les Sarrafins avoient la même vénération pour le
» *temple du Seigneur*, où ils venoient de toutes parts
» adorer Dieu ; que les Chrétiens en faifoient voir
» en faveur de l'églife du faint-Sépulchre confacré
» à Jéfus-Chrift ; qu'au refte il ne demandoit pas mieux
» que d'entretenir la paix, la guerre étant néceffai-
» rement un fléau deftructeur pour les deux Partis »

K 2

Des préfens magnifiques avoient accompagné cette réponfe ; on prétend même que les envoyés de

---

Des préfens magnifiques. On lit dans l'Hiftoire des Croifades, ouvrage d'ailleurs fait pour être oublié, ces détails : » Mélédin
» lui (à Frédéric) fit préfenter, entr'autres raretés précieufes
» de l'Orient, une magnifique tente qu'on eftima plus de deux
» cents mille écus, dans laquelle, en enchériffant encore par-
» deffus ce qu'on a écrit de la magnificence des anciens rois
» de Perfe, on avoit fi parfaitement repréfenté le véritable
» ciel dans celui de cet admirable pavillon, qu'on y voycit
» les globes du foleil & de la terre, qui par de fecrets refforts
» tournant comme d'eux-mêmes tout à l'entour, gardoient
» exactement, par un favant artifice, les mêmes mefures dans
» leurs mouvements réguliers que la nature a prefcrites en
» deux manieres différentes à ces deux aftres, qui par cette
» diverfité bien réglée de leur courfe, font toute l'harmonie
» du monde : de forte que toutes les heures du jour & de la
» nuit étoient marquées dans cette tente par le cours artificiel
» de ces deux globes, auffi exactement qu'elles le peuvent
» être dans un cadran par le mouvement du foleil & de la
» lune ». Ce qui doit étonner plus encore que ce galimathias,
c'eft que ce Maimbourg, auteur de cette hiftoire des Croifades,
ait paru dans le fiecle de nos meilleurs écrivains, & qu'il ait
même ufurpé, pendant du temps, une efpece de réputation.
C'eft bien après de tels exemples qu'on peut demander très-
férieufement : *qu'eft-ce que la réputation ?*

Mélédin s'adrefferent au pape, comme au chef d'une religion qui abhorroit le fang & les fureurs belliqueufes , & le pontife oubliant l'efprit de fon état & de fa place , à la fois mauvais politique , & peu digne de repréfenter un Dieu de bienfaifance, renvoya ces députés, fans daigner feulement les entendre, » parce que (difoit-il) il ne vouloit avoir aucune » entrevue avec les Infideles » ; fi c'eft parler en dévôt , ce n'eft pas affurément avoir le langage & les procédés d'un fouverain.

Les obftacles, ce qui arrive ordinairement , ne fervoient qu'à irriter la paffion de Zélide ; elle pleuroit fans ceffe dans le fein d'Albana ; elle formoit divers projets qui bientôt détruits, la laiffoient dans une indécifion plus cruelle peut être que la certitude ; les repréfentations de la Sicilienne , fes propres réflexions, la tendreffe qu'elle avoit pour fon pere : rien n'apportoit du remede au mal qui la confumoit.

Léon , de fon côté, accabloit Gleichen de reproches : — Vous n'avez pas daigné feulement adoucir le chagrin profond que vous caufez à cette infortunée ! je le juge d'après ce que nous font entendre les fleurs. Vous avez donc réfolu de nous envelopper tous dans une perte certaine ? pourquoi

K 3

faut-il que la princeffe n'ait pas jetté les yeux fur moi ?
j'aurois flatté fon efpoir. .... — C'eft-à-dire que
vous auriez manqué à l'honneur, que vous euffiez
employé l'impofture; la vertu... La vertu ! interrompt
Léon, cede, dans les occafions, à la néceffité. ...
— Et vous êtes chevalier, lui dit le comte ! &
vous profeffez une religion ennemie du menfonge ! ..
ah ! croyez que je fuis le plus à plaindre des hommes !
fi vous lifiez au fond de mon cœur, fi vous fçaviez
combien il eft déchiré !.. non, je ne facrifierai point
mon époufe, la foi de mes ayeux.

Zélide a une feconde entrevue avec Gleichen :
dans quel piége il eft furpris ! — Chrétien, je me
fuis confultée ; je voulois brifer tes fers, t'abandonner à ton ingratitude, faire, en un mot, ton bonheur,
& t'immoler le mien, fouffrir éternellement, mourir pour toi : cet effort, je fuis contrainte de l'avouer,
eft au-deffus de mes forces : il faut que ma deftinée
foit attachée à ta deftinée. Graces aux leçons d'Albana, je fuis éclairée fur ton culte, j'ai entrevu, j'ai
conçu des doutes fur la religion de mes peres.... chrétien... elle n'eft point la tienne ! peut-on en avoir
une autre que celle de l'objet qu'on aime ? (Albana,
& le comte témoignent leur étonnement) Oui,

j'adopterai , j'embrafferai ta loi ; tu m'affermiras dans
la connaiffance de fes préceptes; tu me feras abjurer celle qui jufqu'à ce moment m'avoit tenu affer-
vie à fes erreurs : fans contredit ce font des erreurs ,
puifqu'elle n'eft pas ta croyance ; la vérité , je n'en
doute point , eft fur ta bouche , dans ton cœur ; ce
fera donc moi qui renoncerai.... ah! chrétien, quel
aveu va m'échapper ! quel crime je commettrai !..
ô mon pere ! mon pere ! attendiez-vous ces coups de
votre fille ?

La princeffe verfe un torrent de pleurs , tombe
dans un fombre accablement , fe releve : — Gleichen , il n'eft plus temps de balancer : fi je vous
promets de quitter la foi de mes ancêtres , tout pour
le chriftianifme , de rompre vos fers , de vous fuivre
par-tout où vous me conduirez, me reconnaîtrez-vous
pour votre époufe ? je m'en rapporte à votre probité :
qu'elle prononce ! (Le comte eft comme frappé de la
foudre : il demeure interdit.) Vous ne me répondez
point ? le trouble éclate dans tous vos fens ! Zélide...
aimeroit en-vain? —Non, madame, perfonne ne feroit
infenfible au pouvoir de tant de charmes... mais....
vos bontés m'accablent.... Eh ! comment tromper
la vigilance de tout ce qui nous environne ? ... Si

K 4

le foudan furprend la moindre de nos démarches, fongez-vous, madame, au fort qui vous attend ? — Ne tremblez pas pour moi, comte, ne tremblez pas pour moi : c'eft vous qui êtes l'unique objet de mes craintes.... Expliquez-vous donc : êtes-vous déterminé à former un engagement.... qui m'affure votre amour ? je ne veux que votre parole, & je vous croirai aveuglement. Vous le voyez : il n'y a plus d'obftacles à m'oppofer. Je vous facrifie tout, Gleichen, jufqu'à ma religion, jufqu'à la nature : Je quitte un pere : après vous il n'y a rien dans le monde qui me foit plus cher : ce ne fera point fans de violents combats que je m'arracherai de fon fein ... mais vous êtes en proie à une émotion.... — Souffrez, madame, que je m'éloigne, pour quelques inftans... je ne puis foutenir... ce que j'éprouve.... — Allez, comte, vous m'apporterez vous-même votre réponfe ... ma vie en dépend.

Quels mots pour Gleichen! quelle réfolution va-t'il prendre? il n'a point encore laiffé échapper cet aveu qui compromettra fon honneur, qui l'expofera à fe rendre criminel de la plus indigne trahifon. Il eft prêt d'attenter à fes jours; — Mon Dieu! pardonnez mo ce forfait ! eft-il un autre moyen de m'affranchir de la perfidie, du parjure ? Léon arrête fon bras au moment que Gleichen s'enfonçoit une épée dans le cœur : —— Où vous égare un aveugle emportement ? vous vous noirciffez du crime le plus affreux aux regards de l'Être fuprême ! homicide de vous-même ! & vous êtes attaché à votre religion ! —— Ah ! mon ami , je fuis dans un précipice épouvantable : il n'y a que la mort qui puiffe m'en retirer ! à quelle dé- cifion , Léon , m'arrêterai-je?

Albana, à la faveur d'un voile qui la cachoit à tous les yeux, fe rend auprès des deux efclaves : —— Comte, vous êtes tous perdus : Mélédin irrité contre nos princes qui lui ont déclaré la guerre , a juré d'exterminer tous les Chrétiens qui font en fa puiffance : l'ordre eft donné. L'ordre eft donné , s'écrie Gleichen ! —— Oui, c'eft après demain que cette fanglante profcription doit s'exécuter. Zélide m'envoie vers vous : elle a fçu gagner, à force de prieres & de dons, quelques-uns des émirs ; ils doi- vent faciliter à nos compatriotes les moyens d'une évafion... mais vous comprenez à quel prix cette grace eft accordée : nous fuyons avec vous ; Zélide n'exige que votre promeffe : débarqués en un en- droit sûr, loin des périls qui nous entourent , vous

lui donnerez votre main , & elle renonce à fa religion pour embraffer la nôtre.... Comte , vous le
voyez , il ne s'agit plus d'héfiter , le temps preffe ,
les heures volent , & la princeffe attend votre réponfe.

Gleichen fe profterne , & prend le ciel à témoin
de la néceffité cruelle où il eft réduit. Il s'adreffe à
la Sicilienne : —— Vous connaiffez mes liens ; mais
excepté l'amour, la princeffe aura tous mes fentiments : dites-lui , Albana , que j'ai promis ... grand
Dieu ! je fuis donc forcé, pour fauver la vie à tant
de braves chevaliers , de recourir au parjure ! Vous
fçavez ... vous fçavez que le foin de mes jours ne
m'arracheroit pas ce ferment .... que je ne puis
fatisfaire. Allons , Albana , je fuis déterminé à ployer
fous un fort inflexible !.... Léon , vous ne me
reprocherez plus vos malheurs.

Léon , & Albana avoient beaucoup moins de fcru-
pule & de délicateffe que Gleichen. D'ailleurs dans ces
temps peu éclairés , où le fanatifme aveugloit les efprits, on s'imaginoit devoir employer tous les moyens
pour opérer une converfion : on n'en rejettoit aucun :
ils étoient en quelque forte confacrés par le motif.
La Sicilienne brûloit de revoir fon pays, de retourner au culte de fes peres , & elle fe cachoit qu'elle

abufoit de la confiance du foudan, qu'elle arrachoit une fille du fein paternel, qu'elle fe rendoit coupable de la plus lâche des trahifons. Il n'y avoit que le comte qui envifageât cette action fous fes véritables traits : mais on lui remettoit fans ceffe devant les yeux le péril imminent des captifs chrétiens : il fal-loit qu'il s'immolât, pour ainfi dire, à leur falut.

L'inftant eft donc arrivé où la princeffe s'occupe des préparatifs de fa fuite : elle abandonne pour tou-jours fon rang, fon pays, fon pere, fon pere dont elle étoit adorée. A cette idée, elle eft prête à triompher de fa paffion : ——— Quoi ! mon pere ! tu m'as encore aujourd'hui ouvert tes bras ! tu m'as preffée contre ton fein : tu m'as dit, avec cette tendreffe qui augmentoit tous les jours : » Ma fille... » ma fille ! je ferai tout pour toi ; tu partageras mon » trône : il fera ton héritage «.... Et voilà celui que je trahis !... à qui je perce le cœur ! demain, quand fes yeux fe rouvriront à la lumiere, il ne me re-verra plus !.. jamais... jamais.... Non, je ne me féparerai point de ce cher auteur de ma vie. Que Gleichen parte ! qu'il s'éloigne ! qu'il foit libre ! qu'il aille en d'autres lieux infulter à ma faibleffe !...

La princeffe a renoncé à fon projet : fes mains

fe refufent aux apprêts de fon départ : — Je
refterai... je mourrai... & Gleichen... Albana, il va
donc m'être enlevé !... O cruel amour ! cruel amour !
que tu me déchires ! expirons dans nos larmes ! je
n'ai plus d'autre efpérance que la mort !.. Albana ,
tu diras au foudan , quand demain , il trouvera fa
fille fans mouvement , fans chaleur , incapable de
fentir fes careffes ... tu lui raconteras tous mes malheurs , tous mes égaremens , que j'avois foulé aux
pieds , pour un inconnu , pour un efclave , pour un
Chrétien , jufqu'à ma religion , jufqu'à mon amour
pour lui ; qu'il connaiffe tous mes crimes , car je fuis
la plus coupable... la plus malheureufe des femmes !
Ah ! Gleichen , Gleichen ! quel génie ennemi de
mon bonheur , de ma tranquillité , t'a envoyé dans
ces climats ? Que je les paie cher , ces chaînes
dont une victoire trop funefte a chargé tes mains !
Gleichen , je t'adore.... Mon unique amie , on n'a
jamais aimé avec la fureur que j'aime : c'eft une
flamme dévorante qui eft allumée dans mes veines ;
toute mon ame eft remplie du comte , eft confumée
d'un feu que le trépas même ne pourra éteindre ;
oui , dans le tombeau je l'idolâtrerai encore : il n'eft
pas poffible que ce fentiment s'anéantiffe : &... il

va fuir de ces lieux ! du-moins , pour la derniere fois , qu'il voie tout mon amour , tout mon supplice !

Zélide étoit difpofée à le vaincre, cet amour fi violent, fi tyrannique. Gleichen, prefque expirant, foutenu par Léon, s'offre à fa vue : — Eh bien ! comte, vais-je vous fuivre ? mon fort fera-t-il lié au vôtre ? puis-je compter fur votre reconnaiffance ... fur votre tendreffe ? il n'y a que ce fentiment qui puiffe récompenfer... tout ce que je fais pour vous.... Ah ! Chrétien, aime-t-on ainfi dans ton Europe? Léon prend la parole: oui, madame, le chevalier eft impatient d'affocier fa deftinée à la vôtre... il vous engage.... Gleichen balbutie quelques mots mal articulés ; le Grec l'interrompt, en lui lançant un regard qui l'avertiffoit de fe contraindre. — Son état, madame, ne lui permet pas de fe livrer aux proteftations dont il brûle de confacrer fa promeffe ; une indifpofition fubite l'a jetté dans ce trouble, dans cet accablement... Ses jours feroient-ils en danger, s'écrie la princeffe? Ah! madame, lui dit le comte, d'une voix prefque éteinte, quelle récompenfe en effet pourroit acquitter un femblable bienfait ? vous brifez les fers de tant de braves chevaliers !

Zélide alloit reprendre : un efclave vient annoncer à la Sicilienne que tout étoit prêt pour cette fuite que mille d'obſtacles pouvoient traverſer. La princeſſe, en tournant les yeux vers les lieux qu'habitoient ſon pere : — C'en eſt donc fait, ô mon pere ! ta fille te trahit, t'abandonne, te quitte... pour toujours !... Gleichen, je t'aime aſſez pour ne pas te ſoupçonner. C'eſt ton épouſe qui vôle ſur tes pas, qui recevra le baptême, & ta main..... (elle apperçoit une forte d'émotion que laiſſe échapper le chevalier.) Gleichen, je me repoſe ſur ta probité, autant que ſur ton amour.... Partons. O Dieu des Chrétiens, ſois garant de ſa parole !

Ils gagnent la mer : un navire les attendoit. Tous ces priſonniers, délivrés par Zélide, tombent à ſes genoux, & béniſſent ſa généroſité : la princeſſe leur apprend qu'elle a eu recours à la feinte, pour obliger Gleichen à ſe décider : — Non, Chrétiens, mon pere n'avoit point formé le projet cruel de vous ôter la vie : il connaît trop la véritable grandeur, les droits de l'humanité, pour ſe ſouiller d'une atrocité ſemblable ; je voulois déterminer votre compatriote à s'éloigner d'un ſéjour qui m'eſt devenu étranger : c'eſt le pays de Gleichen qui ſera ma patrie, & je brûle d'y être rendue. Mes amis, je ſuis chrétienne, & je ferai ſa femme.

Le chevalier, pendant toute la traverfée, fe montre plongé dans une mélancolie mortelle ; quelquefois il paraiffoit agité , il étoit prêt à tout révéler à Zé- lide. Dans un moment où la princeffe repofoit , il court à Léon qu'il trouve avec la Sicilienne : — Cruels ! êtes - vous contents ? ai - je bien rempli vos perfides fuggeftions ? Voilà donc où vous avez amené un chevalier? à trahir la probité , l'honneur, la religion, car je l'offenfe cette religion de vérité, en me fer- vant de l'artifice , du menfonge , du menfonge fi bas , fi vil , fi dégradant pour un rejetton des Swartz- bourgs ! elle dort , cette victime de vos indignes confeils ! elle dort, tandis que je veille déchiré par tous les remords , éprouvant le fupplice le plus cruel , en horreur à moi-même , & c'eft à ce prix que nos chaînes ont été brifées !

Ils font enfin débarqués. Zélide n'a plus rien à craindre : elle n'a plus qu'à vivre pour l'amour ; ils ont atteint des rivages où l'étendard de la croix étoit arboré ; le croiffant s'eft perdu à leurs regards ; une amante confumée de fa paffion, n'attend plus que le moment de reçevoir le premier fceau de notre foi, & de marcher à l'autel : — Comte , je touche donc à l'inftant heureux où la fille de Mélédin va fe glo-

rifier de porter le nom de votre épouſe ! Hélas !
vous me tiendrez lieu de tout , d'un pere... d'un pere
que je regretterai toujours bien plus que la grandeur ſuprême , où ſes bontés , où mon rang m'appelloit... cher amant ! je vous ai tout ſacrifié ! (Albana , & Léon étoient auprès de la princeſſe.) Gleichen court ſe précipiter à ſes pieds : —— Femme adorable ! vous méritez ſans doute tous les hommages , l'a-
mour le plus vif, le plus tendre, le plus pur, le plus paſ-
ſionné.... Croyez que je ſuis ſenſible, que l'ingratitude
n'entrera jamais dans mon ame : mais contemplez l'é-
tendue de tous mes malheurs... (Le Grec & la Sicilienne veulent l'empêcher de pourſuivre.) Tous
vos efforts ſont inutiles ; il y a trop long-temps que
vous enchaînez un aveu... il eſt temps de révéler...
madame , apprenez.... Princeſſe , on m'a forcé de
vous en impoſer... je ne ſuis point libre de vous donner ma main...—Que dites-vous?.. ô ciel ! ciel ! —Madame , une épouſe... je ſuis marié. —— Vous êtes
marié ! —Oui , madame , je ne puis plus diſpoſer
de ma foi : elle eſt toute à une femme qui a reçu
mes ſerments.... —— Gleichen!.. vous êtes marié ? ——
Voilà, ma divine bienfaitrice, la cauſe de mon trouble,
de cet embarras qui m'accabloit en votre préſence;

il s'agiſſoit de la liberté, de la vie de mes braves concitoyens, qu'on me repréſentoit prêts à être égor- gés : s'il n'y eût eu que la mienne à ſauver, croyez, madame, que je n'aurois point héſité : j'euſſe préféré ſans doute la mort à la douleur de recourir à l'impoſ- ture, de vous tromper, d'abuſer de cette tendreſſe... dont je ſentirois tout le prix.... — Vous avez une épouſe!.. eh ! quel ſort m'eſt donc réſervé ?.. barbare ! remene-moi aux lieux d'où tu m'as arrachée ſur la foi d'un amour, que je ne devois point écouter ! punis - moi de cet amour qui fait aujourd'hui mes malheurs, ma honte, mon déſeſpoir... qu'on ne me parle plus, non, qu'on ne me parle plus de ta religion ! c'eſt la religion du parjure, de la trahiſon la plus noire, la plus abominable ! j'y renonce, je l'abjure à jamais !.... Ah ! mon pere ! mon pere ! voilà donc où ma faibleſſe, mes égaremens, mes crimes m'ont conduite, oui, mes crimes! je les ai tous commis, en m'attendriſſant ſur ton infortune, en brûlant d'un feu... ma mort l'éteindra !....

Auſſi-tôt elle tire ſon poignard, veut ſe l'enfoncer

Elle tire ſon poignard. C'eſt un des uſages orientaux : les femmes portent à leur ceinture, un poignard, qui ſouvent eſt enrichi de pierres précieuſes.

Tom. III.   L

dans le fein : Gleichen lui arrêtant le bras : — Qu'allez-vous faire ? Zélide ... Zélide ! ... écoutez-moi,
daignez.... vous ferez, après mon époufe, ce que
j'aurai de plus cher ... n'en doutez point : la fenfibilité, l'amitié, tous les tranfports, tous les témoignages de la reconnaiffance la plus tendre, la plus
vive ... — Ah ! cruel, eft-ce là de l'amour ! il n'y
avoit que ce fentiment qui pût payer tous les miens,
qui fût digne d'une ardeur ... non, barbare ! il n'y
en eut jamais de femblable ... tu veux m'empêcher
de me débarraffer d'une vie qui m'eft odieufe ? eh !
ta perfidie ne me pourfuivra-t-elle point, ne m'affaf-
finera-t-elle pas à chaque inftant, en tous lieux ? que
je vive ! c'eft pour me faire fouffrir davantage, pour
me déchirer le cœur... Tu as raifon, tu as raifon d'y
porter les fupplices, la mort : il n'eft que trop coupable ! il eft plein de toi, ingrat, & tandis que je
t'adore .... que je meurs de mon amour, que je
t'ai immolé ma réputation, mon honneur, mon pere,
que je me fuis mife à ta place d'efclave, tu cours
dans les bras d'une rivale ... laiffe-moi donc rejetter
une affreufe exiftence, ou fi cette époufe fi fortunée, qui fera fi glorieufe de ma douleur, te permet
un fentiment de pitié, promets-moi de me percer

ce fein... d'où je ne pourrai jamais bannir ton image...
hélas! en expirant de tes coups, je bénirai mon trépas.... ce fera la feule marque de reconnaiffance
que tu m'auras donnée!

Cette victime de l'amour, objet fans doute de
compaffion, s'abandonnoit à toutes les fureurs du
défefpoir : elle inondoit la terre de fes larmes; elle
étoit en proie à des mouvements convulfifs; Gleichen la tenoit dans fes bras : elle ouvre un œil prefque éteint : — Tu me tiens contre ton cœur!...
eh! je n'y puis donc trouver que de la pitié!.. de
la pitié!.. punis-moi, te dis-je; frappe; ôte-moi la
vie! déchire ce cœur fous mille coups! il ne m'eft
plus poffible de foutenir ce fardeau!

On prodiguoit à la princeffe tous les fecours qui
pouvoient la ranimer : elle étoit tombée dans un
anéantiffement mortel. Gleichen ne la quittoit point;
il étoit prêt de mourir avec elle ; il accabloit Albana
& Léon des plus vifs reproches : — Malheureux!
jouiffez de votre ouvrage! à quel prix recouvrons-
nous la liberté! ah! que ne fuis-je encore chargé
des fers de Mélédin! quel fpectacle! la beauté, la
jeuneffe, la vertu, la confiance, le cœur le plus gé-

L 2

néreux, le plus tendre : voilà ce que nous avons eu
la barbarie de tromper, d'immoler !

L'état du comte ne différoit guéres de celui de
Zélide; cette infortunée reprend les fens, & s'adreffant au chevalier, de ce ton qui porte au fond de
l'ame l'attendriffement le plus touchant : — Je me
foumettrai à mon fort. C'eft à moi de me facrifier....
Gleichen... puifqu'il le faut, puifque mon amour
m'humilie jufques-là, je reconnaîtrai ma rivale, je
partagerai votre cœur, je ferai votre feconde époufe...
à ce prix, refuferiez-vous de m'aimer ?

Dans quel nouvel accès de défefpoir retombe la
malheureufe Zélide, quand la Sicilienne, & Léon
lui apprennent qu'un des premiers préceptes de notre
loi, eft d'interdire la pluralité des femmes, qu'elle eft
inflexible, qu'il n'y a point d'exception à cet égard !
— Je fuis donc privée de toute efpérance ! eh !
pourquoi s'obftineroit-on à vouloir que je vive?
c'eft-là la fenfibilité des Chrétiens !... De grace,
je vous en conjure, ne me retirez pas le moyen,
le moyen unique de me délivrer de tant de maux !
Votre religion feroit-elle affez barbare pour me défendre encore ce feul adouciffement? Et elle fe précipite fur Albana, pour lui reprendre fon poignard,

que celle-ci lui avoit enlevé : fes efforts font inutiles. Le comte ne ceffoit de lui répéter que fes jours lui étoient plus chers, plus précieux que les fiens : elle ne répondoit que par de fombres gémif-femens, par des torrents de larmes ; fouvent elle attachoit fur Gleichen fes beaux yeux chargés de pleurs : eh ! que ne lui difoient-ils pas ? Zélide réu-niffoit tant de charmes ! Cependant le comte, péné-tré de l'efprit de la chevalerie, qu'on pouvoit appeller la profeffion de l'honneur même, avoit fçu ne point abufer de la faibleffe d'une femme que fon malheur, fon rang, fa confiance, l'humanité fembloient lui ordonner de refpecter ; Zélide paraiffoit être fous la fauve-garde de cette *loyauté* héroïque dont nous avons perdu jufqu'au fouvenir.

Elle fucomboit à l'abbatement qui accompagne la profonde douleur ; Gleichen venoit de la quitter : il rentre, avec précipitation : on lifoit fur fon vifage l'impatience de s'exprimer : — Madame... divine Zélide, quand j'ai à pleurer une femme qui méritoit ma tendreffe, il me refte du-moins la confolation d'empêcher que ma bienfaitrice ne la fuive au tombeau. j'ai rencontré fur le port un commerçant de nos contrées.... il m'affure que mon époufe n'eft plus !

La princeſſe s'écrie : Vous recevriez ma main ! Et
à l'inſtant ſa beauté renaît comme une fleur prête à
ſe flétrir, & qui tout-à-coup auroit repris ſa fraîcheur
& ſon éclat.

Gleichen entre dans les détails de cette nouvelle
ſi inattendue. Léon, & la Sicilienne recomman-
dent à la princeſſe de laiſſer au comte les premiers
inſtants qu'il doit aux regrets qu'exige la perte de ſa
femme : cette ame où reſpiroient, ſi l'on peut le
dire, la candeur, la vérité même, ſe fait violence :
elle obéit enfin aux loix preſcrites par le ſentiment
& par l'uſage : mais elle ne ceſſoit de ſe repréſenter
& d'offrir à la Sicilienne, & à Léon le momen
où elle marcheroit à l'autel : ſes regards, ſon ame
entiere étoient attachés ſur ce tableau ; elle n'étoit
remplie que de cet inſtant, qui ne pouvoit arriver
aſſez-tôt. Nous l'avons obſervé déja : les femmes
aſiatiques éprouvent dans leurs moindres deſirs un
emportement que les femmes de nos contrées ne
peuvent même imaginer : c'eſt dans ces climats dé-
vorés du ſoleil, que les poëtes ont été fondés à
prêter un flambeau à l'Amour.

Gleichen, de ſon côté, ſe montroit bien différent de ce qu'il avoit été juſqu'alors : on voyoit ſur

son front, à travers les ombres du chagrin, percer en quelque sorte, un rayon consolateur ; il adoroit encore son épouse, il la regrettoit avec sincérité : mais, il le faut avouer, l'aspect d'un objet enchanteur tel que Zélide, pouvoit mêler quelqu'adoucissement à sa peine : Il étoit si tendrement aimé ! il avoit tant d'obligations à acquitter ! Zélide, en un mot, étoit si belle ! peu d'époux, à sa place, même les plus fideles, eussent combattu difficilement tant de séductions réunies !

Ils sont à Venise. Enfin, s'écrie Gleichen, il m'est permis de donner tous mes sentiments à ma chere Zélide ! c'est à présent que je puis payer son amour de tout le mien ! eh ! quel amour vais-je lui vouer ? toujours à ses pieds, toujours l'adorant après le Dieu que je sers, comme ma seconde divinité, mon cœur sera son temple ; son époux, son amant, son esclave le plus soumis, charmante, adorable Zélide, voilà ce que je serai jusqu'au dernier soupir... idole de mon ame, reçois tous mes serments !

Il est impossible de se figurer la joie, tous les transports, l'ivresse où s'abandonnoit la fille de Mélédin ; il n'y a que les cœurs capables d'aimer passionnément, auxquels il soit permis de concevoir

L 4

quelque idée de cette fituation. Pourquoi les expreffions font-elles fi fort au-deffous du fentiment ? nous
l'avons dit plufieurs fois : que l'amour n'a-t'il fon langage particulier ?.

La princeffe fe condamnoit elle-même aux yeux
de la raifon , quand elle fe foumettoit à fon examen :
la décence fans doute exigeoit qu'on attendît quelque temps pour former cette union fi précipitée ; mais
Zélide étoit jeune , étoit vraie , & elle aimoit. Encore une fois , l'ingénuité n'ignore-t-elle pas les con-
venances ? Tout ce qui regardoit fa rivale , lui étoit
étranger : elle ne voyoit que fon amour & Gleichen :
après tous les facrifices qu'elle lui avoit faits , auroit-
elle pu effectivement ne pas défirer de lier au plutôt
fa deftinée à celle de fon amant.

Le comte s'occupe des préparatifs de l'engagement facré qui devoit fceller la converfion de Zélide ; Albana , le même jour , fe purifioit de fon
apoftafie , & retournoit publiquement à la foi de fes
peres. Le mariage de la princeffe avec Gleichen
ne tarderoit pas à fuivre cette augufte cérémonie. C'eft
le doge même que la république nomme pour tenir la
fille du foudan fur les fonds baptifmaux , & confacrer
cette efpece de victoire remportée fur le mahomé-

tifme. Jamais Venife n'avoit vu un plus beau fpectacle. Les chevaliers, délivrés par la princeffe, avec
leurs chaînes dans les mains, prêtoient un nouvel
éclat à cette fête. La pompe augmente le triomphe
de la beauté. D'ailleurs comment Zélide ne fe fût-
elle pas montrée dans tout l'appareil de fes charmes ?
elle touchoit à l'inftant qu'elle alloit s'unir à l'objet de
tant de facrifices ; embraffer la religion de fon amant,
c'étoit, pour ainfi dire, lui donner de nouvelles preuves de fa tendreffe, lui foumettre fon efprit, fon ame :
car l'amour peut-être n'avoit pas nui à la conviction
dont Zélide fe difoit pénétrée ; auffi eut-elle peu de
peine à regarder fa religion comme une fource
d'erreurs, & l'ouvrage de la politique & de l'impofture. Quand elle vint à prononcer fes vœux : Oui, s'é-
crie-t-elle, je promets de reconnaître dans tous fes
dogmes la loi des Chrétiens : elle m'ordonne d'être
attachée à mes devoirs d'époufe, de jurer à Gleichen
une fidélité, une tendreffe inviolable, de l'aimer toujours : il ne peut-être une autre religion ; je fuis
chrétienne, dit-elle avec tranfport, & je brûle de
couronner cet engagement, en donnant ma main à
celui qui me deffille les yeux, & qui m'éclaire fur
le culte véritable.

Tous les regards étoient fixés sur la princesse ; elle sort de Saint-Marc, accompagnée d'Albana, au milieu des applaudissements. Le comte partageoit l'ivresse de cette jeune beauté; à peine se trouve-t-elle seule avec lui, elle court dans ses bras : —— J'ai donc adopté une religion qui me commandera de t'aimer ? ah ! penses-tu Gleichen que j'aie besoin de ses ordres sacrés pour te conserver mon amour ? Notre hymen va donc suivre cette fête ! je serai à toi ! Rien, me dis-tu, ne peut rompre ces nœuds : & je régnerai seule sur ton cœur ! il sera à moi tout entier ! c'est une des institutions du christianisme qui me sera la plus chere ! Comte, qu'il est doux d'être assujettie à de semblables obligations !

On touchoit au jour marqué pour le mariage; cette cérémonie étaloit encore plus de magnificence que celle du baptême; l'autel étoit prêt à recevoir les serments des deux époux; la princesse se livroit à toute sa joie; pour Gleichen, il ne pouvoit se pardonner d'oublier, en quelque sorte, le premier objet de sa tendresse ; il voyoit sa femme se relever du tombeau ; il l'entendoit au fond de son cœur, accuser ces nouveaux liens, qui se formoient, pour ainsi dire, sur sa cendre à peine réfroidie. D'un autre côté, que de bienfaits l'enchaînoient à Zélide ! n'étoit-ce pas elle qui avoit brifé fes fers , ceux de fes compatriotes, qui le rendoit à fa liberté , à fa patrie , à fes enfants que bientôt il prefferoit dans fes bras ? & peut-être penchoit-il à croire que l'amour n'avoit pas la moindre part à cette détermination de prendre une feconde époufe ; le cœur humain eft fi difficile à pénétrer ! & lui-même il fe plaît fouvent à s'en impofer. Le comte , au refte , eût mis tous fes foins à cacher le trouble qu'il auroit pu éprouver.

On étoit en chemin pour fe rendre au temple ; le peuple ne fe laffoit pas d'admirer Zélide , de fe récrier fur fes graces , fur cet enchantement , qui, fi l'on peut s'exprimer ainfi , l'environnoit de toutes parts ; mille applaudiffements fe faifoient entendre ; on venoit lui préfenter des corbeilles de fleurs ; on en femoit fur fes pas : un inconnu accourt , fend la preffe , & cherche à pénétrer jufqu'à Gleichen : cet homme annonçoit fur fon vifage une forte d'émotion: Seigneur chevalier , dit-il au comte , qu'allez-vous faire ? qu'allez-vous faire ?... daignez m'entendre .... fufpendez la cérémonie... — Comment ? & de quel droit ?.. — Seigneur , quand vous m'aurez entendu , vous ferez le premier à juftifier une démarche qui vous paraît indifcrette ; mais . . . hâtez-vous : donnez vos ordres... que tout foit interrompu ! je ne vous demande qu'une grace : accordez-moi un moment de converfation !

Gleichen, défefpéré d'un contretemps fi peu prévu, cede cependant aux follicitations, aux inftances répétées de l'étranger. Zélide , & toute l'affemblée retournent fur leurs pas , frappées d'un délai dont on cherche en-vain à deviner la caufe.

L'étranger eft donc entré dans un appartement avec Gleichen : ils font feuls. Seigneur , lui dit l'inconnu , vous allez me remercier : je vous épargne des ferments... que vous ne pouriez remplir, des nœuds qui auroient été bientôt rompus... — Expliquez-vous... parlez... — Votre époufe eft vivante... — Ma femme refpire ! —— Et c'eft elle -même qui m'envoie en ces lieux. Un bruit fourd s'eft répandu en Allemagne que vous aviez recouvré votre liberté.... —— Mon époufe vit ? —— Oui, feigneur , le chagrin où la plongeoit votre efclavage , l'avoit, prefque entraînée aux marches du tombeau : la nouvelle même de fa mort s'étoit répandue pendant plufieurs jours; fans doute fon amour pour vous & pour fes enfants l'a rappellée à la vie ; en un mot , elle refpire , & j'ai été

chargé de sa part de parcourir ces rivages ; elle attend
que je lui donne des nouvelles ; elle brûle d'en recevoir, d'être instruite de tous les détails de votre
situation . . . on avoit dit d'abord que vous aviez perdu la vie, les armes à la main..... C'en est assez ,
interrompt Gleichen ; retirez-vous, & que personne
ne sçache le sujet de notie entretien particulier...
Je retourne à l'instant en Allemagne... Différez de
quelques jours.... Vous porterez une lettre à mon
épouse.

Quelle révolution subite , imprévue ! quel boule-
versement dans l'ame du malheureux Gleichen ! tout
son amour pour sa femme s'est réveillé , & il ne
sçauroit pourtant étouffer ses sentiments pour Zélide ;
il ne voit des deux côtés que le malheur , l'injustice,
l'infidélité, le crime ; comment annoncer à sa bienfaitrice, à cette femme adorable par ses charmes, par son
cœur , un changement dans sa destinée aussi affreux ?

Il étoit dans un accablement inexprimable, & peut-
être se fût-il donné la mort ; si Zélide , déja livrée à
la crainte , comme si elle eût pressenti l'horrible catastrophe, ne fût accourue auprès de Gleichen :— Quel
motif, comte ?.. vous me paraissez troublé, conster-
né... une pâleur mortelle répandue sur votre front !...

ah ! parlez... dites : quelque danger vous menace !..
mon cher comte !... mon cher époux !... — Zélide... gardez-vous... ne prononcez point ce nom,
ne prononcez point ce nom !... — Vous me le
refuferiez.... au moment.... Gleichen.... — Oui...
plus de nœuds entre nous que ceux de la reconnaiffance, de l'amitié !... Zélide... je ne puis vous
conduire à l'autel... mon époufe.... — Eh bien ?...
eh bien?... — Mon époufe eft vivante.

Il court à la princeffe, qui, à ce mot, avoit été
frappée comme d'un coup de foudre ; elle ne parle
plus, elle ne voit plus, elle n'entend plus; on la
tranfporte expirante, dans fon lit; Gleichen, Albana,
& Léon reftent à fes côtés. Eh ! dans quel état horrible étoit le malheureux chevalier ! il n'envifageoit
de toutes parts qu'un immenfe précipice où il tomboit englouti ; fes yeux fe tournoient continuellement
fur la princeffe : il s'écrie du fond de fon ame fur-
chargée d'une fombre douleur : Voilà donc ma
victime !

Zélide étoit expirante ; les médecins font appellés : ils déclarent qu'il n'y a plus d'efpérance; ils ont
enfin prononcé fon arrêt. L'infortunée ne proféroit
pas une parole : quelquefois elle repouffoit le comte

avec une efpece d'horreur; quelquefois elle lui tendoit
la main ; il ne lui échappe , au bout de trois jours , que
ces mots accompagnés du cri le plus touchant , & le
plus lugubre , & en levant un œil prefque éteint
fur Gleichen : —— C'eft vous qui m'avez trahi ! Enfuite elle retombe dans un filence de mort : on n'attendoit plus que fa fin ; le comte étoit à genoux ,
près de fon lit; il tenoit une de fes mains , qu'il inondoit de fes larmes , & paraiffoit prêt à rendre avec
elle le dernier foupir.

L'amour, l'amour fans doute qui avoit entraîné
Zélide au tombeau , par une forte de miracle , femble venir l'en retirer : elle r'ouvre une paupiere appe-
fantie : —— Je vis encore !.. & pour quelle deftinée !..
je ne ferai point votre époufe! Ce font les feules expreffions qu'elle ait la force de prononcer ; enfuite
elle les répéte à chaque inftant; elle fe relevoit &
retomboit fant ceffe dans fon profond accablement.

Quelles étoient les fouffrances de Gleichen? doit-
on entreprendre de peindre fon défefpoir? il n'exif-
toit point fur la terre de créature plus malheureufe !

Zélide eft revenue à la vie , fi l'on peut appeller
ainfi un état qui approchoit du néant; elle continue pourtant à garder un filence morne , & qui

faifoit à chaque inftant trembler pour fes jours ; il n'y avoit que le comte qui pût la forcer à prendre quelque nourriture ; fes regards fembloient fe refu- fer à la clarté ; on ne l'entendoit pas même fe plaindre.

On a réfolu de prendre le chemin de l'Allemagne. Gleichen fait part de fon retour à fon époufe , fans lui parler de Zélide : il charge de fa lettre le même exprès qui étoit venu , par un rapport inattendu , changer tout-à coup fa fituation. Il lui recommande , même , avec menace de le punir s'il eft indifcret, de cacher à fa femme l'évenement dont il a été le témoin.

Léon , & Albana ne pouvoient fe féparer de Gleichen , & de la princeffe. —— Où me condui- fez-vous , s'écrie-t-elle , s'arrachant à fon anéantif- fement lugubre ? eft-ce pour connaître une rivale , pour m'expofer le fpectacle de fon bonheur , pour lui offrir celui de mon défefpoir ? ne fuis-je pas affez digne de compaffion ? la fille de Mélédin va être le jouet du mépris , de l'infulte ! Le comte s'efforce de la cal- mer : — penfez vous, madame, que par-tout où je ferai, vous n'aurez pas un appui, un vengeur de vos droits?.. Soyez affurée qu'on vous rendra tous les refpects ,

tous

tous les honneurs dus à votre rang , à votre beauté , à vos vertus , à cette ame célefte qui vous prête encore de nouveaux charmes. — Gleichen.... je ne ne ferai point votre époufe ! — Princeffe.... ma femme.... — Arrêtez : épargnez à mon oreille , à mon cœur , à mon cœur , ce nom qui l'affaffine... que ne me laiffez-vous en ces lieux ? que ne m'abandonnez-vous à mon fort cruel, horrible ! hélas ! j'ai fi peu de temps à vivre !... étoit-ce à vous , Gleichen , de me trahir ?

À chaque inftant , l'ame du comte étoit percée de nouveaux traits. Sous quel afpect préfentera-t-il Zélide à fon époufe ? doit-il lui ouvrir fon cœur , lui montrer tout ce qu'il doit à la princeffe, à quel prix il recouvre fa liberté ? il fera dans les bras de fa femme , au fein de fes enfants , de fa famille ; & d'un autre côté, quel tableau, quelle image déchirante pour la fille du foudan, pour une amante qui meurt de fon amour ! eft-ce ainfi qu'il acquittera fa reconnaiffance , un autre fentiment peut-être plus vif , plus tendre ? Et il y a tout lieu de croire que Gleichen avoit de la peine à fe l'avouer : la comteffe affurément lui étoit chere , mais on ne fçauroit trop le redire : Zélide étoit fi

digne d'être adorée! fi le comte avoit eu deux cœurs,
la princeffe fans doute en auroit poffédé un tout entier.

Cependant le voyage s'avançoit , & les tranfports
divers de Gleichen & de Zélide, prenoient plus d'empire , excitoient dans l'un & l'autre plus de trouble ,
d'agitations , de ces bouleverfements d'ame qui ne
permettent point qu'on s'arrête à aucune décifion.
Dans la multitude des fituations orageufes que nous
offre l'hiftoire du cœur humain , peut-être ne s'en eft-
il jamais trouvée de femblable.

Le comte a revu enfin fon château ; il avoit laiffé
la princeffe, à quelques lieues, avec Albana, & Léon ,
dans le deffein de prévenir fon époufe, & de lui
apprendre tout ce qui concernoit la fille de Mélédin; d'ailleurs elle étoit languiffante , & elle-même
redoutoit l'inftant fatal qui lui feroit voir une rivale.

Alix (c'eft le nom de la comteffe) étoit accourue
fe jetter dans les bras de Gleichen , fans pouvoir
s'exprimer ; fes deux enfants avoient auffi volé
dans fon fein; il eft baigné des larmes de la nature , & de l'amour ; il goûte tout le plaifir dont
peut s'enivrer un époux , un pere rendu à fa famille
après une fi longue abfence , & une continuité

de traverfes ; on baife l'empreinte de fes fers ; on bénit le jour où il eft rentré dans fa patrie , parmi les fiens ; Gleichen n'avoit encore rien dit au fujet de Zélide : il attend qu'il foit feul avec la comteffe : le moment eft arrivé.

Alix étoit du petit nombre de ces ames choifies ; également fufceptibles de la vivacité & de la délicateffe du fentiment ; l'abfence , loin d'affaiblir fon amour , lui avoit prêté peut-être encore plus de force ; elle chériffoit dans le comte , fon mari , fon ami , fes enfants , & elle le poffédoit, après l'avoir pleuré plufieurs années , après avoir cru qu'il étoit dans le tombeau ; pouvoit-elle affez lui témoigner fa joie , fon ivreffe , le combler de ces careffes innocentes ; dont le défintéreffement augmente la douceur & le charme? —— C'eft vous , cher comte ! c'eft vous , mon bien-aimé ! hélas ! que mes yeux vous ont donné de pleurs ! mon ame a toujours été remplie de vous feul ! La douleur a fans doute altéré mes traits : vous ne retrouvez point cette Alix qui offrit à vos regards quelques agréments : mais , Gleichen , mon cœur , mon cœur eft toujours le même.... Et vous êtes-vous rappellé quelquefois une fidelle époufe... une amante?.. je la fuis toujours... je la fuis toujours... Vous foupirez !

M 2

Gleichen s'empreſſoit de la raſſurer, mais il ne
pouvoir s'en impoſer ſur ees ſoupirs qui lui échappoient ; c'étoit en-vain qu'il éloignoit la vérité : elle
s'écrioit au fond de ſon ame : elle lui reprochoit, en
quelque ſorte, une eſpece de partage : il devoit ſon
cœur tout entier à ſa femme, à une épouſe auſſi
tendre, & comment ſe ſeroit-il diſſimulé qu'une autre
lui inſpiroit des ſentiments qu'il redoutoit d'approfondir ? il cherchoit à écarter l'image de la princeſſe : —— Tu goûtes donc, ma chere Alix, quelque plaiſir à me revoir ? —— Quelque plaiſir ? Gleichen, que tu exprimes mal mon bonheur, mon
raviſſement ! ah ! j'aurois donné cent fois ma vie,
pour jouir de la conſolation de te voir un inſtant,
un ſeul inſtant ! juge de mes tranſports : tu ne quit-
teras plus le ſein de ta famille ; tu ne t'arracheras
plus de mes bras, pour aller affronter de nouveaux
dangers.... tu ne vivras que pour moi, pour nos
enfants.... eh ! peux-tu aſſez m'aimer ? —— Alix,
tu ne demandes point par quel miracle mes chaînes
ont été briſées ? ce n'eſt pas l'ouvrage d'une rançon.... c'eſt celui.... Il s'arrête à ce mot : Alix
ne le laiſſe point achever : —— Quelle que ſoit la
main qui aura fait tomber tes fers, elle me ſera

chere , tu n'en fçaurois douter : ton libérateur fera un Dieu pour moi. —— Il t'infpireroit de la reconnaiffance ? —— Après toi affurément , après mes enfants, ce fera le mortel fans contredit que j'aimerai davantage.... . —— Alix.... & fi cet être fi généreux , fi bienfaifant , à qui je dois bien plus que la vie , la fuprême félicité de revenir dans mes foyers , d'être dans ton fein , dans celui de nos parents; fi cette créature célefte , à qui j'ai tant d'obligations , étoit de ton fexe... Une femme , interrompt la comteffe émue !

Gleichen lui raconte avec rapidité fon hiftoire : il eft redevable de fa liberté à la fille du foudan. Et... fans doute , interrompt Alix d'une voix trem- blante , c'étoit l'amour ?... Le comte rejette la dif- fimulation : il n'a point recours au menfonge ; Alix a enfin appris que fon mari étoit aimé d'une autre : —— Ah ! Gleichen ! Gleichen! aimoit-elle autant que moi !

Son époux croit adoucir les coups qu'il vient de lui porter , en prenant le ciel à témoin que la tendreffe de Zélide a toujours été une flamme pure & fans retour qu'il n'avoit payée que de la plus vive reconnaiffance , & le comte n'en impofoit point : il rendoit hommage à la vérité. Il n'importe , s'écrie

M 3

la comteffe, après être reftée quelque temps dans
une profonde rêverie : je ne fçaurois haïr ma rivale:
elle eft ma bienfaitrice, ma fuprême bienfaitrice !
vous fentiriez-vous le courage, pourfuit Gleichen, de
fupporter fa vue, fi le ciel l'offroit à vos regards ?...
Alix, m'aimerois-tu affez pour vouloir la connaître,
pour devenir fon amie ? Sa femme, après encore
un moment de filence : — Je t'immolerois mon
amour même, fi ce facrifice t'étoit néceffaire : &
tu demandes fi je foutiendrois la préfence de Zélide ?

Le comte fe précipite aux genoux d'Alix, entre
dans tous les détails, ne lui en cache aucun :
— La fille du foudan eft mourante ; le defir de
brifer les fers de mes compatriotes, de voler dans
tes bras, m'a fait me fouiller d'un artifice, d'une
baffeffe indigne d'un chevalier : Zélide m'a rendu la
liberté, a fuivi mes pas, dans l'efpérance qu'un
prompt hymen nous uniroit : elle m'a facrifié jufqu'à
fa religion : elle eft chrétienne ; elle expire la victime de mon impofture, & de fa tendreffe : elle fçait
qu'une autre a ma main & mon cœur. C'eft à toi
d'adoucir fa peine, & j'attends ce fuprême effort de
ta générofité, de la grandeur de ton ame ; je l'ai
laiffée près de ces lieux ; elle va enfin paraître, fe

montrer à ta vue avec deux autres captifs dont elle.
a auffi rompu les fers.

On ne peut fe figurer le bouleverfement des fens
de l'infortunée comteffe : la générofité , la nobleffe
de fentiment, l'amour qui eft fi perfonnel, la déchi‹
roient tour-à-tour : elle rappelle toutes fes forces ; elle
eft obligée de fe dire, de fe répéter, que, fans Zélide, le
comte ne lui auroit été jamais rendu, qu'il eût terminé
fes jours dans l'horreur de l'efclavage : — Oui, je la
verrai , & je ne crains pas de l'affurer : je l'aimerai.... Gleichen, es-tu content ? Zélide eft-elle capable d'aimer à ce point ?

Le comte fe hâte d'aller retrouver la princeffe ,
& de lui annoncer qu'elle étoit attendue : — Je vais
donc voir celle qui vous eft unie par des liens... que
rien ne fçauroit rompre.... Allons, Gleichen...
allons mourir à fes pieds. Devoit-ce être là ma deftinée ? ô ciel ! Elle verfe un torrent de larmes ;
jamais elle n'a montré une douleur plus vive , & en
même temps plus accablante.

Léon , & Albana cherchoient à calmer ce fombre
défefpoir ; elle fort de fon anéantiffement : — Gleichen , n'imaginez point, n'imaginez point que ma
jaloufie fe porte fur les droits d'un hymen.... je

M 4

les abandonne tous à cette rivale... dont j'augmente-
rai le bonheur. C'est votre cœur, Gleichen, que je voulois , qui m'étoit dû , où je brûlois de régner sans
partage : mais ma mort... ma mort vous délivrera
bientôt de mes reproches , de mes plaintes , & vous
en recueillerez les fruits avec cette heureuse épouse !

Alix n'étoit pas moins digne de pitié que Zélide :
—— C'est donc une rivale, une amante à qui je serai
obligée d'ouvrir mon sein ! sa vue seule y jettera le
déchirement de la douleur ! Ah ! comte , étoit-ce
à ce prix que je devois vous presser dans mes bras ! &
il faudra que je dévore mes larmes ! je n'aurai pas
du-moins la consolation de les laisser couler en liberté ! malheureuse Alix ! que ma mort n'a-t-elle
prévenu un semblable retour !... Mais ne m'aban-
donné-je pas à des plaintes injustes ? cette femme
ignoroit qu'une autre possédoit ou devoit posséder
le cœur du comte ; elle a cédé à son penchant ; elle
a aimé , & Gleichen ne m'avoit-il pas inspiré ce
sentiment ? suis-je la seule qui aie reçu du ciel une
ame trop sensible , trop tendre ?... ingrate que je
suis ! je lui dois la liberté , le retour de mon époux !
Sans elle , le comte ne seroit point dans mes bras !
c'est-elle,... c'est-elle qui mérite qu'on la plaigne ! je

fuis l'épouſe de Gleichen , & l'amitié , la reconnaiſ-
fance n'acquittent point ce que l'amour exige !

La comteſſe étoit livrée à ces cruelles réflexions ;
ſes enfants accourent auprès d'elle : ils ſurprennent ſes
larmes : — Ma mere , vous pleurez , tandis que le ciel
nous ramene le plus chéri des peres ! eh ! quels ſont
donc vos chagrins ? daignez-nous les confier. Alix
étoit éloignée de leur révéler le ſujet de ſon trouble :
elle eût voulu ſe le cacher à elle-même.

Elle a vu enfin cette rivale ſi dangereuſe , &
qu'elle-même ne peut s'empêcher de regarder comme
la plus belle & la plus intéreſſante des femmes ; la
pâleur répandue ſur le front de Zélide , ſembloit lui
prêter encore de nouveaux charmes ; de ſon côté, elle
n'a pu aborder la comteſſe ſans perdre l'uſage des ſens ;
& qui vole à ſon ſecours ? qui la ſoutient dans ſes
bras ? c'eſt Alix , en lui diſant : — Madame , c'eſt
donc à vos ſoins généreux que nous devons le bonheur de revoir un époux , un pere ! voici mes enfants que je vous préſente , & qui embraſſent vos
genoux , comme ceux d'une divinité tutélaire : oui ,
vous êtes notre divine bienfaitrice. Ces mots ex-
primés d'une voix touchante , ont frappé l'oreille ,
ou plutôt le cœur de Zélide : elle r'ouvre les yeux ,

les tourne languiffamment fur la comteffe : ___ Oui ,
madame, c'eft la fille du foudan d'Egypte, qui vient
implorer… votre compaffion… je la mérite ! il
eft vrai que c'eft moi qui ai brifé les fers du comte,
que j'ai tout fait pour lui… &… je viens mourir
en ces lieux.

Gleichen préfente à fa femme Albana, & Léon;
il s'efforçoit de déguifer fon embarras ; il n'ofoit
lever les yeux fur Zélide ; il fembloit craindre de fe
livrer à un fentiment de pitié : c'eft ainfi qu'il appelloit un amour qu'il lui eût été aifé de démêler
à travers tout ce qu'il reffentoit. Nous fommes
obligés de le redire : Comment effeᵭivement ne pas
adorer Zélide ? elle n'avoit jamais été plus belle ; fa
rivale même forcée de rendre juftice à tant de charmes , en étoit éblouie.

Il n'eft gueres poffible de donner feulement une
idée de ces fituations auffi peu communes qu'elles
étoient violentes.

Ces deux femmes , viᵭimes de l'amour le plus
tendre , le plus jaloux , ne pouvant cependant fe
refufer leur eftime, & même leur amitié, s'effor-
çoient de fe combattre , de repouffer l'efprit de
rivalité , difputoient entr'elles de nobleffe de fen-

timent , & cherchoient enfin à se surpasser l'une
l'autre , en procédés de générosité & de grandeur
d'ame , triomphe mutuel , qui sans contredit exigeoit des forces au-dessus de la nature humaine.

Alix étoit contrainte à plaindre , à aimer la princesse : elle devoit envisager dans cette infortunée
sa bienfaitrice ; sans elle , Gleichen eût-il vu ses fers
brisés ? auroit-il été rendu à sa patrie , à son épouse ?
& quels reproches , lorsqu'Alix interrogeoit la raison,
étoit-elle en droit de faire à la malheureuse fille du
soudan? Elle avoit cédé à un penchant dont l'épouse
du comte connaissoit tout l'empire ; Zélide ignoroit
que Gleichen avoit donné son cœur , sa main , &
elle s'étoit livrée à cette impression dominante , à l'a-
mour qu'il est si difficile de vaincre ! d'ailleurs elle
n'avoit recueilli aucun fruit de cette funeste passion,
qui ne se repaissoit que de larmes , à laquelle l'espérance même , ce génie consolateur , qui nous fait
supporter une infinité d'épreuves cruelles , ne pouvoit offrir le moindre adoucissement ; sans doute il
n'y avoit personne sur la terre pour qui Zélide ne
fût un objet de compassion ; mais il n'étoit pas au
pouvoir d'Alix de se cacher que Zélide aimoit &
qu'elle étoit aimée ; c'est en-vain que son mari , dans

fes bras, s'obftinoit à la raffurer, à rejetter fur la reconnaiffance, fur un devoir même facré, les fentiments qui l'attachoient à la princeffe ; c'eft envain qu'il la peignoit la plus infortunée des femmes, la plus digne de cette pitié qu'on accorde à tout être fouffrant ; Alix n'envifageoit qu'une amante : Oui, vous l'aimez, s'écrioit-elle dans le fein de fon époux, elle ne partage point votre fort : mais elle partage votre cœur : peut-être y regne-t-elle feule ! Ah ! c'eft le fentiment, le pur fentiment qui fait la jouiffance du véritable amour ! voilà les plaifirs dont il eft jaloux ! Qu'exigez-vous donc, reprend Gleichen pénétré de défefpoir ? hélas ! Zélide eft une victime que je vous immole à chaque inftant ! que voulez-vous ? parlez ; Faut-il que je lui ôte la vie, que je fois fon bourreau ? eh ! comment, comment ai-je payé fes bienfaits ? par la plus noire des trahifons ! qui m'a fait commettre ce crime, car ç'en eft un des plus affreux ? je vous l'ai dit : le defir de revoler dans vos embraffements, de vous rendre un époux, un amant... je le fuis toujours, ingrate !... Il n'eft qu'un feul moyen de vous délivrer, de m'affranchir moi-même de ce fardeau de douleur... faut-il que le ciel s'y oppofe ! mais le chagrin ne tardera point à remplir ce qu'il est défendu à mon bras d'exécuter : lorfque je ferai dans le tombeau. . . . Alix l'interrompt : — C'eſt à moi de mourir ! pardonne, cher époux, à ma ten- dreſſe, ſi je t'aimois moins . . . je te cauferois moins de tourments ; ne ſçauroit-on aimer avec plus de tranquillité ! que l'amour n'a-t'il le calme, la froideur de l'amitié ! oui, je ſçais, je ſçais . . . . que je dois tout à Zélide, que . . . j'emploierai tous les moyens pour foulager fes fouffrances : elles font inexprima- bles, j'en juge par moi-même ! . . . . Gleichen, tu n'accuferas plus des foupçons . . . ils font injuſtes, tu me le dis : il faut te croire. Je ferai l'amie de Zélide; Et, en difant ces mots, Alix répandoit des larmes.

Son état cependant ne pouvoit fe comparer à celui de la princeſſe : c'étoit dans ce cœur déchiré de toutes parts que l'amour verfoit fes plus noirs poifons, la douleur, fa plus mortelle amertume; Zélide étoit for- cée de réprimer, d'étouffer un penchant toujours plus impérieux, de vivre avec fa rivale, de la voir à chaque inſtant, de la voir heureufe ! quel trait aſſaſſin ! nous nous en rapportons à ce fexe fenfible, fait pour connaître tout le charme, tous les fupplices d'une paſſion qui fouvent le tyrannife : qu'il décide ſi la

fille du foudan n'étoit pas encore plus infortunée ,
plus à plaindre que l'épouse du comte ; loin de son
pays , loin de sa famille , descendue du faîte des
grandeurs , transportée sous un ciel étranger , dans
d'éternelles tortures , dans une éternelle humiliation ,
car la vanité , l'orgueil n'entrent-ils pas pour quelque chose dans les sentiments de l'amour? adorant
Gleichen plus que jamais , & ne pouvant écarter
cette image ; le voyant dans les bras d'une autre ,
& obligée encore de cacher ses larmes , de témoigner quelque reconnaissance à l'auteur de tous ses
maux , sans nulle espérance , sans nulle espérance de
les voir finir : tel étoit le supplice continuel qu'en-
duroit la princesse.

Albana seule recevoit l'épanchement de ses
pleurs , quand il ne lui étoit plus possible de les
retenir : — Ah ! ma chere Albana ! que ne suis-
je expirée dans ton sein , avant d'éprouver un
tourment mille fois plus cruel sans doute que le
trépas ! jette les yeux sur mon effrayante destinée :
quelle en sera l'issue ! la mort. Eh ! pourquoi ne pré-
viendrois-je point ses coups ? pourquoi ne cherché-je
point à me débarasser d'une existence que bientôt
je ne pourrai plus supporter ! la fille du foudan d'E-

gypte, dans ces contrées fi éloignées, le jouet d'une
folle paffion qui me couvre de honte, qui ne fera
jamais payée de retour ! & je balance, j'héfite à me
l'arracher cette vie fi odieufe! Albana... dis-moi donc
quel motif peut retenir mon bras ! il faut te l'avouer,
il faut te l'avouer... j'aime au point que je chéris
jufqu'aux larmes que Gleichen me fait répandre ; ma
douleur m'eft précieufe : c'eft lui qui en eft la caufe ;
fi je mourois... mon amour auroit un terme, mon
cœur ne fentiroit plus, ne palpiteroit plus pour Gleichen...., hélas ! je ne fçais ce que je veux , ce
que je défire ! je fuis importune , en horreur à moi-
même ... il eft des moments où j'irois enfoncer un
poignard dans le fein d'Alix.... Qu'ai-je dit ? qu'ai-
je dit? cette femme me montre la fenfibilité la plus
touchante ; elle me plaint, Albana... les plaintes
d'une rivale !... je fuis bien malheureufe !

Zélide enfuite retomboit dans un filence ténébreux.
Quelle foule d'impreffions différentes elle reffentoit,
lorfque Gleichen s'offroit à fa vue , lui parloit de
fon amitié , de fa reconnaiffance, pleuroit à fes pieds,
car fouvent il y portoit fes gémiffements , fes pleurs !

La princeffe ne foutint pas long-temps un choc
fi orageux : fa langueur eft augmentée ; chaque pas

la traîne au tombeau ; Gleichen , & même fa femme
ne la quittoient pas : ils redoubloient leurs attentions,
leurs foins ; ils verfoient des larmes avec elle : mais
eft-il des adouciffements pour de femblables chagrins ?

Le comte n'ofoit faire éclater fon défefpoir : il
étoit aifé de faifir , d'après tout ce qui lui échappoit ,
que fes jours étoient attachés à ceux de la princeffe :
Alix elle-même en eft convaincue , & Alix adoroit
fon mari ; livrée à d'éternelles agitations , elle alloit fe jetter quelquefois dans les bras de fes enfants,
& les arrofoit de fes pleurs ; quelquefois elle preffoit fon époux contre fon cœur, laiffoit exhaler un
profond foupir , & couroit s'enfevelir dans la folitude ; enfuite elle revenoit avec le même tranfport
auprès de Zélide , & pleuroit en l'embraffant.

Zélide , dont les beaux jours fe flétriffoient , prête
à fuccomber , infpiroit à l'époufe de Gleichen un
intérêt , un attendriffement dont elle - même étoit
étonnée. Le filence , la douceur de la princeffe qui
tendoit à fa fin , fans faire éclater le moindre de
fes fentimens, qui fembloit, à chaque inftant, craindre
d'affliger une rivale ; le comte , victime du même
amour & de la même difcrétion, près de fuivre la fille
du

du foudan au tombeau : toutes ces images fi touchantes ont frappé l'ame fenfible d'Alix ; elle court
vers Zélide : — Princeffe, votre état m'accable ;
& je meurs avec vous ! mon mari m'eft fi cher ! &
vous même , vous même ; j'aurai de la peine à vous
le perfuader , vous êtes l'objet de mon attachement ;
d'un attachement fi prodigieux qu'il eft des moments où je defirerois que nous fuffions également
aimées de Gleichen ; je crois que je pardonnerois
à ma rivale de partager avec fa femme un cœur
où j'ai long-temps regné feule , pourvu que le partage fût égal ; oui , je vous regarde comme une
autre moi-même : vous êtes fi digne d'être aimée !
Et Alix, à ces mots, preffe Zélide dans fes bras ;
& laiffe couler fes larmes. La princeffe , à fon tour ;
pénétrée de reconnaiffance & d'amitié ; répond à la
comteffe , en lui ferrant la main , & l'arrofant de
fes pleurs : —— Je fens, madame ; tout le prix de
vos bontés ! un pareil facrifice eft fans doute le plus
grand de tous : mais vos ufages ne font pas les nôtres ;
vos loix , votre religion , votre religion qui eft devenue la mienne , ne permettent point la pluralité
des époufes , & ce n'eft qu'à ce titre que je céde-
rois aux tranfports d'une paffion,.. qui, vous le voyez ;

Tome III.   N

& je ne prétends point vous le diffimuler, va m'entraîner dans la tombe : j'y ferai bientôt plongée,
madame... il n'y a que la mort qui puiffe me guérir
d'un amour... ah ! madame, faut-il que le comte
foit venu dans nos climats ! j'ai brifé fes fers ; je
vous l'ai rendu ; je l'ai remis dans votre fein ; &...
j'expire ?

Alix renouvelle fes careffes, fes témoignages de
fenfibilité : C'eft ma rivale, s'écrie Zélide, qui me
prodigue ces marques d'intérêt, qui pleure fur mon
fort !... ma refpectable amie, car ce nom vous eft
bien dû, vous adouciffez pour moi les horreurs de
cette deftruction qu'on ne peut gueres envifager fans
frémir. Confolez Gleichen ; aimez-le ; foyez-en
adorée : & quelquefois, dans vos entretiens mutuels,
rappellez-vous ma mémoire, dites-vous que j'étois
l'amante la plus tendre, l'amie.... Elle ne pourfuit
point : les fanglots étouffent fa voix ; elle ne peut
que fe rejetter dans les bras d'Alix, & verfer une
abondance de larmes.

C'étoit Léon à qui Gleichen expofoit le fpectacle
de l'ame la plus agitée ; le cœur humain n'avoit jamais
éprouvé un femblable bouleverfement : — Mon ami,
Zélide, Zélide va fuccomber, & je ne puis lui mon-

trer ma douleur, tout ce qu'elle m'infpire ! il ne m'eft
pas parmis d'aller expirer à fes pieds, de laiffer voir
du-moins une compaffion.... qu'Alix accuferoit
d'être un fentiment de tendreffe... eh ! Léon, auroit-elle tort de ne pas croire à cette pitié ? fans doute
c'eft l'amour, l'amour le plus violent qui me dévore...
qui me fera mourir..... hélas ! cet aveu doit - il
échapper à ma bouche ? Léon, je te confie le fecret d'un cœur bien digne qu'on le plaigne ! mon
époufe m'eft plus chere que jamais ; de nouveaux
nœuds nous ont unis : le nom de mere ajoute
encore à celui de femme ; j'immolerois cent fois
ma vie pour elle, pour mes enfants ; mais, Léon,
Zélide... je lui dois tout : elle a tant de charmes !
elle eft fi eftimable, fi généreufe, fi fublime ! croi-
rois-tu qu'elle s'interdit jufqu'à la plus faible marque
de fenfibilité, jufqu'au plus léger reproche ? à peine
leve-t-elle fes beaux yeux fur les miens : mais quand
je furprends un feul de fes regards, j'y lis toute fa
douleur, tout fon amour ... tous mes crimes : oui,
je fuis le plus coupable des hommes : j'ai abufé de
la candeur, d'une paffion que, loin d'entretenir, j'aurois dû éclairer dès le premier inftant... Ah ! cruel !
c'eft toi, c'eft toi, avec Albana, qui m'as précipi. é

N 2

dans cet abîme !.. je ne puis, ô ciel ! que mourir
avec Zélide : ma mort eſt le ſeul témoignage d'a-
mour qu'il ne me ſoit pas défendu de lui donner !

Alix n'a plus à douter de l'horrible ſituation qui
fait le ſupplice du comte : il lui tombe dans les mains
cette lettre qu'il écrivoit à Léon :

» Il eſt inutile, mon cher Léon, de vouloir me
» rappeller à la vie : déſirer que je vive, c'eſt exiger
» que je ſois en proie à des tourments continuels : ne
» me parlez donc plus d'une exiſtence qui m'eſt
» inſupportable ; ſi vous m'aimez, vous devez ſou-
» haiter que je ne ſois plus : la mort ſeule peut faire
» ceſſer des ſentiments que je ſuis le premier à con-
» damner, lorſque je porte dans mon ame un exa-
» men impartial : mon ami, j'adore Alix, & j'aime
» peut-être autant la princeſſe ! Quel eſt mon état,
» grands Dieux ! je vous l'ai dit : je crains de
» montrer juſqu'à la plus faible apparence de com-
» paſſion, & moi-même, moi-même, je me la
» reproche cette prétendue compaſſion, quand je
» viens à m'interroger de bonne foi. J'offenſe donc
» également & ma femme & Zélide ; l'une a des
» droits ſur ma tendreſſe, & j'en dois aſſurément
» à l'autre, à cette infortunée que j'ai rendu ſi

» malheureufe, pour la récompenfer de fes bien-
» faits, de tous les facrifices.... & il n'y avoit
» que cette tendreffe qui pût m'acquittèr ! Zélide
» va expirer ! comment aurois-je la force de lui
» furvivre? ne la reverrois-je pas à chaque inftant
» s'élever du tombeau, m'accufer de l'avoir enle-
» vée à fon pere, à fa patrie, à fon rang, à la
» tranquillité dont elle jouiffoit avant de m'avoir
» vu, me demander mon amour... oui, Léon,
» il fe paffe quelque chofe de fingulier en moi:
» j'éprouve que, fi le cœur pouvoit fe divifer, je le
» partagerois entre ces deux femmes adorables:
» j'aimerois Zélide comme Alix, & Alix feroit ido-
» lâtrée comme Zélide. Sans doute perfonne fur la
» terre ne s'eft trouvé dans une telle fituation; je
» fouffre au-delà de ce que je puis exprimer, en voyant
» Zélide prête à exhaler le dernier foupir; fa mort,
» mon ami, eft mon ouvrage ; mais je ne veux point
» faire couler une larme, une feule larme des yeux
» de la comteffe; qu'elle ignore même, après que
» je ne ferai plus, ce qui aura terminé mes jours !
» ne l'entretiens, Léon, que d'une ardeur légitime;
» oui, Alix, Alix m'eft chere, elle aura mon dernier
» fentiment; fa générofité, fon amitié pour Zélide

bord la capitale de l'Italie; Albana, & Léon les ac-
compagnoient; Alix n'avoit pu se détacher de ses
enfants; ils étoient au nombre des voyageurs.

Zélide, & Gleichen ne diffimuloient point leur
impatience d'être éclairés sur le sujet du voyage,
& toutes lumieres leur étoient refusées; ils remar-
quoient feulement que le trouble où avoit été Alix
avant fon départ, augmentoit à mefure qu'on approchoit de Rome; il y avoit des moments où elle
ordonnoit qu'on arrêtât; il y en avoit d'autres où
elle preffoit d'avancer; quelquefois elle ferroit Zélide contre fa poitrine, en jettant de profonds foupirs; d'autres-fois, elle fembloit s'en écarter, & elle
pleuroit; on voyoit aifément qu'il s'élevoit dans fon
ame de violents combats, & qu'un grand deffein
l'occupoit. Lorfqu'elle a apperçu les environs de
Rome, qu'elle atteint ces murs, théâtre de tant
d'évenements qui ont attaché la curiofité de l'hiftoire, il lui échappe ces paroles: — Rome eft faite
pour être le témoin de fpectacles extraordinaires:
je lui en préfente un qui pourra étonner le monde
chrétien, & qui peut être (s'adreffant à fon mari,
& à la princeffe) vous furprendra vous-mêmes.

Ils font arrivés à Rome: c'eft alors qu'Alix montre

une émotion plus marquée, qu'elle renouvelle fes
careffes à fes enfants; fon mari la conjure de lui
découvrir le fujet de ce bouleverfement qui le frappe
toujours davantage : c'eft aux pieds du fouverain
pontife, lui dit Alix, que je fatisferai votre curiofité; hâtons-nous d'aller nous profterner devant
lui : je defire auffi que nos enfants nous accompagnent.

Ils font introduits chez le pape ; à peine font
ils entrés, que la fille du foudan préfentée par la
comteffe, va, felon la coutume, baifer les pieds du
fouverain : c'étoit alors Grégoire IX qui occupoit la
chaire de Saint-Pierre. Alix raconte avec fenfibilité, tout ce que Zélide a fait en faveur de fon mari :
Gleichen, & la princeffe demeurent étonnés; la
comteffe s'arrêtoit à chacun de fes bienfaits, & faifoit valoir les moindres circonftances ; l'amour n'eût
pas préfenté ce tableau avec plus de chaleur & d'intérêt ; enfin elle termine ainfi fon difcours, & la
furprife, tous les fentiments divers qu'éprouvoient
Gleichen & Zélide, font portés au dernier degré :
—— Je viens, très-Saint-Pere, de vous offrir une
peinture fidele des obligations fans nombre qui en-
chaînent mon mari à la princeffe; je n'ai point caché

à vos yeux le motif dont elle étoit animée ; c'eſt ſur la parole du comte, ſur la parole d'un chevalier, que la fille du monarque de l'Egypte lui a pro · curé ſa liberté, a pu quitter ſon pere, abjurer ſes erreurs ; c'eſt en un mot, comme épouſe qu'elle a cru ſuivre un époux, & c'eſt à ce titre qu'elle s'eſt jettée, en quelque ſorte, dans les bras de Gleichen ; victime d'une confiance trop crédule, vous la voyez conſumée d'une langueur mortelle ; chaque pas la conduit au tombeau... c'eſt à moi de l'en arracher ; j'oſe donc implorer votre ſainteté contre moi-même, la ſupplier, la preſſer de m'accorder une grace qui dépend d'elle ſeule. Parlez, interrompt le pontife avec bonté ; je ſuis diſpoſé, madame, de vous donner des preuves éclatantes de ma bienveillance ; daignez vous expliquer. Alix demande que le ſouverain, par une faveur qu'elle regardera comme le comble des bienfaits, permette à ſon mari de lui aſſocier une autre épouſe : Zélide, pénétrée de reconnaiſſance, tombe aux pieds de la comteſſe : elle veut s'oppoſer à cet effort ſi grand, ſi rare de la plus noble générofité : — Alix... Alix... amie céleſte, vous vous immoleriez juſques-là pour une rivale qui, à

la vérité, mérite votre amitié!.. non, je ne souffri-
rai point... je n'accepterai point ce sacrifice...,
Très-Saint-Pere, reprend la comtesse, en continuant
de s'armer d'une fermeté surnaturelle, n'écoutez point
la princesse; ne m'envisagez pas moi-même aux prises
avec la nature, avec l'amour; je me vaincrai, je
triompherai de cet amour; je goûterai le plaisir
de récompenser, de ravir à la mort une femme
infortunée.... digne de toute ma tendresse. Et
elle court, en versant des larmes, dans le sein de
Zélide. Gleichen est immobile, confondu. Que.
votre sainteté, continue Alix, ne se refuse point à
mes instances, à mes prieres! Elle se prosterne, une
seconde fois, aux genoux du pape, que frappe
tant de grandeur d'ame. — Eh-bien! Gleichen,
s'écrie la comtesse, une amante feroit-elle davantage?

Ce sont-là de ces situations inexprimables: il est
impossible de rendre les différents mouvements qui
agitoient ces intéressants personnages. Zélide vouloit toujours paraître aussi généreuse que la comtesse, qui, de son côté, ne relâchoit rien de son hé-
roïsme; pour le comte, dans l'impuissance de faire
éclater tout ce qu'il ressent, il veut se jetter aux

genoux d'Alix qui le preffant contre fon cœur : —
Parle-moi fans ceffe de mon triomphe , & ne vois
jamais ma faibleffe.

Grégoire vaincu par les follicitations preffantes
d'une femme qui peut fervir de modele à fon fexe ,
touché peut-être du fort d'une jeune princeffe qui
effectivement avoit tout facrifié à Gleichen , dans l'efpoir de lui être attachée par des nœuds facrés , donne
enfin cette permiffion que l'on devoit confidérer
comme une innovation dans l'églife ; mais celui qui fur
la terre nous repréfente un Dieu de bonté & de juftice , n'étoit-il pas le maître de tranfgreffer , pour
ainfi dire , la loi ? il réparoit une efpece de crime :
il rappelloit à la vie une infortunée dont la conftance
en notre religion avoit peut-être déterminé la fuite.
Enfin Zélide eft la feconde époufe de Gleichen.

Ils reprennent le chemin de l'Allemagne. Zélide
a une converfation avec la comteffe : — Vous devez penfer, généreufe Alix , que mon ame , quelques foient ma reconnaiffance & mon attachement
pour vous, ne cédera jamais à la vôtre. Satisfaite
de porter le nom d'époufe de Gleichen , je ne prétends point partager vos droits : c'eft comme amie ,
& non comme amante que je vivrai avec le comte ;

qu'il fe contente d'une tendreffe pure , défintéreffée.
Difputons-nous , fi vous le voulez , à qui le chérira
davantage , mais c'eft à vous feule d'être dans fes
bras ; Alix , vous aimez ! je n'irai point vous montrer
une rivale ... qui abuferoit de votre générofité ; je
veux m'en pénétrer de cette générofité fi touchante !
vous me donnez un exemple , & je dois fans doute
vous le rendre : les plaifirs du cœur ne font-ils pas
les premiers ? c'eft-là ce que je fuis jaloufe de partager avec vous ; je veux me remplir de cette douce
ivreffe ! penfez-vous que l'on foit moins fufceptible
de délicateffe en nos climats qu'en Europe ? ah !
comteffe , je fçais aimer , & ... je vous le prouve-
rai.... vos enfants ... vos enfants font devenus les
miens.

Les deux époufes cherchoient donc mutuellement
à fe donner des témoignages réciproques d'une amitié , ou plutôt d'un héroïfme , qui , jufqu'à cette époque n'avoit point eu , & n'aura peut - être jamais
d'exemple.

Il y a tout lieu de croire que Gleichen s'irritoit en fecret contre cette vertu magnanime que
Zélide oppofoit à celle d'Alix ; mais il réprimoit
jufqu'aux moindres apparences qui euffent pu le

trahir ; nous fuppofons qu'il étoit moins héros que fes deux femmes : auffi cher à la comteffe qu'à Zélide , il craignoit également de fe laiffer pénétrer par les deux rivales ; Alix pourtant avoit cru furprendre quelques indices d'un chagrin fombre qui le dévoroit : il évitoit de fe trouver feul avec la princeffe , qui avoit la même circonfpection : il eft vrai que tout ce qui caractérife le véritable amour , Zélide le faififfoit avec avidité ; elle voloit au devant des moindres defirs du comte ; elle cherchoit à deviner ce qui pouvoit lui plaire ; quelquefois elle couroit s'enfermer dans fon appartement , pour fe livrer au plaifir de lui écrire les lettres les plus tendres ; ces confidents muets recevoient l'épanchement de fon ame brûlante d'amour ; enfuite elle déchiroit ces écrits paffionnés , dans la crainte d'affliger une rivale.

Rappellée des portes du tombeau , la princeffe cependant ne reprenoit point cet éclat , le fruit de la fatisfaction , du calme intérieur ; une ombre continuelle de trifteffe fembloit voiler fes attraits ; mais elle cachoit aux regards curieux de la comteffe , elle tâchoit de fe cacher à elle-même qu'Alix jouiffoit feule de toutes les prérogatives de l'époufe ;

elle eût été coupable & avilie à fes propres yeux, fi elle fe fût furprife dans quelque fentiment contraire à ceux qu'elle pouvoit faire éclatter, & qui flattoient fon cœur autant que fa vertu.

La nature fe déguife en-vain fous un mafque impofteur : fi quelquefois elle parvient à en impofer aux autres, elle ne fçauroit s'en impofer à elle-même. Alix & Zélide euffent offert un fpectacle bien digne d'occuper la raifon humaine à quiconque auroit eu l'art de lire dans leurs cœurs. Quels combats l'une & l'autre effuyoient ! que la comteffe fouffroit en fecret! qu'elle accufoit fouvent cette générofité apparente que démentoit la vérité au fond de fon ame ! combien elle fe reprochoit d'ufurper un mérite qu'elle ne poffédoit pas ! elle trembloit, à chaque inftant, que la princeffe ne cédât à fes follicitations, qu'elle ne rendît Gleichen amant heureux; malgré tous fes tourments cachés, elle s'empreffoit de venger hautement Zélide de cette efpece de perfidie ; elle faififfoit les occafions de lui témoigner la plus vive amitié, & la princeffe éprouvoit & les mêmes déchirements & les mêmes remords.

Soit que le hafard eût fait naître cet évenement, foit qu'une étude conftante & obftinée à fe combattre

fans relâche, à vouloir fe vaincre, eût attaqué la
fanté de la comteffe, elle tombe malade : Zélide &
le comte n'envifagent que le danger qui la menace:
ils réuniffent tous leurs foins pour s'occuper de la
feule Alix. Ce font deux amis tout remplis de la
fituation de leur amie; les alarmes fe diffipent; la
maladie, au lieu d'augmenter, diminue ; il n'y a
plus à craindre pour les jours de la comteffe ; les
médecins fe font retirés, on n'a plus devant les yeux
que le fpectacle confolateur d'une heureufe conva-
lefcence.

Le calme devoit durer peu ; un nouvel orage alloit éclater, une apparence trompeufe avoit fait il-
lufion : la comteffe retombe : le danger avec la
crainte a reparu; l'efpérance s'éloigne ; on commence
enfin à trembler pour les jours d'Alix. C'en eft fait,
dit-elle à fon mari ! je fens que l'inftant, le cruel
inftant de notre féparation, eft arrivé! Gleichen, mon
fupplice va finir, d'autant plus affreux que d'autres
fouffroient avec moi (fon époux veut l'interrompre.)
Ce n'eft plus le moment de la diffimulation : nous
nous trompions tous trois ; je vous rends juftice : Alix
vous étoit chere, je n'en doute pas ; mais Zélide
avoit des droits fur votre cœur : elle va en jouir de

ces

ces droits qui ne lui feront plus disputés. Comte, on peut entreprendre de se dompter : mais qu'il en coûte d'efforts pour atteindre à cette vertu, trop au-dessus de la nature humaine ! c'est cependant cette vertu que j'invoque, & qui prêtera toute sa force à mes derniers soupirs. Je l'attends de votre tendresse : que la princesse ignore ces faiblesses honteuses qui m'avilissent à mes propres regards ! Gleichen, je vous aime assez pour vous montrer mon ame dans tout l'épanchement d'une vérité humiliante : croyez-moi : l'amour ne souffre point de partage. (& à ces mots, il lui échappe un torrent de larmes) Je vous en conjure : que Zélide ne sçache pas que j'étois si peu digne de son estime, & même de la mienne.... comte, elle adoucira votre douleur.

Gleichen se jette dans le sein d'Alix : — Femme cruelle ! qu'avez-vous à me reprocher? vous avez pu voir que j'ai cherché à vous épargner jusqu'au plus léger soupçon ; dans vos bras.... — Une autre, interrompt Alix, avoit votre cœur ! eh! le cœur n'est-il pas tout pour qui sçait aimer !... pardonne, cher époux ! pardonne à ces plaintes.... ce sont les

dernieres qui m'échapperont.... — Alix , laiffons-là
des images qui redoublent vos maux : ne fongez
qu'à me rendre une époufe qui m'eft toujours plus
chere.... — Ne parlons plus de vivre , Gleichen....
vous pleurez ! ... j'étois donc aimée ! j'expire du-
moins avec cette idée confolante... Qu'on faffe venir
mes enfants ! je fens que leur préfence m'aidera à fupporter cette fin qu'on n'envifage point , je l'éprouve ,
fans quelqu'émotion ! hélas ! eft-ce à moi d'appréhender de mourir ?

On amene à cette tendre mere fes enfants éplo-
rés : elle leur prodigue fes embraffements , puis raf-
furant fa voix défaillante : — Comte , je veux voir
Zélide... (Gleichen combat le defir de la comteffe.)
je veux la voir abfolument... Cher époux, rece-
vrois-je un refus de votre part ? c'eft une preuve
d'amitié que vous me donnerez. J'ai des torts , fans
doute , à l'égard de la princeffe , & je brûle de
les réparer ; la religion même m'ordonne de m'immoler entierement , de pardonner à ma rivale , que
dis-je , de l'aimer , &... Gleichen , j'aurai ce courage ,
oui , je l'aurai.

Le comte effectivement s'étoit déterminé à tenir

Zélide éloignée d'Alix, dans ces moments où tout
son amour sembloit se réveiller ; & quel est l'amour
qui ne soit pas jaloux !

De son côté, la fille de Mélédin redoutoit de
porter la lumiere au fond de son ame : divers transports bien opposés les uns aux autres, l'agitoient :
mais la noblesse de ses sentiments avoit bientôt triomphé de ces motifs personnels qu'elle rejettoit comme
autant de pensées coupables & souillées par la bassesse;
elle écarte tout ce qui la concerne : elle ne voit que
sa bienfaitrice, son amie, son amie mourante, pour
qui elle sacrifieroit sa propre existence; son cœur n'est
ouvert qu'à la situation déplorable d'Alix; elle lui
donnoit des pleurs sinceres, lorsqu'on vient lui annoncer que la comtesse touche à sa fin, & demande
à la voir.

Zélide précipite ses pas: elle entre dans l'appartement d'Alix, la trouve expirante, & entourée de
ses enfants, & de Gleichen, qui lui baisoient les
mains, & les inondoient de larmes. Alix, au-milieu de son accablement mortel, a entendu nommer Zélide: & à ce nom, elle a relevé une paupiere appesantie : — Venez, madame, approchez...

venez recevoir les derniers foupirs d'une femme...
qui a eu la force d'être votre amie. (Zélide court
fe jetter, en pleurant , à fes pieds.) Vous n'aurez
plus d'obftacles à oppofer : vous allez être l'époufe,
l'unique époufe de Gleichen.... daignez vous rappeller une rivale affez généreufe pour vous rendre
juftice, pour vouloir que le comte vous aimât....
Et.... il n'avoit pas befoin de mes follicitations
pour vous accorder un fentiment qu'il vous devoit
à de fi juftes titres. Madame.... voici mes enfants
que je mets dans votre fein : daignez leur tenir
lieu d'une mere ... qui va bientôt leur être ravie !
Mes enfants , embraffez les genoux de la princeffe :
déformais voilà votre appui, votre protectrice , par-
lez-lui fouvent de moi , de mon amitié....

Ces innocentes créatures fe rejettent, en pleurant , dans les bras maternels. Alix les preffe encore
contre fon cœur : — Il faut les excufer , madame :
leurs yeux ne fe font ouverts jufqu'ici que fur les
miens ; tout leur eft étranger ; ils ne connaiffoient,
ils n'étoient fenfibles qu'à mes careffes ... ils ne les
recevront plus !.. pardonnez... j'expire, en me
flattant que vos bontés leur feront oublier une perte

qui prefque toujours eft irréparable ; encore une fois,
qu'ils retrouvent en vous une mere... qui vous aima !

Ma divine amie ! s'écrie Zélide, au-milieu des
fanglots, mon cœur fera toujours plein de vos procédés généreux, du facrifice.... je ne l'ai point
mérité ! ah ! fi je pouvois racheter vos jours au
prix des miens ! n'en doutez pas, n'en doutez pas,
je mourrois avec joie pour ma chere Alix !....
mais pourquoi nous attacher fur d'affreufes images ?
le ciel touché de nos gémiffements, de nos larmes, vous rendra la vie : celle du comte, la
mienne même, oui, la mienne en dépend........
— C'eft à vous, madame, de faire le bonheur
du comte : il eft digne de votre tendreffe ; je
meurs avec la confolation d'imaginer que j'avois
mérité la fienne.... Gleichen !... cher époux !..
c'eft donc la derniere fois.... donnez-moi votre
main... pofez-la fur mon cœur : il palpite encore
pour vous... Zélide... Zélide, foyez plus heureufe
que moi ! Gleichen... ô mon Dieu ! je me meurs !..
Gleichen... reffouvenez-vous quelquefois d'une infortunée.... qui vous aime encore !

La malheureufe Alix, à ce mot, perd la parole

O 3

& elle exhale enfin fon ame dans les bras du comte
& de la princeffe.

Depuis ce moment, Zélide eft pénétrée de la
douleur la plus fombre; elle eft remplie de cette mort
dont elle s'accufe en fecret d'être l'auteur; hélas !
s'écrie-t-elle, c'eft moi qui l'ai précipitée dans la
tombe ! elle a tâché de vaincre fon amour : eh !
l'amour peut-il fe dompter? trop coupable Zélide ! ne l'as-tu pas éprouvé que tous les efforts
étoient inutiles? Alix ! chere Alix ! oui, j'étois faite
pour répandre le malheur par-tout où je porterois
mes pas ! je t'ai enlevé le cœur de ton époux ! j'y
ai verfé tous les poifons mortels ! C'eft moi qui
t'immole, qui prive d'une mere des enfants . . . .
ils feront les miens ; Alix, je leur ferai oublier ta
perte, ou plutôt je les entretiendrai fans ceffe de
toi, de ton amour pour eux, de cette amitié fi
généreufe . . . . . & dont j'ai été fi peu reconnaif-
fante ! . . . il ne faut point nous le déguifer : combien la vertu de la comteffe étoit au-deffus de la
mienne !

Zélide ne ceffoit de pleurer Alix, & fa douleur n'étoit point étudiée.

Plufieurs mois fe paffent dans l'amertume des
regrets de la part de Gleichen & de la princeffe ;

Dans l'amertume des regrets , &c. Cette hiſtoire a été puiſée
dans différentes ſources. Arrêtons-nous d'abord à l'article de
Moréri : le voici copié exaƈtement : » Gleichen pris dans un
» combat contre les Turcs , travaillant à la terre , fut abordé
» & queſtionné , un jour , par la fille du roi ſon maître , tandis
» qu'elle ſe promenoit : il lui plut , elle promit de le déli-
» vrer & de le ſuivre , pourvu qu'il l'épouſât. J'ai une femme
» & des enfants , lui dit-il : Cela n'y fait rien , lui répond-
» elle , la coutume de Turquie eſt qu'un homme ait pluſieurs
» femmes. Le comte acquieſce à ces raiſons ; il engage ſa
» parole ; ils s'embarquent ; ils arrivent à Veniſe : le comte
» y trouve un de ſes gens qui rôdoit par-tout , pour appren-
» dre de ſes nouvelles : il ſçut de lui que ſa femme & ſes
» enfants ſe portoient bien ; il va trouver le pape , lui ra-
» conte ingénuement ſes avantures , & obtient la permiſſion
» de garder ſes deux épouſes ; la femme du comte fit beau-
» coup de careſſes à la dame Turque, qui étoit la cauſe que
» ſon mari étoit délivré ; la Turque fut ſtérile , & aima les
» enfants que la femme légitime faiſoit à foiſon : on trouve
» encore à Erfort un monument de cette prétendue hiſtoire ;
» voici les paroles d'Houdorff : *Hujus ei monimentum Erphor-*
» *diæ etiamnum extat in quô ex utrôque latere comiti uxores*

O 4

à peine ofoient - ils lever les yeux l'un fur l'autre ;
ils auroient voulu fe fuir, & ils fe cherchoient toujours.

» adftant, regina marmoreà coronâ ornata, comitiffa fculpta eft
» nuda, & infantes ad ejus pedes reptantes «.

Il n'eft pas befoin d'obferver combien le fait eft mal préfenté, jufqu'à quel point le ftyle eft dégoutant & mauffade !
c'eft ainfi qu'on fait des livres, & le public les achete, & les
lit ; de pareilles compilations fe trouvent dans toutes les bi-
bliotheques. Actuellement paffons à Bayle, qui s'eft auffi
exercé fur cette avanture, à l'article *Gleichen :* » On rapporte
» d'un comte Allemand de ce nom, une aventure bien fingu-
» liere : il fut pris dans un combat contre les Turcs, & amené
» en Turquie ; il y fouffrit une dure & longue captivité ; on
» lui fit travailler la terre : mais voici quelle fut fa délivrance :
» il fut abordé, un jour, & fort queftionné par la fille du roi
» fon maître, pendant qu'elle prenoit le plaifir de la prome-
» nade ; fa bonne mine, & fon adreffe à travailler plurent fi
» fort à cette princeffe, qu'elle lui promit de le délivrer &
» de le fuivre, pourvu qu'il l'époufât ; j'ai une femme &
» des enfants, répondit-il : Cela ne fait rien, réplique-t-elle : la
» coutume de Turquie eft qu'un homme ait plufieurs femmes.
» Le comte ne fit point l'opiniâtre : il acquiefça à ces raifons;
» il engagea fa parole : la princeffe s'employa fi prompte-

Lorſque le temps qui affaiblit tout, eut ſemblé
permettre au comte de ſortir de cette léthargie fu-

» ment, ſi adroitement à le tirer de captivité, qu'ils furent
» bientôt en état de s'embarquer ; ils arriverent heureuſement
» à Veniſe ; le comte y trouva un de ſes gens qui rôdoit par-
» tout pour apprendre de ſes nouvelles ; il ſçut de lui que ſa
» femme & ſes enfants ſe portoient bien, & tout auſſi-tôt il
» courut à Rome, & après avoir avoué ingénuement ce qu'il
» avoit fait, il obtint du pape une permiſſion ſolemnelle de
» garder ſes deux épouſes. Si la cour de Rome ſe montra
» commode en cette occaſion, la femme du comte ne le fut
» pas moins, car elle fit cent careſſes à la dame Turque qui
» étoit cauſe qu'elle retrouvoit ſon cher mari, & conçut pour
» cette concubine une tendreſſe particuliere ; la princeſſe
» Turque répondit de très-bonne grace à toutes ces honnête-
» tés ; elle fut ſtérile, & néanmoins elle aima beaucoup les
» enfants que l'autre femme faiſoit à foiſon. On trouve à
» Erford un monument de ceci. Un fort honnête homme,
» qui m'indiqua cette hiſtoire, (l'an 1697) me parut ſurpris
» de ce que les écrivains proteſtants, obligés de ſatisfaire aux
» reproches touchant ce que les réformateurs permirent à un
» landgrave de Heſſe, n'ont point allégué la permiſſion qui
» fut accordée par le pape au comte de Gleichen, & vou-
» lut ſçavoir ma penſée là-deſſus ; il m'avertit que *Du-Vala*

nebre, & de vivre pour fa nouvelle & unique époufe,
il crut pouvoir écouter fon amour, & céder aux

» parlé de cette aventure dans fa defcription de l'Allemagne :
» *l'an 1227* (dit *Du-Val*) *un comte de Gleichen obtint du pape*
» *la permiſſion d'avoir deux femmes en même temps.* Si cette
» hiftoire eft véritable, nous avons-là un très-grand triomphe
» de l'amour. Un abbé qui avoit commerce de lettres avec le
» comte de Buffi, avoit oui dire quelque chofe de cette hif-
» toire : mais il ignoroit le vrai état de la queftion. Au-refte
» l'auteur des *quinze joyes du mariage*, femble fuppofer qu'il
« arrive affez fouvent qu'une femme fe remarie fur la feule
» fuppofition de la mort de fon époux. *Le Noble* a fait *Zu-*
» *lima*, ou l'*Amour pur* : le comte de Gleichen s'y appelle
» *Ebrard;* il fut pris à la bataille de Joppé, que le fultan
» Noradin gagna fur les Chrétiens. Cet *Ebrard* eft inconnu
» à l'hiftoire. Les comtes de Gleichen avoient reçu leur comté
» de Charlemagne. On peut tenir pour affuré qu'il n'y a point
» de monument du duc *Eberhard* de Weftphalie, ni à *Er-*
» *ford*, ni à *Hervode*, les comtes de Gleichen étoient voifins
» d'Erford en Thuringe : ils n'avoient rien de commun avec
» Hervode, en Weftphalie ».

Il eft inutile de faire remarquer que Bayle, un des critiques
le plus inflexible à l'égard de Moréri, l'a copié ici fervile-
ment ; on voit encore qu'il cherche avec affez de mauvaife

tranfports d'un mari qui n'avoit ceffé d'être amant :
Non, lui dit Zélide, je n'entrerai point dans le

---

foi à jetter du ridicule fur les papes & la cour de Rome :
il devoit être plus jufte, en qualité d'écriyain philofophe,
& convenir que, fi l'hiftoire dont il eft queftion, n'eft pas con-
trouvée, le fouverain pontife auroit fait un acte d'équité,
en permettant que Gleichen eût une feconde époufe : La fille
du foudan avoit été trompée ; elle s'étoit livrée, en quelque
forte, à la *merci* du chevalier, fur la foi du mariage ; ce
n'étoit point une concubine, puifque le pape avoit donné la
fanction à cette union, & qu'à titre de chef de l'églife, il pré-
fide à fes reglements, qu'il ne faut pas confondre avec le dogme.
D'ailleurs Bayle, après s'être beaucoup appefanti fur cette
hiftoire, finit par ne donner aucune folution ; que fignifient
là les *quinze joyes du mariage* ? qu'une femme fe remarie dans
la croyance que fon époux n'eft plus, ce n'eft pas ce dont
il s'agit. On pardonne à Moréri d'être un pitoyable *conteur* :
mais on attend une difcuffion fage & éclairée de la part d'un
homme du mérite de Bayle, & encore une fois, il ne fixe
nullement nos idées par rapport au comte de Gleichen.

Nous ne favons trop, & voilà ce que Bayle devoit examiner, de quel œil nos dames verront le comte de Gleichen
partageant fa tendreffe entre deux époufes ; comment s'accom-
moderont-elles de ces deux femmes ? le polythéifme n'eft point
leur religion ; ne trouveront-elles pas la générofité d'Alix un

lit de mon amie, d'une femme que j'ai entraînée au tombeau! comte, je me fais horreur à moi même...

---

effort contre nature, car il nous plaît de donner le nom de *nature* à ce qui n'eſt quelquefois que l'effet du préjugé le plus abſurde, ou d'une *éducation factice?* n'interrogeons point nos Européennes : demandons aux femmes Aſiatiques ſi elles ne ſupportent pas la rivalité, ſi elles en ſont bleſſées, ſi, en un mot, on peut aimer deux objets à la fois ; c'eſt-là pour nous autres Français, une grande queſtion à traiter, & nous ſerions charmés d'avoir donné lieu à cette diſcuſſion, une des plus intéreſſantes pour le *métaphyſique du ſentiment.* Ne ſauroit-on croire au *pur amour?* à l'inſtant qu'on en adoptera la poſſibilité, on ceſſera de regarder comme un trait d'héroïſme *ſurnaturel,* le procédé ſublime de l'épouſe de Gleichen, & on lui accordera toute l'admiration qui effectivement lui eſt due.

Au moment que nous terminions cette bagatelle, nous apprenons qu'il exiſte encore un deſcendant de l'illuſtre maiſon de Gleichen : nous ſaiſiſſons avec plaiſir l'occaſion de nous rétracter, notre deſſein invariable étant d'obliger & non de nuire. A l'égard de ce *Zulima,* production de le *Noble,* nous avouons de bonne foi que nous ne l'avons jamais lu, & même nous n'avons point cherché à le lire, perſuadés que la plupart des romans, & ſur-tout des romans français, méritent peu, ſoit par l'imagination, ſoit par le ſtyle, qu'on emploie du temps à les parcourir, ce qui peut nous expoſer, ſans le

ne vous fuffit-il pas d'avoir mon cœur, d'y regner uniquement ? Pleurons enfemble votre premiere époufe : non, je n'aurai jamais fes vertus ! fon fouvenir me pourfuit, me perfécute ! je la revois toujours ! je l'entends me reprocher continuellement que j'ai apporté en ces lieux le trouble, la défunion, que je lui ai ravi le cœur de fon époux ! & elle m'aimoit ! elle aimoit fa rivale ! fon attachement augmente fans doute mon crime : car je fuis la plus coupable des femmes : je ne fçaurois, je ne veux point me le diffimuler.... Alix !.... Alix ! que ton ombre s'appaife ! je ferai digne de cette amitié dont tu m'as donné tant de témoignages... Comte, je vous le dis : mon cœur eft entierement à vous ; contentez-vous de poffëder, d'enflammer une ame qui n'eft remplie que de vous feul ; mon amour, mon

---

fçavoir, à nous effayer fur des fujets qui ont été déja traités ; nous n'enveloppons point dans cette efpece de profcription Gilblas, Clarice, Cléveland, Mariamne, & quelques autres ouvrages de ce genre : nous ferions bien fâchés de les regarder comme des romans : c'eft l'art de vivre, c'eft l'*hiftoire de l'homme* mife en aclion, & ceux-là à notre gré valent bien nos meilleurs livres de morale & de métaphyfique.

amour me fuivra dans le tombeau : oui , Gleichen ,
une tendreffe comme la mienne ne peut avoir de
fin : mais refpectons , chériffons la mémoire d'Alix ,
facrifions-lui... des tranfports qui l'offenferoient.

Le comte fe jette aux pieds de la princeffe : ——
J'ai cherché à m'abufer : vous ne m'aimez point !
vous faififfez un prétexte pour colorer votre froideur ! vous me parlez d'Alix ! ne vous preffoit-elle
pas elle-même d'être fenfible aux vœux d'un époux ?
le ciel n'a-t-il pas confacré cette union dont vous
rejettez les devoirs ! eh ! l'amour fuffiroit... ce n'eft
point à votre bouche à prononcer ce mot : qu'il ne
vous échappe jamais ! c'eft moi , qui ferai votre victime ! vous le voulez : vous ferez fatisfaite : je vais fuivre Alix dans la tombe ! c'eft elle qui fçavoit aimer !

Zélide eft plongée dans les larmes. Gleichen enfin
fuccombe à fa douleur ; le danger menace fes jours ;
la princeffe allarmée , en verfant un torrent de pleurs,
va tomber dans les bras du comte : — Jugez fi je
vous aime , Gleichen : je trahis les fermens les plus
facrés ; je m'étois impofé la loi de combattre éternellement des tranfports qui m'humilient , qui me
condamnent : j'oublie une amie ! je m'oublie
moi-même : foyez donc mon maître , mon époux ,

& vivez pour être aimé toujours d'une femme...
que vous rendez parjure !

La princeſſe eſt obligée de céder ; il lui eût été
impoſſible de réſiſter à l'amour, à la conſtance :
d'ailleurs la vie de Gleichen l'intéreſſoit bien plus
que la ſienne même ; il ſe releve du tombeau ;
il adore, il idolâtre, tous les jours, davantage
la princeſſe. Ils furent, en un mot, les plus
fortunés époux. Zélide cependant ne goûta point
une des plus douces ſatisfactions du mariage : le
ciel lui refuſa des enfants : il eſt vrai qu'elle chercha à ſe dédommager de cette privation ſi cruelle
pour une femme ſenſible : elle eut toute la tendreſſe
d'une véritable mere pour les enfants d'Alix dont
elle ne ceſſoit de rappeller la mémoire : elle vécut
aſſez pour les voir heureux, & elle jouit d'un autre
bonheur : ſa deſtinée ne fut point ſéparée de celle
de ſon mari : la mort, en quelque forte, les frappa
des mêmes coups, & l'un & l'autre partagerent le
même tombeau, où l'on avoit renfermé les cendres d'Alix : on y liſoit cette épitaphe aſſez ſinguliere :

  » Cy-giſſent deux épouſes rivales qui m'ont aimé
» tendrement ; elles ſe ſont chéries comme deux
» ſœurs ; l'une quitta Mahomet pour me ſuivre ;

» l'autre embraſſa la rivale qui lui ramenoit ſon mari :
» unis tous trois, pendant notre vie, par les nœuds
» de l'hymen & de l'amour, nous repoſons tous
» les trois ſous le même marbre. Paſſant, puiſſes-
» tu aimer comme nous aimions !

Rivaux ſans jalousie.

E R R A T A.

Page 120, ligne 23, les Chrétiens ; *lisez*, les Latins.

Page 198, ligne 4, que je meurs; *lisez*, que je meure.

Page 202, ligne 15, je suis disposé, madame, de vous donner ; *lisez*, je suis disposé, madame, à vous donner.

Page 204, ligne 14, dont la constance en notre religion; *lisez*, dont la confiance en notre religion.

Page 207, ligne 4, & qui flattoient son cœur autant que sa vertu ; *lisez*, & qui flattoient son orgueil autant que sa vertu.

ZÉNOTHÉMIS,

ANECDOTE MARSEILLOISE.

Par M. d'ARNAUD.

A PARIS,

Chez LE JAY, Libraire, rue Saint Jacques, au-dessus
de celle des Mathurins, au Grand Corneille.

M. DCC. LXXIII.

Avec Approbation & Privilège du Roi.

CATALOGUE

Des Œuvres de M. D'Arnaud, qui se vendent en Volumes, ou séparément, chez Le Jay, Libraire, rue S. Jacques, au-dessus de celle des Mathurins.

THÉATRE.

Le Comte de Comminge, Drame.
Euphémie, Drame.
Fayel, Tragédie.

PROSE.

ÉPREUVES DU SENTIMENT.

Tome Premier, contenant:

Fanny.
Lucie & Mélanie.
Clary.
Julie.
Nancy.
Batilde.

ÉPREUVES DU SENTIMENT.

Tome Second.

Anne Bell.
Sélicourt.
Sidney & Volsan.
Adelson & Salvini.
Sargines.

ÉPREUVES DU SENTIMENT.

Tome Troisieme.

Zénothémis.

Les quatre autres Anecdotes qui doivent completter ce Troisième Volume, paraîtront successivement.

Le Privilége des Œuvres de M. D'Arnaud se trouve à la fin de la Tragédie de Fayel.

ZÉNOTHÉMIS,

ANECDOTE MARSEILLOISE.

EXTRAIT

D E

L'HISTOIRE DE MARSEILLE

JUSQU'A SA PRISE PAR JULES-CÉSAR.

L'ORIGINE des Marfeillois reffemble à celle de la plûpart des autres peuples : ce font à peu près les mêmes nuages qui la couvrent, & les mêmes fables qui la défigurent. Cependant

L'origine de Marfeille peu connue.

Extrait, &c. Nous avons crû qu'il étoit néceffaire de tracer un tableau rapide de l'hiftoire de Marfeille jufqu'à fa prife par Jules-Céfar ; ce coup d'œil jettera des lumières fur l'anecdote qu'on va lire ; il épargnera une infinité de notes qui pourroient rallentir l'intérêt qui doit réfulter de la lecture du texte.

A ij

ces ténèbres & ces menfonges impriment à une hiftoire une efpèce de caractère de vénération, & lui donnent le mérite de l'antiquité; fi c'eft un avantage, on ne fçauroit le contefter à Marfeille : fa naiffance fe perd dans la nuit des fiécles ; on prétend que les Phocéens furent fes fondateurs.

Les Phocéens crûs fes fondateurs.

L'époque de leur arrivée dans la Gaule Narbonnoife eft difficile à établir, graces au fil peu certain qui nous dirige dans le labyrinthe de notre chronologie, inconvénient très-réel pour les amateurs du vrai , & qui arrêtera toujours les progrès de l'hiftoire. Quoiqu'il en

---

Ces menfonges impriment à une hiftoire , &c. On défireroit bien pénétrer la caufe de cette efpèce de fentiment fuperftitieux que nous infpire l'antiquité ; cette recherche devroit exciter les efforts de nos *fubtils* métaphyficiens.

On prétend que les Phocéens , &c. Il ne faut pas les confondre avec les habitans de la Phocide en Grèce ; les premiers vinrent de Phocée ville de l'Yonie , province de l'Afie-mineure.

soit, on s'accorde assez dans ce choc d'opinions si contrariées à fixer la fondation de Marseille sous le règne de Tarquin l'Ancien. C'est ainsi que le mutilateur de Trogue-Pompée, Justin, donne à ses commencements obscurs les couleurs intéressantes de la fiction : les Phocéens ne différant point des nations que la nature a placées dans le voisinage de la mer, éxerçoient le trafic, & surtout la piraterie ; le peu d'étendue de leur territoire, & un sol ingrat sembloient justifier leur goût pour les incursions & les ravages ; ils étoient animés du même esprit qui depuis à poussé les Normands jusques dans nos ports, & leur a fait partager une de nos plus riches provinces, & notre nom ; ceux-là abordèrent avec quelques vaisseaux à l'embouchure du Rhône ; invités par la situation & les agréments du lieu, & par l'amour de la nouveauté, ils conçurent le dessein d'édifier une ville ; de retour chez eux, ils ne manquèrent pas de

L'époque la plus suivie de sa fondation.

Divers Romans sur cette origine.

faire part à leurs concitoyens de leur décou-
verte ; il leur arriva ce qu'éprouvent prefque
tous les hommes qui ont vû , & qui cherchent
à en tirer vanité : l'éxagération embellit leurs
récits , & elle produifit fon effet : on crut
aveuglement ; une troupe de Phocéens fe hâta
de s'expatrier ; ils s'embarquèrent après avoir
nommé Furius & Péranus pour chefs de l'en-
treprife , & s'arrêterent à des parages dépen-
dants des Saliens. Defcendus à terre , ils dé-
tachèrent leurs conducteurs vers Sénan roi
des Ségorégiens , qui faifoit fa réfidence à
Ségorégium, qu'on croit être la ville d'Arles ,
ou celle de Riès , pour obtenir de lui la permiffion de bâtir une ville. Le fouverain pré-
cifément en cette circonftance s'occupoit du
projet de faire choix d'un mari pour fa fille
que l'hiftorien romancier nomme Gipris.
C'étoit la coutume , lorfqu'on vouloit établir
une fille , de donner un feftin où étoient
conviés tous ceux qui la recherchoient , & le

jeune homme à qui elle préfentoit de l'eau, étoit déclaré fon époux. Les chefs Phocéens furent appellés à cette fête : Gipris n'eut pas apperçu Péranus, qu'elle en devint fubitement amoureufe, & au mépris des prétendans de fa nation, courut offrir de l'eau à l'étranger, qui en la qualité de gendre du roi, n'eut pas de peine à obtenir l'objet de fes follicitations : la ville fut donc élevée au lieu dont Péranus étoit convenu avec fes compatriotes.

On s'appercevra aifément que cette *jolie hiftoriette* eft calquée fur le dénouement de l'Enéide : cette Gipris eft une froide copie de Lavinie, & ce Sénan nous rappelle les traits du bon roi Latinus.

Il y a encore d'autres romans auffi ingénieufement arrangés fur l'origine de Marfeille : les Phocéens ayant réfolu d'abandonner leur patrie, mirent à la voile, & furent déterminés par leur chef à tenir la route que

Diane leur indiqueroit ; débarqués à Ephèfe ;
ils s'emprefsèrent de confulter la déeffe ; elle
eut la complaifance d'apparaître en fonge à
une certaine dame appellée Ariftarque , &
dont on a bien foin de nous garantir l'inviolable attachement à la vérité ; on la nomme
femme d'honneur ; Diane commanda expreffément à cette *femme d'honneur* de prendre
une de fes ftatues , & de fuivre ces étrangers.
La dame obéit fans héfiter. Marfeille bâtie ,
on y éleva promtement un temple à Diane ;
on dépofa dans cet afyle facré la ftatue à qui
on laiffa le même habillement qu'elle portoit
dans le temple d'Ephèfe , & cette Ariftarque
fut créée prêtreffe de celui de Marfeille. Les
Phocéens , felon d'autres fabricateurs d'hif-
toires auffi peu vraifemblables , avoient été
obligés de changer de demeure & de climat ; harpage , un des lieutenants de Cyrus ,
& gouverneur de la Phocée , y exerçoit tous
les genres de vexation que fait fouffrir à de

malheureuſes victimes du deſpotiſme, un ſubal-
terne auquel on a confié quelque portion de
l'autorité ; ces ſous-tyrans ſont toujours plus
impérieux & plus cruels que le premier tyran :
l'Aſie nous en offre plus d'un exemple. Il eſt
encore des écrivains qui attribuent la cauſe
de cette émigration à Xercès, qui, comme
l'on ſçait, pouſſa l'abus de la ſuprême
puiſſance juſqu'à la férocité & à la folie : on
ajoute que ces infortunés contraints par de
mauvais traitements de s'arracher à leur terre
natale, firent un ſerment ſolemnel accompagné des plus terribles exécrations : le ſerment fut de ne jamais retourner dans leur premier pays juſqu'à ce qu'une maſſe de fer qu'ils
avoient jettée dans la mer vint de ſon propre mouvement à ſurnâger ſur les flots : de-là
cet adage ſi connu, *Phocenſium execratio.*

L'étymologie du nom de Marseille n'eſt pas
moins difficile à expliquer ; ce ſont autant d'é-
nigmes dont on laiſſe le mot à deviner aux

*Etymolo-
gie du nom
de Marſeil-
le.*

oififs & aux érudits. L'opinion de Plutarque

eft que Maffalias a été le fondateur de Marfeille. Si nous nous nous en tenons à ce fentiment qui paraît le plus raifonnable , il faudra renoncer à Furius & à Peranus , & je ne
penfe pas que Marfeille perde infiniment à
retrancher leurs noms de fes faftes. Ce qu'il y
a de certain , c'eft que cette ville eut , dès les
premiers tems, le fceau de grandeur imprimé à
Rome naiffante : elle s'éleva à vûe d'œil comme cette métropole du monde , & annonça
bien-tôt ce qu'elle devoit être un jour , le
modèle des gouvernements pour la fageffe des
loix, la régularité des mœurs, la culture des vertus & des arts , & l'étendue des connaiffances.

La deftinée de Marfeille devoit être femblable à tout à celle de Rome : fes murs n'é-
toient pas fortis de terre , qu'elle excita l'envie & la mauvaife humeur de fes voifins ;
ils conjurèrent fa perte , prirent les armes , &
furent vaincus. Mais ce qui ne fçauroit trop

mériter les éloges d'un hiſtorien philoſophe,
les Marſeillois connurent un genre de victoire dont on avoit alors peu d'idée, & qui
malheureuſement pour l'humanité n'excite guè-
res encore aujourd'hui l'émulation des con-
querants : ces vainqueurs d'une eſpèce rare ſe
montrèrent les bienfaiteurs des peuples qu'ils
avoient ſubjugués ; ils civiliſèrent leurs vertus
feroces, leur firent adopter des mœurs dont
la douceur contribue aux agréments de la
vie, leur enſeignèrent à profiter des dons
heureux que leur avoit faits la nature, à tailler
la vigne, à planter des oliviers, à jouir, en un
mot, de tous les avantages de la ſociété ainſi
que de ſes plaiſirs, de ſorte qu'on eût dit
que *la Gaule avoit été tranſportée dans la
Grèce, plutôt que la Grèce dans la Gaule.*

Victoire d'une eſpèce nouvelle.

De ſorte qu'on eut dit, &c. Adeo (dit Juſt. Hiſt. L.
XLIII.) *magnus & hominibus & rebus impoſitus eſt
nitor ut non Græcia in Galliam emigraſſe, ſed Gallia
in Græciam tranſlata videretur.*

Les Mar-
feillois paf-
fent pour
avoir été
les inftitu-
teurs des
Druides. Les Marfeillois, au rapport de quelques-uns de nos fçavants, paffent pour avoir été les inftituteurs des Druides, des Eubages, des Vates, autant de claffes differentes de prêtres, de poëtes & de philofophes parmi les Gaulois. Ce qu'on peut affurer, c'eft que Marfeille communiqua de proche en proche aux barbares qui l'entouroient, cette politeffe & ce goût des arts qu'elle tenoit de fa fondatrice,

---

Paffent pour avoir été les inftituteurs des Druides, &c. Ce fentiment n'eft pas général. Les fciences fleuriffoient déjà dans les Gaules lorfque les Phocéens y arrivèrent : mais ces derniers donnérent aux arts cultivés par les Gaulois, une forme nouvelle, & contribuèrent à leur éclat & à leurs progrès.

Qu'elle tenoit de fa fondatrice, &c. C'eft ici qu'on pourroit éxaminer le fyftême du célèbre Montefquieu fur l'influence du climat ; en effet il femble que tous les arts, furtout ceux d'imagination, n'ont point eu d'autre berçeau que la Grèce ; ces peuples ont parlé la plus belle langue qu'on ait connue jufqu'à

bienfaits que le ciel fembloit avoir réfervés aux belles contrées de la Grèce. L'obfcure myf-ticité qui dans les Gaules enveloppoit la reli-gion & les fciences, s'éclaircit ; la lumière de-vint générale , & cette clarté répandue juf-qu'aux extrêmités des régions Belgiques , une fource inépuifable de biens pour l'humanité.

Avantages que Mar-feille pro-cure à la Gaule.

Malgré fes fuccès rapides , Marfeille avoit toujours des ennemis à combattre ; ils fem-bloient renaître de leurs défaites , pour être éternellement vaincus. Coman , fils & fuc-ceffeur de Sénan , n'hérita point des fen-timents de fon père en faveur des Marfeil-lois ; un petit fouverain , dépendant de fa domination , s'avifa de lui faire un apologue

Coman fur le point de s'emparer de Marfeil-le.

---

préfent. De pareils avantages réfultoient-ils d'une heureufe pofition, des richeffes que la nature paraît avoir prodiguées à ces riantes contrées, ou de la forme du gouvernement, & de cette vive énergie que la liberté donne à l'homme ? &c.

Un apologue , &c. Cette fable reffemble fingulie-rement à celle d'Efope fur le même fujet ; une

dont le fens tendoit à préfenter ces étrangers chaffant les anciens poffeffeurs de la Gaule
Narbonnoife , & s'emparant de leurs terres.
Le roi des Segorégiens concerta donc la perte
d'un peuple que fon prédéceffeur avoit pro-
tégé ; il choifit un jour de fête de la déeffe
Flore pour l'exécution de fon projet ; des
foldats déguifés trouvèrent le moyen de s'in-
troduire dans Marfeille ; ils devoient en ouvrir les portes , tandis que les habitants feroient livrés au fommeil , & Coman qui étoit
dans une embufcade à la tête d'une troupe

---

chienne fur le point de faire fes petits , prie un
berger de lui accorder une retraite dans fa maifon ; elle obtient fa demande ; débaraffé de fon fardeau , & les petits devenus forts , l'animal ingrat
refufe non-feulement de fortir à la follicitation du
berger : mais il fe rend maître de l'afyle d'hofpita-
lité , & en chaffe le poffeffeur légitime. Il y a tout
lieu de croire que le roi bel efprit avoit connaiffance des ouvrages du fameux fabulifte.

d'élite, eût accouru se rendre maître de la ville, & en auroit égorgé tous les citoyens ; ils touchoient au moment de leur destruction ; le hazard qui les favorisoit, permit qu'une parente du prince barbare aimât éperduement un de leurs compatriotes ; la discrétion tient peu contre les caresses de l'amour : cette femme découvrit le complot à son amant qui s'empressa de le révéler aux principaux de sa nation ; les émissaires de Coman payèrent de leur vie leurs artifices ; & lui-même fut surpris & mis en fuite après avoir laissé sept ou huit mille des siens sur la place. On veut que cet aventure ait fait naître la coutume de garder Marseille, & d'en fermer les portes les jours de fêtes. On date aussi à peu près de la même époque cet autre usage : une homme chargé par le gouvernement prenoit les armes des mains de ceux qui entroient dans la ville, & les leur rendoit à la sortie.

La défaite de Coman.

La gloire de Marſeille ne demeura point renfermée dans ſes murs : elle s'étendit juſqu'à Rome , qui rechercha avec empreſſement ſon alliance ; les avantages qu'elle avoit rempor-tés dans pluſieurs batailles navales contre les Carthaginois , euſſent ſuffi pour unir étroite-

Alliance des Ro-mains & des Eſpagnols avec les Marſeil-lois, ment les Marſeillois & les Romains ; l'Eſpa-gne ſe lia auſſi avec les premiers ; tout ren-doit une eſpèce d'hommage à leur admirable légiſlation , tant les mœurs & les vertus ont un aſcendant plus imperieux peut-être que la force des armes !

Plan du gouverne-ment de Marſeille. L'ariſtocratie étoit le ſyſtême d'adminiſtra-tion qu'ils avoient adopté ; ſix cent de leurs plus riches & plus vertueux citoyens compo-ſoient leur ſénat ; de ces ſix cent, on en choiſiſ-ſoit quinze auxquels on remettoit la connaiſ-ſance des affaires qui demandoient une prompte expédition ;

Six cent. On les nommoit *Timouchos* , c'eſt-à-dire , *gens honorés.*

expédition ; & de cette dernière claffe , fe tiroient trois préfidents qui , pour les fonc- *Son fénat.* tions & les prérogatives , approchoient des confuls Romains. Leurs loix tenoient beau- *Ses loix.* coup de celles des Yoniens ; gravées fur des tables fufpendues dans les places publiques , elles étoient , en quelque forte , fous les yeux de tout le monde , & conféquemment per- fonne n'en pouvoit rejetter la tranfgreffion fur fon ignorance ; auffi les châtimens étoient-ils févères : une épée dont la rouille atteftoit l'antiquité , étoit attachée aux lambris de la falle du confeil : cette efpèce de figne emblé- matique avertiffoit les fénateurs d'immoler tout à l'exacte juftice ; leur échappoit-il la moindre faute : ces loix dont ils étoient les organes & les foutiens , déployoient contre eux toute leur rigueur ; l'hiftoire qu'on lira à la fuite de ce précis , en eft un exemple mé- morable.

L'aufterité du gouvernement avoit profcrit

Tome III. **B**

de Marſeille & de ſon territoire les bâteleurs ;

Les comé-diens ban-nis de ſon territoire. les bouffons & les comédiens ; on avoit craint que l'art ingénieux de repréſenter les divers effets de l'effervefcence des paſſions , ne fût nuiſible à la diſcipline qui faiſoit la baſe conſtante de cette république , & ne corrompît la jeuneſſe livrée aux fougues de l'âge. On uſoit de la même ſévérité envers ces contemplatifs qui , ſous prétexte de perfectionner

---

Et les comédiens. Auroit on chaſſé les organes des Corneille , des Racine , des Crébillon , des Voltaire ? Faut-il détruire les paſſions dans l'homme ? & ne doit-on pas plutôt s'appliquer à en diriger l'effet ? & qui a plus d'empire ſur le cœur humain que la répréſentation d'une belle tragédie ? lorſqu'une pièce de théâtre renferme des maximes vicieuſes , ce ne font pas les comédiens qui font puniſſables , ce font les auteurs de ſemblables drames.

Ces contemplatifs. Jettez un coup d'œil ſur les ordres religieux inſtitués par de ſages légiſlateurs : ils ont fait du travail la baſe de leurs reglements ; voyez l'ordre de S. Benoît , qui a défriché nos terres , &c.

la nature humaine , la réduifent à une forte d'abftraction de tous les fens , & fe contentent d'une morale *métaphyfique* & *inagiffante*. Il falloit néceffairement chez les Marfeillois qu'on adoptât un genre de travail ; c'étoit le premier principe de l'éducation; les armes, les lettres, les arts & metiers partageoient l'occupation & l'activité de ce peuple. Le commerce furtout & la navigation attachoient tous leurs foins ; ils avoient à l'exemple des Rhodiens établi fur cet objet des reglements très-eftimés.

Le travail; une des premières inftitutions de cette fage république.

Le commerce & les arts en vigueur parmi les Marfeillois.

Leur fageffe éclatoit jufques dans leurs funérailles : deux cercueils reftoient continuellement expofés à l'entrée de la ville : l'un étoit deftiné aux perfonnes de condition libre , & l'autre aux efclaves ; ce fpectacle les familiarifoit fans doute avec une image qui devroit être continuellement fous les yeux ; ils regardoient la mort comme une fuite néceffaire de la vie , & s'interdifoient dans ces occafions la plus légère

Leurs funérailles.

B ij

marque de trifteffe : c'étoit felon eux le fruit mûr qui doit fe détacher de l'arbre ; le deuil expiroit le jour même , & fe terminoit par un facrifice & par un repas où affiftoient la famille & les amis du défunt.

Si les hommes avoient de la valeur , de la fageffe & des lumières , les femmes poffé-doient ces vertus, qui, fans avoir autant d'éclat , honorent la vie domeftique , & en font le bonheur ; compagnes attentives de leurs maris, elles joignoient à la vivacité de l'amour , le zèle conftant & délicat de l'amitié ; elles rempliffoient tous les devoirs de mère : d'une chafteté irréprochable , elles pouffoient la bienféance jufqu'à fe défendre le vin , & fi elles s'écartoient de cette efpèce de vœu , leurs époux étoient en droit de leur ôter la vie.

Caractère de leurs femmes.

Pour ce qui concerne les arts , peu de gouvernements en ont reçu autant de luftre & d'utilité que la république de Marfeille ; fon académie jouiffoit d'une réputation brillante : éle-

Rivaux des Grecs & des Romains pour la cult re des arts & des fcien-ces.

vée au-deſſus de toutes les autres ſociétés littéraires, on l'appelloit communément *Atheno-
polis Maſſiliorum*, la *ſeconde Athènes* ; on y accouroit des diverſes parties du monde ; c'étoit
le dépôt univerſel des connaiſſances humaines, & le berceau d'une multitude de grands
hommes dans tous les genres : légiſlateurs ;
guerriers, philoſophes, poëtes, orateurs ;
juriſconſultes, medecins ſont ſortis en foule
du ſein de Marſeille, & ont porté au loin
la gloire de leur patrie ; ces éloges ne peuvent être ſoupçonnés d'éxagération ; Ciceron

---

Ciceron dans ſa harangue, &c. Voici le paſſage qui
renferme l'éloge de Marſeille : » *Neque verò te,*
» *Maſſilia, prætereo, quæ L. Flaccum militem, quæſto-*
» *rem que cognoſti : cujus ego civitatis diſciplinam*
» *atque gravitatem non ſolum Græciæ, ſèd haud ſcio an*
» *cunctis gentibus anteponendam jure dicam : quæ tam*
» *procul à Græcorum omnium regionibus, diſciplinis,*
» *lingua que diviſa, cum in ultimis terris cincta Gallo-*
» *rum gentibus barbariæ fluctibus alluatur, ſic optima-*
» *tum conſilio gubernatur ut omnes ejus inſtituta laudare*
» *facilius poſſent quam æmulari.* »

B iij

dans fa harangue pour L. Flaccus , a confacré
l'eftime diftinguée que les Romains mêmes
accordoient aux Marfeillois,& avant lui Arifto-
te avoit compofé à leur louange un ouvrage
qui n'eft point parvenu jufqu'à nous. On remar-

Ennemis quera qu'ennemis du luxe, ils ne lui laiffoient
du luxe. pas la moindre prife fur aucune branche de l'adminiftration. L'économie regnoit dans les ha-
billements , les bijoux , les dots. Une fidélité
inviolable rehauffoit tant de belles qualités ;
non-feulement ils en donnèrent des preuves
fignalées durant la guerre Punique , mais dans
les guerres civiles , ils confervèrent aux Ro-

D'une fidé- mains un égal attachement , & le portèrent à
lité rare &
inviolable un fi haut degré d'héroïfme , qu'il leur en a
envers
leurs alliés. coûté , pour ainfi dire , l'exiftence de leur république.

Les Romains mêmes , &c. On fe rappellera que les
Romains donnoient fans diftinction à tous les peuples
la dénomination infultante de *Barbares ;* les Marfeillois devoient donc être bien flattés d'arracher des éloges à une nation fi dédaigneufe.

Il paraîtra bien furprenant qu'un peuple dont la morale étoit fi pure, la politique fi éclairé, & la fociété fi douce, eût retenu les fuperfti-tions impies & barbares des Phocéens fes an-cêtres : tant l'efprit humain eft fujet à des con-trarietés inexplicables! Ils immoloient à Diane d'Ephèfe des hommes au lieu d'animaux ; ce bois facré que Lucain nous repréfente enve-loppé d'une nuit religieufe, étoit fouillé de femblables facrifices offerts à des divinités in-connues ; cette abominable coutume avoit gagné leurs voifins, & infecté toutes les Gau-les. Lorfque Marfeille étoit affligée de la pefte, un pauvre fe préfentoit pour être la victime expiatoire qui devoit ramaffer fur fa tête les influences du malheur public ; la ville le nour-riffoit pendant quelque tems des viandes les plus délicates ; on le paroit enfuite de riches habits ; il faifoit le tour des remparts, & l'on finiffoit par le chaffer hors des murs, chargé des plus horribles malédictions.

Inconfé-quence de l'efprit hu-main ; leurs abomina-bles fuper-ftitions.

Coutume abfurde.

B iv

Cette fage république jaloufe de répandre au loin les précieux avantages qu'elle poffédoit , donna la naiffance à une infinité de

colonies qui fleurirent par fes foins ; Turin & Nîmes font les principales : la première reçut le nom de *Taurinum* , parce que les Marfeillois portoient un taureau dans leurs armes ; Empurias , située en Efpagne , leur eut également obligation de fon origine. Leur

opulence s'accrut par un évenement affez fingulier : un tremblement de terre confidérable entr'ouvrit les Pirenées , & mit à découvert de fécondes mines d'argent dont les Marfeillois tirèrent force lingots. La nature fembla n'en point demeurer à cette efpèce de prodige operée en leur faveur : l'embrafement d'une vafte forêt qui couvroit ces montagnes, fuivit de près le tremblement de terre ; l'incendie dura plufieurs jours, & avec une telle violence , qu'elle échauffa ces mines au point qu'il en découla, en quelque forte , un fleuve d'argent où les Marfeillois & les Phéniciens

puisèrent abondamment de nouvelles fources
de richeffes.

Il falloit que la domination de ces premiers
fût bien étendue fur la mer & fur la terre,
puifque la Méditerranée porta le nom de *Mer
de Marfeille*, & que Lyon du côté du Nord
devint une des bornes de fa jurifdiction ; les
Romains l'appelloient *leur fœur, leur bonne
alliée, très-fidèle & très-généreufe.* Elle étoit
arrivée au plus haut degré de la puiffance légitime & de la gloire véritable. Les fecouf-
fes du bouleverfement qui renverfa la République Romaine, & lui donna une nouvelle forme,
fe firent reffentir à Marfeille , & entraînèrent
fa chûte. Les différends de Céfar & de Pom- Leur conf-
pée devoient régler la deftinée du monde. branlable ;
On doit bien s'attendre que Marfeille atta- ils embraf-
chée à la juftice & à l'honneur, fe rangea du ti de Pom-
parti de Caton ; la harangue fublime que dans pée.
cette occafion fes habitants firent à Céfar,
nous a été confervée dans le poëme de la Phar-
fale. Enfin après des miracles de fidélité & de

bravoure, victimes des trois plus cruels fléaux ; de la guerre, de la famine & de la peste, les

Ils suivent le fort de la vertu, ils font malheureux & vaincus, & leur puissance détruite. Marseillois suivirent le fort de leurs alliés : ils se fournirent au plus célèbre & au moins odieux peut-être des tyrans ; ils perdirent la suprême puissance : le commerce, les vertus, les arts leur restèrent ;

Des ressources inépuisables leurrestent, le commerce & les talents. un long écoulement de siécles & le changement de domination n'ont pu leur ravir ces possessions, les seules qui soient immuables, & sur lesquelles la tyrannie & le tems n'ayent point d'empire ;

Leur gloire affermie & étendue plus que jamais. Marseille en jouit encore, & dans sa situation présente, elle n'a point à regretter son ancienne splendeur.

Dans le poëme de la Pharsale, &c. Cette harangue se trouve L. 3 ; elle est en effet de la plus grande beauté : tous les ressorts de l'éloquence y sont déployés.

Les arts leur restèrent, &c. Les Romains préférant dans la suite Marseille à Athènes, envoyoient leurs enfants à son académie ; Lucius Antonius, petit fils de la sœur d'Auguste, y fit ses études, & depuis, le fameux Agricola dont Tacite nous a laissé une histoire si touchante, qui devroit être celle de tous les hommes.

Car. Eisen del.

N.º De Launay sculp.

ZÉNOTHÉMIS.

ZÉNOTHÉMIS,

ANECDOTE MARSEILLOISE.

MARSEILLE, en fléchissant sous la fortune de Céfar, n'avoit perdu que les apparences du plein pouvoir, & de vains droits de fouveraineté : l'autorité véritable lui étoit demeurée, celle qui avoit

Zénothémis, &c. Le fond de cette anecdote eft tiré d'un des dialogues de Lucien, intitulé : *Toxaris, five amicitia* ; il nous fait dans cet ouvrage l'éloge de l'amitié, & nous en montre tous les charmes : Toxaris & Mnefippe, l'un Scythe & l'autre Grec font les interlocuteurs, &c.

fondé fa république , qui l'avoit foutenue contre les
efforts conjurés des Gaulois , la puiffance abfolue
fans tyrannie,qu'un état emprunte d'une conftitution·
fage & éclairée , & qui furmonte quelquefois le
choc des tems & des révolutions , & furvit aux autres empires. Nous avons vû les Chinois fubjugués
continuellement par les Tartares , leur impofer un
joug peut-être plus affujettiffant , l'efprit inaltéra-
ble de leurs loix & de leurs coutumes. Dans cette
vafte partie du monde, la deftinée conftante des vaincus eft de fe rendre les inftituteurs , & en quelque·
forte, les maîtres légitimes de leurs fauvages tyrans ;
les informes habitants de Samarcande deviennent
des hommes, & des lettrés à Pekin. C'eft ainfi que
les Romains venoient puifer à Marfeille des leçons
de fageffe & de vertu , & y adoucir cet orgueil féroce & groffier qui fe contracte dans le métier des
armes , & rarement eft féparé de leurs fuccès. Cette
métropole de nos contrées méridionales étoit l'é-
cole de l'univers entier : tous les principes des connaiffances humaines & des bonnes mœurs s'y trouvoient réunis ; fon fénat furtout fembloit être le fanc-
tuaire même de la juftice : il étoit un modèle pour le
fénat de fes vainqueurs.

Ménécrate & Zénothémis fe diftinguoient dans

la claſſe des citoyens reſpectables que la naiſſance & le ſçavoir plaçoient à la tête du gouvernement. Le premier, déjà avancé en âge, jouiſſoit d'une réputation ſolidement établie pour ſon integrité autant que pour ſes lumières dans la juriſprudence : elles lui avoient acquis le ſurnom du *nouveau Scévola* ; une fille unique devoit hériter de ſa conſidération & de ſes richeſſes : mais le vertueux ſénateur mettoit bien au-deſſus des préſents de la fortune, l'eſtime de ſes concitoyens & la ſienne propre ; il ſçavoit apprécier cette récompenſe, la ſeule qui nous ſatisfaſſe pleinement, & que ſi peu de gens en place connaiſſent, & ſont jaloux de mériter. La tendre amitié de Zénothémis ajoûtoit le dernier dégré à ſon bonheur ; ce jeune-homme ſorti à peine de l'enfance, s'étoit attaché fortement à Ménécrate ; ce penchant s'étoit accru avec les années, & leur diſproportion n'avoit point nui aux douceurs de cette liaiſon indépendante des ſens, qui rapproche, unit les cœurs, & qui les porte à ſe communiquer leurs goûts, leur affections, leurs intérêts mutuels ; l'amitié, née d'un principe noble & pur, peut s'enviſager comme une paſſion céleſte qui élève l'homme au degré de perfection dont ſa nature eſt ſuſceptible. Zénothémis joignoit aux

graces de la figure & à la dignité de l'extérieur ; une
ame fublime & enflammée de l'amour des arts & des
vertus ; après fon ami, le fage auquel il defiroit le
plus de reffembler, étoit Æbutius Liberalis , célèbre
Lyonnois , dont les rares qualités lui méritèrent

Æbutius Liberalis , &c. Il fut ami de Sénéque qui lui dé-
dia fon *Traité des Bienfaits.* La vertu de ce particulier refpectable fembla confoler l'humanité de l'horrible exiftence
de l'infâme Néron ; c'eft ainfi que le précepteur de ce monftre nous dépeint fon ami : » La philofophie de cet homme
» vraiment fage ne fe bornoit point à des préceptes impo-
» fants que dément quelquefois la conduite de celui qui
» les donne : c'étoit par l'exemple d'une vie pure & régu-
» lière qu'Æbutius Liberalis formoit des élèves à la vertu:
» Toute fa conduite étoit empreinte des leçons de la fageffe
» dont il faifoit profeffion. La bonté , cette vertu dont la
» feule énonciation renferme l'idée de toutes les qualités
» honnêtes , lui méritoit à jufte titre le furnom glorieux
» du *meilleur de tous les hommes* ; fa libéralité ne connaif-
» foit d'autres bornes que les befoins d'autrui , fa généro-
» fité d'autre prix que celui des bienfaits qu'il recevoit , fa
» grandeur d'ame , d'autre gloire que celle qui réfulte de
» la bienfaifance, *turpe eft beneficiis vinci :* c'étoit la devife
» de cet homme , l'honneur de l'humanité. «

On emprunte cette note, intéreffante de l'eftimable ouvrage de M. l'abbé de Longchamps, écrivain qui fent les
vertus dont il fait l'éloge.

l'éloge , fans contredit , le plus touchant , le titre du
meilleur de tous les hommes.

Charmolæus , un des plus habiles jurifconfultes
de fon fiécle , & qui avoit compofé des ouvrages
que le tems nous a ravis , étoit père de Zénothémis ; il avoit fortifié fon fils dans ces excellentes
difpofitions qui s'annonçoient avec tant de fupério-
rité. Le jeune Marfeillois donnoit la préférence à la
morale fur toutes les autres études ; un mérite pré-
maturé lui avoit ouvert le chemin aux honneurs &
aux dignités : la loi s'étoit même laiffée fléchir en fa
faveur : quoiqu'il fût célibataire & d'une extrême
jeuneffe , par une exception honorable , il étoit entré parmi les *Timouchos* , & l'on ne doutoit point
qu'il ne montât bien-tôt au rang des quinze , & que
dans la fuite il ne fût un des trois préfidents.

Des affaires domeftiques appelloient Zénothémis à Nîmes , une des plus floriffantes colonies
des Marfeillois , qui avoit confacré fa reconnaiffan-

Les Timouchos , &c. Pour être élevé à cette dignité , il falloit avoir des enfants , & être originaire de Marfeille , depuis fon ayeul inclufivement ; on fe reffouviendra que c'é-
toit le nom qu'on donnoit aux *fix cent* qui compofoient le
fénat.

ce , en adoptant une partie des armes de ses fondateurs. Ménécrate vit avec regret s'éloigner son ami ;
il le pressa de hâter son retour. Mon cher Zénothémis , lui dit-il , votre amitié m'est devenu un bien
aussi nécessaire qu'il m'est précieux ; vous m'avez
fait éprouver que l'ame avoit des besoins , & vous
sçavez les satisfaire tous. L'amour paternel ne suffit
point à mon cœur ; vous seul me consolez de cet
ennui attaché à la réprésentation , & aux soins du
ministère public. Zénothémis , les hommes sont des
créatures ingrates qu'il est impossible d'apprivoiser :
leur méchanceté résiste à tous les bienfaits ; je les
connais , & je les sers. Je conviendrai avec vous que
la vertu se récompense par elle-même : mais qu'il y
a d'instants où notre ame fatiguée de cette noblesse
désintéressée demande un prix plus à la portée de
nos sens ! & c'est dans votre amitié que j'ai trouvé
ce prix si flatteur ; votre société m'inspire , m'é-
chauffe , me fait supporter le pésant fardeau de mes
travaux , de mes devoirs , m'excite à rechercher de
nouveaux applaudissements ; revenez bien vîte , mon
ami. Je ne sçais , mais vous ne m'avez jamais été
plus cher. Notre séparation produit au fond de mon
cœur une tristesse qui me surprend moi-même ,

puisque

puifque je dois vous revoir inceffamment. Adieu,
ayez un peu plus de fermeté que moi. Zénothémis,
devons-nous reffembler aux autres hommes ? & la
faibleffe feroit-elle le partage du fentiment ?

Ménécrate tombe dans les bras de fon ami ; il ne
fçauroit s'en féparer ; ils fe quittent enfin, après s'être
renouvellé plufieurs fois les affurances d'une amitié
inviolable.

Le fils d'un Marfeillois diftingué eft foupçonné
d'un meurtre commis pendant la nuit ; l'inftruction
de l'affaire eft confiée à Ménécrate : on ne pouvoit
choifir de juge plus fçavant & plus intègre. L'accufé
n'étoit que trop coupable, fi l'on confultoit furtout
la févérité des loix de Marfeille ; le vrai s'étoit montré dans tout fon jour ; la fatale fentence alloit être
prononcée ; le père & la mère du jeune homme accourent, tombent aux genoux du magiftrat, les arrofent
de pleurs : hélas! s'écrie le père infortuné, en découvrant
fa tête chauve, & fe profternant plus profondément,
bienfaifant Ménécrate, daignez être homme, avant que
d'être l'organe de la juftice ; vous voyez couché dans
la poufflère un malheureux vieillard qui n'a plus
qu'un jour à voir la clarté du foleil ; il efpéroit revivre dans un fils unique, & ce fils va lui être enlevé !

Tome III.   C

& par quels coups ! ce n'eſt pas aſſez qu'il perde la vie : ſon châtiment ſera perpétué par une mémoire flétrie qui s'étendra ſur toute ſa famille, qui me pourſuivra juſques dans la tombe. Ménécrate, vous êtes père : oui, mon fils eſt criminel, je ne vous le cache pas ; oui, il a mérité toute votre rigueur, dumoins nos loix l'ont ainſi décidé, quoique je puſſe l'excuſer en vous donnant des preuves que ſon adverſaire l'a inſulté vivement, & a ſuccombé ſous un premier mouvement de vengeance ... la mort de mon malheureux fils ranimera-t-elle celui dont il a percé le flanc ? Contemplez une déplorable mère qui n'a point la force de s'exprimer ; cette douleur qui ſe tait vous peint l'horreur de ſa ſituation. Ame généreuſe, ordonnez le trépas de tous trois, s'il faut qu'on arrache de notre ſein cet enfant... Si vous aviez à juger votre fille, la condamneriez-vous ? pourriez-vous bien laiſſer tomber le glaive des loix ſur ſa tête ? Ayez compaſſion de ma vieilleſſe : c'eſt l'humanité qui pleure à vos genoux, qui vous adreſſe ſa prière, ſes cris ; Ménécrate, c'eſt mon dernier ſoupir qui vous intercède.

En effet le vieillard expiroit aux pieds de Ménécrate ; le juge attendri le relève avec bonté , ainſi que ſa femme ; la nature ſe fait entendre à ſon cœur ; la voix de la dure équité eſt moins forte ; l'auſtère magiſtrat enfin n'eſt plus qu'un homme ſenſible, qu'un père remué par le ſpectacle le plus déchirant : il cède à ce mouvement ſi noble dont s'applaudit l'humanité , & que l'on craint d'appeller une faibleſſe : il immole ſon devoir , pour n'obéir qu'à la pitié : le criminel eſt déclaré innocent.

Ménécrate étoit trop eſtimé & trop heureux pour ne pas exciter l'envie : ſes ennemis , (en eſt-il de plus féroces que ceux qui ſont animés par la jalouſie ?) ſe réuniſſent à la famille du mort ; on demande la réviſion du procès ; on propoſe des informations ; le meurtrier , malgré le rapport favorable d'un des premiers ſénateurs , eſt déclaré coupable : il ſubit le ſupplice deſtiné aux homicides. L'eſprit de parti, ce ſentiment ſi aveugle & ſi barbare , n'en reſte point à cet acte de juſtice : il s'acharne à la perte du juge trop humain , éxagère ſa faute comme un crime capital qui bleſſe les loix & l'équité. Ménécrate cité devant le ſénat aſſemblé , comparaît , & ne diſſimule point qu'un ſentiment de compaſſion l'a ſurpris, & s'eſt rendu le maître de ſon cœur ; il convient de toute

l'étendue d'une erreur fusceptible peut-être de par-
don , fi la fenfibilité eft écoutée ; il avoue qu'il a
mérité d'être repris par fa compagnie ; il finit fon
difcours par implorer fon indulgence. Un accufateur
fe lève , & prononce les mots de préfents & de corruption. Arrêtez , dit Ménécrate avec cette fierté
qui fied fi bien à une ame innocente , épargnez à
ce corps augufte ainfi qu'à moi , l'horreur d'entendre une imputation d'un nouveau genre pour des
hommes tels que nous. Il a pû m'échapper une faute
digne fans contredit de punition : j'ai trahi les loix ,
mon devoir : mais ofer me foupçonner d'une baffeffe !
une vie irréprochable de foixante ans prendra ma
défenfe ; interrogez-la bien cette vie trop longue ,
hélas ! pour mon bonheur : il n'y a point de jour
dans ces foixante années qui ne vous réponde que je
fuis incapable de commettre ... dois-je nommer un
crime fi honteux , fi aviliffant ? C'en eft un , fénateurs , je le répète , de me juftifier contre une accufation inouie pour vous & pour moi. Si c'eft votre décifion , qu'on me donne la mort , fans s'efforcer de
fouiller mon honneur ; je vous abandonne ma fortune ,
mon éxiftence ; en me condamnant , vous ne pouvez m'ôter votre eftime : elle me fera toujours dûe ;

je l'emporterai malgré mes ennemis, malgré vous même, dans le tombeau, & ma mémoire en jouira encore.

Un difcours fi touchant & fi noble n'amollit point ces cœurs dénaturés & jaloux qui fe paroient de l'in flexibilité des loix. La brigue a le deffus : Ménécrate eft dépouillé de fes dignités ; la confifcation de fes biens fuit une perte fi cruelle : mais ce qu'il y a de plus accablant pour cet infortuné , quoique le fénat n'ait pas prononcé fur ce dernier chef d'accufa tion , fon honneur , graces aux venins de l'infernale calomnie , ne fe fauve point des foupçons injurieux : voilà le trait qui le déchire continuellement , & qui refte plongé au fond de fon cœur.

Zénothémis eft informé de l'horrible cataftrophe que vient d'effuyer fon ami ; il accourt , vole dans fes bras , fans avoir la force de s'exprimer. Les premières paroles de Ménécrate font : vous ne les croyez pas ? c'eft moi que l'on a accufé... Zénothémis , votre ami eft toujours digne de vous & de lui même.

Il eft impoffible de peindre les divers tranfports de Zénothémis , fa douleur , fon défefpoir , tout l'excès de fon amitié : il pleuroit fur les mains de

C iij

Ménécrate , les portoit à fa bouche , les ferroit contre fon cœur : — Non , mon cher Ménécrate , vous n'êtes point coupable ; vous n'avez été que fai- ble, que trop fenfible ; c'eft à ceux qui vous ont con- damné , à éprouver des remords. Qui ! vous ! vous être fouillé ?.. En a-t-on feulement pû concevoir l'i- dée ? Eh ! il ne l'a point crû le perfide qui vous a ac- cufé ; perfonne ne le croira. Que votre innocence ne peut-elle éclater à tous les regards, comme elle frappe les miens , comme elle remplit mon cœur ! ranimez- vous : tôt ou tard le ciel venge la vertu ; la vôtre brillera dans toute fa fplendeur. —Zénothémis, mon fort eft décidé ; je connais le remède qui me délivre- roit de mes maux ; deux objets m'ont retenu à la vie , le plaifir de te revoir, de t'embraffer encore , d'épan- cher dans ton fein les larmes de l'homme le plus mal- heureux , & l'efpérance de conduire bientôt ma fille à l'autel ; tu fçais qu'Eudimaque , de l'aveu de Myfias fon père , a follicité la main de Cydipe ; l'époque du mariage étoit fixée , quand tous les malheurs font venus fondre fur ma tête... —Vous croyez que My- fias... — Il tiendra fa parole ; mon infortune ne l'aura point réfroidi : il eft perfuadé , fi l'on peut me repro- cher une faibleffe, & affurément c'eft une faute énorme

que j'ai commife , mais quel homme à ma place ne
fe fût pas laiffé toucher ? il eft convaincu , dis-je ,
que mon honneur eft dans toute fa pureté. Je vais
donc hâter cette union ; ces nœuds formés , il m'eft
permis de difpofer de ma deftinée : je profite de la
liberté qu'une loi fage nous accorde ; je me préfente
devant ce fénat qui s'eft armé contre moi d'une
juftice inexorable ; auroit-il le front de m'interroger fur les motifs qui me preffent de quitter la
vie ? Mon ami, tu es fait pour m'obliger : ce fera
de tes mains courageufes que je recevrai le vafe
de cigüe... —— Que dites-vous , Ménécrate ? êtes-
vous fi peu jaloux de votre véritable éxiftence ,
de votre mémoire , que vous ferviez la rage de
vos ennemis par une action auffi infenfée , &
auffi indigne du grand homme & du vrai fage ?
Vous parlez d'attenter à vos jours ! laiffez de telles

Le vafe de cigüe, &c. Les Marfeillois qui croyoient avoir
des raifons de s'affranchir de la vie , étoient obligés de les
expofer au fénat : ces motifs examinés avec foin, on leur
accordoit la permiffion de fe donner la mort , & à l'e-
xemple des Grecs, ils prenoient ordinairement un breuvage
de cigüe.

reſſources au crime ; c'eſt alors qu'on vous jugeroit coupable , que la calomnie & la méchanceté triompheroient. Oſez vivre pour faire éclater votre innocence ; oſez ſupporter le malheur : c'eſt bien plus que de recourir au trépas. Quand tout l'univers vous accableroit, quand moi-même , j'aurois la lâcheté de vous abandonner , n'avez-vous point votre cœur , la vérité qui vous reſte , qui vous ſoutient ? leur aveu doit vous ſuffire. Que mon amitié n'eſt-elle de quelque prix à vos regards ! vous ſçavez avec quelle ardeur j'aime la vertu : Ménécrate , c'eſt vous exprimer combien vous m'êtes cher ; oui , vous poſſédez un ami. Si vous aviez le moindre reproche à vous faire ſur l'accuſation ... dont l'idée ſeule eſt inconcevable , je ferois le premier à vous échauffer dans le projet courageux de mourir ; peut - être aurois-je aſſez de force pour conduire le poignard dans votre ſein , & ... je ne vous ſurvivrois pas. Mais vous êtes innocent : il faut que Marſeille contemple en vous le monument de ſa barbarie. L'extrême juſtice eſt un outrage à la nature. Vous vivrez pour couvrir votre pays de confuſion. L'honnête - homme malheureux eſt un reproche impoſant à ſes concitoyens , au monde entier... Je vole au fénat : il révoquera la fentence qui vous a perdu.

Zénothémis court raffembler les *fix cent* ; il veut élever la voix en faveur de fon ami : on lui répond que l'équité défend de revenir fur le jugement, & que la condamnation de Ménécrate a été prononcée par les loix. Vous parlez toujours de loix, dit Zénothémis ! eh ! parlez d'humanité ; examinez la faute de votre collègue ; c'eft un excès de compaffion, qui s'il fait tort à fon intégrité, honore fon cœur ; il s'en remet à votre clémence.

Les répréfentations de Zénothémis, fes efforts, fes prières font inutiles, & il eft obligé de céder à la multitude qui prétend avoir jugé *légalement*.

Eh bien ! crie à Zénothémis, fon ami du plus loin qu'il le voit, la rage de l'envie eft-elle raffafiée ? —— Elle eft plus animée que jamais ; votre condamnation eft irrévocable : mais mon amitié fe roidit & s'augmente avec votre infortune ; venez, daignez me fuivre.

Ménécrate accompagne Zénothémis qui le conduit à fa maifon ; le vieillard ne peut s'empêcher de foupirer, en confidérant cette demeure & les richeffes qu'elle renferme ; cette image lui rappelle fa

première fituation ; il veut fe retirer. Nous ne nous
quitterons plus , lui dit le jeune homme en le rete-
nant avec tranfport , & en le ferrant dans fes bras ;
vous voyez votre azyle , votre fortune ; du moins
nous partagerons l'un & l'autre. Que me propofez-
vous , interrompt Ménécrate ? je fens tout le prix de
cette offre : mais votre deffein ne feroit pas d'ajoûter
à mes peines ? — Qu'entends-je ? — Mon ami , les
bienfaits , quelque foit la main qui les difpenfe ,
traînent toujours l'humiliation après eux ; notre
éxiftence perd de fa dignité, quand nous la devons au
fecours d'autrui. — L'amitié... — Eft moins pure
dès l'inftant que la reconnaiffance vient mêler fon
tribut à des fentiments libres ; je veux vous aimer
fans intérêt. — Quoi ! l'indigence... — Penfez-
vous que je n'aye pas appris à la fupporter ? Tous les
hommes naiffent indigents : la richeffe leur eft une
fituation étrangère. L'adverfité n'eft point le malheur
véritable ; confervez-moi cet honneur qu'on veut
m'enlever ; impofez filence à la calomnie : voilà les
maux auxquels le courage le plus ferme a de la peine
à réfifter. Encore une fois,que m'importent des biens,
des palais ? Jeune homme , je n'ai befoin que de
mourir ; c'eft un cercueil qu'il me faut ; c'eft l'uni-

que préfent qu'il me foit permis d'accepter de votre
amitié généreufe ; je vous le redis : tout autre me
blefferoit. Je vais chez Myfias : vous me détournez
envain d'un projet... Je n'afpire qu'à marier ma
fille , & je fuivrai après ce que m'ordonnent mon
cœur & ma deftinée.

Zénothémis, accablé de douleur, porte fes pas chez
Hermogène dont il devoit époufer la niéce ; leur mariage avoit été préparé , en quelque forte , dès le
moment même de leur naiffance ; les deux familles
s'étoient engagées réciproquement à cette union qui
devoit refferrer leur intimité. La jeune perfonne méritoit tous les vœux de Zénothémis ; il reffentoit
le pouvoir de fes charmes , & en effet c'étoit la
vertu même fous les traits de la beauté. Zénothémis, quelque fût fon ardeur , aimoit peut-être
encore moins qu'il n'étoit aimé ; Agathée , c'eft le
nom de la niéce d'Hermogène , s'attachoit tous les
jours davantage à fon amant ; les rares qualités de
Zénothémis , fon ame fenfible & fublime fortifioient
cet amour dont cette femme, l'honneur de fon sèxe ,
s'applaudiffoit ; elle n'héfitoit point à faire l'aveü de fa
paffion ; un fentiment noble & pur ne connait pas ces
déguifements que le vice a imaginés , & qu'il a déco-

rés du nom impofant de bienféances. Agathée voyoit d'un œil fatisfait s'approcher le terme prefcrit pour fon hymen ; loin de s'offenfer des larmes que Zéno-thémis donnoit au fort de Ménécrate, elle le pleuroit avec lui. Zénothémis , difoit-elle , quels témoignages flatteurs je reçois de votre tendreffe ! vous m'eftimez affez pour me montrer tout l'intérêt qui vous lie à un illuftre infortuné ; ne craignez point que l'amour foit jaloux de l'amitié. Laiffez-les couler ces pleurs qui vous honorent tant à mes yeux ! vous me plairiez bien moins , fi aujourd'hui vous ne vous occupiez que d'Agathée. Réuniffons-nous pour nous remplir de la cruelle fituation d'un homme qui eft digne d'être votre ami ; efforçons-nous d'adoucir fes chagrins : ils font affreux ! Ah ! Zénothémis , qu'eft-ce qu'un cœur qui ne fçait point partager les peines d'autrui ? Le pre-mier des plaifirs , fans doute , eft d'être utile aux malheureux.

De pareils fentimens , & dans un âge fi peu fait pour les éprouver , paraîtront peut-être extraordi-naires. Qu'on fe tranfporte du milieu d'un fiècle de corruption , où la vertu eft fi avilie, l'éducation fi négligée ; qu'on remonte aux beaux jours d'une ré-publique , le modèle des gouvernements qui l'en-

touroient, & l'on n'aura point de peine à concevoir
qu'Agathée, inſtruite par des leçons & des exemples,
eût cette juſteſſe d'eſprit & cette élévation d'ame,
heureuſes diſpoſitions que l'amour étoit venu encore
perfectionner.

La nièce d'Hermogène avoit une rivale qu'elle
ne ſoupçonnoit point, & qui cherchoit à ſe cacher
à elle-même des impreſſions que le temps ne faiſoit
qu'approfondir : c'étoit la malheureuſe fille de Ménécrate, Cydipe qui nourriſſoit dans ſon ſein une paſſion d'autant plus violente, qu'elle étoit contrainte à
l'étouffer ; Zénothémis étoit l'objet de ce penchant
inſurmontable ; une langueur ſecréte conſumoit la
jeuneſſe de cette infortunée. Dumoins, s'écrioit-elle
lorſqu'elle ſe trouvoit ſeule, s'il m'étoit permis de
refuſer ma main, de garder ma liberté, de ne vivre
que pour un amour, qui, hélas ! me conduira au
tombeau, je goûterois encore quelque douceur à
verſer des larmes ; je me dirois : c'eſt Zénothémis
qui les fait couler. Mais dépendre d'un époux,
d'un tyran ; manquer à ſon devoir, quand on aime
la vertu autant que je la chéris ; former des vœux
inutiles & coupables ; trembler de s'avouer un ſentiment qui auroit fait le charme de ma vie : ah !

Cydipe, Cydipe, précipite une mort qui ne fçauroit venir affez tôt... Et mon père, qui le confolera dans les revers qui l'accablent ? il n'a d'appui que moi ... & Zénothémis. Fatale amitié , que vous me coûtez cher ! Je revois tous les jours l'auteur de ce trouble que j'ai tant de peine à déguifer ; tous les jours ... je deviens plus criminelle... Cédons à la néceffité : marchions à l'autel ; n'envifageons qu'un père , qui mérite bien ce facrifice ; il m'aime ; il eft malheureux ; ne vivons que pour lui... Zénothémis n'eft-il pas épris d'Agathée ? ils vont être unis ; ils vont être unis ! que cette image refte fous mes yeux. On ne m'aime point ; on en aime une autre... J'épouferai Eudimaque. Je triompherai de ma faibleffe. J'oublierai mon ennemi. Ma vertu aura la victoire.

Zénothémis revoit Ménécrate : — Ah ! mon ami , Myfias reffemble aux autres hommes ! Il n'y a donc que toi feul qui auras le courage d'aimer un malheureux ! expliquez-vous , interrompt le jeune fénateur.

Ménécrate lui apprend que Myfias l'a reçu avec froideur, qu'il a même détourné l'entretien au fujet du mariage projetté, qu'en un mot il a prétexté une affaire pour fe dérober à une converfation qui pefoit à fa perfidie. Oui , Zénothémis , continue Ménécrate , le malheur ne m'a que trop éclairé : Myfias n'eft plus mon ami ; ma fille ne fera point l'é-poufe d'Eudimaque ; je ne verrai point former ces nœuds, la feule efpérance , l'unique confolation qui puffent m'attacher à la vie ; je mourrai ; & qui eft-ce qui reftera à ma fille ? mon infortune , le fouvenir de ce qu'elle a été , le tableau effrayant de ce qu'elle fera ; mon nom , ma race s'éteindront avec Cydipe. Mon ami , l'homme demande des fucceffeurs , & l'on ne s'accoutume point à l'idée affligeante qu'on ne revivra point dans une pofterité qui femble tromper la mort , & perpétuer notre exiftence ; Mé-nécrate fera détruit tout entier. Et qui aujour-d'hui voudroit être l'époux de ma fille ? tout me tra-

---

Je ne verrai point former , &c. Qu'on fe pénètre de la vé-rité des mœurs antiques : un père regardoit comme le plus grand des malheurs de fa vieilleffe que fa fille ne fe mariât point ; il afpiroit à fe voir revivre dans des petits enfants. Alors on ne connaiffoit pas cet *égoïfme* cruel , fi outra-geant pour la nature, & l'on ne s'applaudiffoit point de dérober à la poftérité ce qu'on pourroit appeller une *dette facrée , &c.*

hit , m'abandonne ... peut-être fuivrez-vous l'exemple de Myfias... Ah ! pardonnez, mon cher Zénothémis , pardonnez. Voilà où conduit la difgrace !
on offenfe l'ami le plus cher.

Ménécrate , en achevant ces mots , étoit tombé
dans le fein du jeune-homme , & pleuroit amere-
ment. Mon père , lui dit Zénothémis , comme revenu d'une profonde rêverie , calmez cette douleur
qui m'accable ; vos larmes portent la mort dans mon
ame. Oui , l'adverfité nous rend foupçonneux , dé-
fiants , injuftes ; Myfias vous aura paru différent de
ce qu'il peut être ; vous me difiez qu'il vous aimoit :
le cœur change-t-il en fi peu de temps ? je vous quitte
pour vous rejoindre bientôt. Ménécrate , le comble
du malheur eft de perdre l'efpérance.

Zénothémis impatient d'exécuter fon deffein , fe
rend chez Myfias. A peine l'a-t-il apperçu : — Myfias,
je vous demande une converfation particulière ; ordonnez que vos domeftiques fe retirent. On les laiffe
feuls ; Zénothémis prend le premier la parole : — Il
y a longtems que votre réputation m'eft connue ; c'eft
ce qui m'a déterminé à vous voir & à vous entretenir
avec la franchife qu'elle infpire. Je voudrois mériter que l'univers fût comme Marfeille , inftruit de
l'amitié

l'amitié qui me lie à Ménécrate. Quand le penchant
ne me conduiroit point, j'attacherois de l'orgueil à
me déclarer l'ami d'un homme que tout femble abandonner. Qui eft-ce qui élève plus l'ame, & lui donne
plus de fatisfaction que d'embraffer le parti de l'infortune, & de paraître lutter contre les dieux mêmes ? C'eft-là que la nature humaine puife la véritable grandeur ; c'eft ainfi que Caton s'eft montré fu-
périeur à Céfar ; & lorfque cette infortune eft tombée fur l'innocence, lorfque la vertu fouffre, pou-
vons-nous fans crime lui dérober notre pitié, notre
appui ?.. — Vous prétendez parler de Ménécrate ? —
De lui-même. — Et vous le peignez innocent, lui
que le fénat... — Vous ne le croyez pas coupable.
Quelle eft fa faute ? car on ne peut donner d'autre
nom à fon erreur ; un excès, fi j'ofe le dire, de cet
attendriffement, le mouvement le plus doux de l'ame,
& qui décele davantage notre origine célefte... —
Ménécrate a manqué à la juftice. — Il a cédé à l'humanité ; elle eft au-deffus des loix, des conventions ;
L'humanité nous vient du ciel ; les loix font notre ouvrage, & que de traits de notre faibleffe & de notre
barbarie nous y avons imprimés ! Ah ! Myfias, écou-
tons notre cœur : voilà le premier juge ; c'eft à lui de

Tome III. **D**

prononcer fur Ménécrate ; que le fénat le foumette à
la févérité d'un fyftême de légiflation établi par nos
prédéceffeurs , confacré par l'habitude , par ce refpect
que nous portons aux anciens ufages : nos magiftrats
peut-être ont fait leur devoir. Mais ici, dans l'épanchement de la vérité , nous devons être des hommes, dé-
pouiller la robe & l'efprit de fénateur, prendre l'ame du
dernier des humains en faveur de Ménécrate. Encore
une fois, qu'avons-nous à lui reprocher ? un fentiment
rapide de compaffion envers un vieillard expirant ,
profterné à fes pieds , qui implore la grace de fon fils ;
ce fils infulté, outragé, s'eft abandonné aux tranfports
invincibles de la nature qu'enchaîne & que punit l'in-
flexibilité de nos loix : c'eft un malheur plutôt qu'un
crime, & Ménécrate s'eft laiffé émouvoir. Telle eft donc
la fource de tous les revers qui ont foudroyé un de
nos plus illuftres citoyens ! Suivrez-vous l'exemple de
la multitude ?.. oublierez-vous qu'il fut votre ami ,
que vous fûtes le fien ? Votre fils... — N'époufera
point la fille de Ménécrate ; il a dû s'y attendre. —
O ciel ! pourriez-vous ?.. — Vous voudriez... —
Que dès cet inftant Eudimaque conduifit Cydipe à
l'autel. — Mais Zénothémis y penfez-vous ? Ménécrate ne feroit point coupable , il fuffiroit que le

fénat eût prononcé contre lui , que le bruit public
le condamnât ; l'honneur... —— Eft de fe montrer hautement l'ami d'un malheureux , de rendre hommage
à la vérité ; elle eft cette vérité au-deffus de toutes
les opinions ; vous ne pouvez la corrompre, l'étouffer
quand tout le monde éleveroit la voix pour lui impofer filence. Vous ofez vous parer de l'honneur ! je
vous le demande à la face du ciel qui nous écoute ,
qui lit dans nos ames : un homme que l'univers entier jugeroit criminel , s'il ne l'étoit point en effet ,
le croiriez-vous réellement deshonoré ? Ah ! quiconque le connaîtroit affez pour lui rendre la juftice
qui lui feroit dûe , auroit de l'honneur & de fes devoirs une idée véritable. C'eft ce que Ménécrate me
fait éprouver ; je fuis pleinement convaincu de fon innocence ; je lui dois mon eftime , mon foutien , mon
amitié , & ces fentimens , tout m'ordonne de les faire
éclater jufqu'au dernier foupir : je ne me démenti-
rai point. Myfias , qui ne fçait pas avoir fon opinion , eft indigne du nom d'homme. Et dequoi nous
fervira ce préfent des cieux , la raifon , fi nous
afferviffons notre façon de penfer à celle d'autrui ?
La fageffe & la vérité ont leur principes invariables.
Parce que l'injuftice & la calomnie ont accablé Mé-

D ij

nécrate, vous trahiriez votre promeſſe !.. Je vous le
redis : hâtez-vous de la remplir ; que votre fils s'empreſſe d'offrir ſa main à Cydipe ; qu'ils aillent au temple... —— Zénothémis, vous ne ſçavez donc pas ?..
—— Malheureuſe faibleſſe humaine ! funeſte conta-
gion qui corrompt toutes les vertus ! vous balan-
cez à donner le nom de votre beau-père à l'homme qui vous a été le plus cher, pour lequel vous
êtes en ſecret pénétré de vénération ! & c'eſt l'é-
xemple qui vous entraîne !.. où eſt votre fils ?.. ——
Zénothémis, vous refuſez de m'entendre ; ce n'eſt
pas aſſez que Ménécrate paraiſſe coupable, que ſon
honneur ſoit attaqué, celui de ſa fille... —— Que dites-
vous ? la fille de Ménécrate, Cydipe... —— Eſt ſoup-
çonnée ; on sème un bruit ſourd ... ſa ſageſſe... ——
Arrêtez, Myſias, arrêtez ; penſez que vous parlez
à l'ami de Ménécrate, à l'homme qui chérit le plus
la vertu ... gardez-vous de flétrir celle de Cydipe...
Myſias, c'eſt encore de ces menſonges abſurdes qui
ne vous en impoſent point ; non, ils ne vous font
point illuſion... Ayez aſſez de fermeté pour ne pas
diſſimuler : il y a une ſorte de nobleſſe à ſe montrer
ſans déguiſement ; dites que vous craignez de déplaire au ſénat, que Ménécrate eſt malheureux, que

fon alliance ne flatte plus votre vanité , qu'il eft pauvre : mais étendre vos procédés odieux jufques fur
fa fille , former des foupçons , les publier ... c'eft le
comble de l'inhumanité , & ... voilà les actions qui
deshonorent !

La colère étinceloit dans les yeux de Zénothémis ;
il quitte brufquement Myfias , & va retrouver Ménécrate qu'il embraffe avec tranfport : — Mon refpectable ami , oublions la terre , les hommes ; efforçons-nous de nous fuffire à nous-mêmes. Que Zénothémis vous tienne lieu de tout.

Un torrent de pleurs accompagne ces expreffions
articulées avec peine. — Zénothémis, quel eft donc
le nouveau chagrin que vous avez à m'annoncer ?
C'eft envain que vous me le cachez ; je lis dans vos
regards un trouble qui vous trahit. Ah ! ne craignez
pas de déchirer mon cœur ; il n'a plus de bleffures à
recevoir : tous les coups lui ont été portés. — Non ,
il n'a pas reffenti tous les coups. Vous aviez bien raifon d'appréhender que Myfias ne fuivît le torrent de
l'exemple ... il n'eft plus votre ami ... il faut renoncer
à ce mariage.

Zénothémis rend un compte fidèle à Ménécrate de
la converfation qu'il vient d'avoir avec Myfias. Le

vieillard ne peut que lui dire : ma fille ne fera donc point unie à Eudimaque ! elle n'aura point d'époux ! ce revers manquoit à mon affreufe deftinée !

A ces mots, il baiffe la tête, & tombe dans une douleur profonde. Zénothémis avoit pris la fage précaution d'obferver le fecret fur ce qui regardoit Cydipe ; il ne doutoit pas que Myfias n'eût la même difcrétion, & que ces foupçons auffi injuftes qu'ou-trageans, ne reftaffent enfevelis dans le filence.

Ménécrate crut avoir befoin de ménagements pour apprendre à fa fille la rupture de fon mariage ; il étoit bien éloigné de prévoir que cette nouvelle lui cauferoit une joie fecréte ; Cydipe, feule, en dé-ploye tous les tranfports : — Je pourrai donc ne m'occuper que de mon amour ! je ne ferai ni infidèle, ni parjure ; Zénothémis fera la divinité à qui j'adref-ferai tous mes vœux ; il fera permis à mon cœur de fe répéter qu'il n'aime que Zénothémis ; ce penchant fi doux, fi invincible, les remords ne l'empoifonne-ront pas ! Et y auroit-il du crime à brûler pour un objet que tout le monde doit adorer ? il eft le con-folateur, le feul confolateur de mon père ; il cher-che à nous foulager fous le poids de tant d'infortune ; Zénothémis a pour nous l'amitié la plus vive... Ah !

l'amitié n'eft point l'amour ; Zénothémis ne m'aime point... Eh bien , ce fera moi qui l'aimerai , qui l'aimerai ... fans retour ; je ne vivrai que pour ce fentiment ; il fera tous mes plaifirs , il fuffira à mon bonheur. Le tendre , le pur amour n'eft-il pas récompenfé par lui-même ? c'eft alors qu'il ceffe d'être une faibleffe , qu'il devient une vertu.

La fille de Ménécrate trouvoit ainfi dans ce qui augmentoit la douleur de fon père , un motif de confolation , & même de contentement.

Zenothémis partageoit tous fes moments entre Agathée & Ménécrate. Quel fpectacle vient un jour le frapper ! il accouroit auprès de fon ami : il le voit étendu fur la terre , baigné de larmes , appellant la mort à grands cris : — Et de quels nouveaux coups de foudre auriez-vous été frappé ? la fortune auroit-elle pû augmenter vos difgraces ? parlez , mon ami , mon père... Le vieillard hauffe la tête , & s'écrie au milieu des fanglots : Zénothémis , je ne connaiffois pas encore tout mon malheur... — Expliquez-vous. — Eh ! pourquoi ai-je héfité à me débarraffer du fardeau de la vie ? O mon unique bienfaiteur ! approchez ; venez percer ce cœur qui ne peut plus réfifter aux douleurs accumulées qui l'oppreffent. Mon ame eft im-

D iv

patiente de quitter ce féjour de crimes : venez la recevoir dans un fein , le feul qui foit ouvert à mes larmes. —— Ménécrate , je vous en conjure au nom de cette amitié dont vous ne doutez pas , inftrui-fez-moi ... pourquoi cette agitation? — Mon ami , il n'eft que trop vrai , je fuis deshonoré. —— Comment ! -- Ma fille ... des bruits fe répandent ... ma fille n'eft plus digne de moi ... Eudimaque ... fon honneur ... elle l'a perdu... Zénothémis , hâtez l'inf-tant de ma deftruction.

Le jeune-homme comprit aifément d'où partoit cette nouvelle fi accablante. Les foupçons que My-fias avoit laiffé entrevoir , & qui devoient mourir dans le fecret , étoient divulgués & parvenus enfin aux oreilles du malheureux père. Zénothémis lui avoue que dans fon entretien avec Myfias , cet ami infidèle n'avoit pu contenir quelques propos injurieux à Cydipe , & qu'il avoit cru devoir les taire , & en quelque forte , les oublier lui-même. Je connais votre fille , pourfuit Zénothémis , d'une voix affu-rée , je vous connais , elle ne fçauroit avoir dé-menti le fang dont elle fort , l'éducation qu'elle a re-çue , vos exemples. D'ailleurs je me flattois que My-fias étoufferoit des foupçons honteux pour fa pro-

pre réputation, & qui, felon les apparences, ne doivent leur origine qu'à fa perfidie. Quoi ! Eudimaque ... fon père auroit pouffé le crime à ce point !..
& que peuvent leurs difcours ? Ah ! répond Ménécrate, fi tous les hommes vous reffembloient ! mais
voilà le trait mortel que me préparoit la fureur de
mes ennemis ; j'y fuccomberai. Je veux voir Cydipe,
je veux voir Cydipe ; (elle venoit en ce moment
auprès de fon père.) Entrez, ma fille ... mérites-tu
encore ce nom ? ofe rendre hommage à la vérité ;
c'eft la feule vertu qui refte aux coupables. (Cydipe demeure interdite) L'amour t'auroit-il éga-
rée ? Eudimaque... —— Mon père, je ne l'ai jamais
aimé ; je refpectois vos volontés, mais mon cœur...
Eudimaque n'auroit eu que ma main. Et en prononçant ces mots, elle ne peut s'empêcher de lever les
yeux fur Zénothémis. —— Tu n'as nul reproche à te
faire ? ne me diffimule rien, parle en préfence de
mon ami ; qu'il n'ignore point le comble de mes revers... Le bruit fe répand ... tu m'as deshonoré.

Ménécrate fait part à fa fille des détails injurieux
que la méchanceté prend plaifir à publier. Cydipe
tombe évanouie, comme fi elle eût été atteinte de la
foudre. Revenue par les foins de Ménécrate & de Zé-

nothémis , cette fille courageufe fufpend fes larmes :
on dircit qu'une divinité l'infpire & la foutient : ——
Mon père , mon père , daignez m'écouter : votre fille
eft digne de vous , & vous, dont l'eftime m'eft plus
chère que vous ne penfez , ami généreux de deux infortunés, foyez convaincu de mon innocence. Jamais
je n'ai offenfé la vertu ; j'aurois regardé comme un
crime impardonnable , une idée feule qui auroit été
contraire aux principes de cette vertu dont je fuivrai les loix jufqu'à mon dernier foupir. Le ciel connaît mes fentiments : c'eft ce ciel que j'implore contre la calomnie. Ce dernier trait nous étoit réfervé !
Si j'euffe été capable de céder à un moment de faibleffe , fi j'en avois eu feulement la penfée , une mort
prompte eût fuivi ce honteux égarement... Ce n'eft
pas à Ménécrate à douter de fa fille.

Ces paroles font exprimées avec ce ton de l'ame
qui caractérife la vérité. Zénothémis l'interrompt vivement : non , Cydipe n'a rien à fe reprocher ; je fuis
prêt à défendre fon innocence contre tout ce qui
fe préfentera pour l'attaquer. C'eft vous , s'écrie
Cydipe, qui me rendez juftice ! ah ! Zénothémis !

Elle reprend avec attendriffement , en fe tournant
vers lui : ils veulent m'enlever votre eftime !.. Mé-

nécrate la tient dans fes bras : —— J'en crois tes
larmes , le fang dont tu es née ; oui , c'eft la calom -
nie qui ne fe laffe point de nous pourfuivre. Te voilà
donc , ma fille , fans appui, fans efpoir , en proie
à des difcours outrageants ! ô dieux ! dieux ! quand
ferez-vous raffafiés de nos maux ?

    Ménécrate eft plongé dans l'accablement. Quoi !
fe dit Cydipe , lorfqu'elle eft retirée , Zénothémis
aura crû... Il n'eft pas poffible ; mon cœur , mes regards , tout l'aura inftruit de mon amour pour mes
devoirs ; pour mes devoirs ! eh ! ce n'eft pas la vertu
feule qui me les rend facrés ; ce n'eft point Eudimaque qui occupe mon ame , qui y règne en tyran
abfolu... Il n'y a que la mort qui puiffe m'affranchir
de tant de liens qui me pèfent ; faut-il exifter après
des épreuves fi cruelles ? Si je n'étois point néceffaire à la confervation d'une vie qui me fait oublier la mienne !.. Sommes-nous affez malheureux ?
mon père aux bords de la tombe , fans fecours, privé
de tout, entouré de perfides, d'ingrats , & fa fille ,
lorfqu'elle aime , lorfqu'elle brûle en fecret , forcée
d'étouffer fon penchant , n'ayant d'autre bien que
l'honneur , & foupçonnée , & accufée d'un crime , en
préfence ... de qui ? du feul objet qui m'intéreffe après

Ménécrate , & dont je fois jaloufe de mériter l'eftime : c'eft l'unique fentiment qu'il me foit permis
de folliciter , d'attendre de Zénothémis ; tout autre
defir m'eft interdit , quand mon cœur... Infortunée
Cydipe , tu en mourras ! dumoins que Zénothémis
l'ignore ; n'avois-je pas affez de tous nos revers ?
emportons ma folle erreur dans le cercueil ; eft-ce à
moi qu'il appartient d'aimer ?

Ménécrate voyoit tous les jours s'approfondir
l'abîme où le fort l'avoit précipité. Ces befoins
humilians qu'entraîne l'indigence , le menaçoient , &
fon orgueil fembloit s'aggrandir avec fon infortune ;
toute l'induftrie de l'amitié ne pouvoit imaginer les
moyens d'être utile à ce vieillard , fans bleffer cet
amour-propre qui eft peut-être la feule confolation
des malheureux. Mais ce qui perçoit d'un trait plus
cruel que tous ceux de fa propre adverfité , l'ame
fenfible de Ménécrate , c'étoit la fituation de Cydipe ; il expofoit fans ceffe cette image aux yeux de
Zénothémis : fa fille pourfuivie par la calomnie , fans
époux , fans nulle efpérance d'en avoir. La fille & le
père , difoit-il , n'ont plus d'autre reffource à choifir qu'une mort précipitée.

Quel tableau pour un ami ! qu'il étoit gravé profondément dans l'ame de Zénothémis ! il expiroit avec ces deux infortunés ; il alloit chez Agathée donner un libre cours aux larmes que la préfence de Ménécrate & de Cydipe avoit retenus ; quelquefois le malheur s'irrite par les marques de compaffion que lui prodigue la fenfibilité.

Zénothémis, tranfporté de fureur , avoit couru chez Myfias , qui craignant des reproches trop méri-tés , s'étoit dérobé à fa vûe. Il demande à parler à Eudimaque : on lui apprend que ce jeune-homme a quitté Marfeille, & l'on ajoûte qu'on ignore le lieu de fa retraite. Zénothémis croit avoir découvert la vérité : il ne doute point qu'Eudimaque ne foit l'auteur des bruits injurieux qui bleffent la réputa-tion de Cydipe , & que Myfias ne l'ait fouftrait aux effets d'un jufte reffentiment.

Agathée partageoit le défefpoir de Zénothémis ; elle l'entendoit fouvent répéter : L'infortuné Méné-crate n'a donc plus de confolation à attendre fur la terre ! les flambeaux de l'hymen ne s'allumeront jamais pour Cydipe ! fa malheureufe deftinée eft décidée ! Une honte éternelle fera imprimée fur fes jours , fur ceux d'un miférable vieillard qui meurt dans l'affurance que tout a rejetté fa fille ,

qu'elle ne tardera point à le fuivre au tombeau. Encore s'il avoit un gendre dont il pût, fans rougir,
accepter les fecours généreux, qui le fecourût à fes
derniers moments, qui fermât fes yeux éteints dans
les larmes, qui le flattât de l'efpoir que fon nom fe
perpetueroit ! mais Ménécrate ne voit fous fes pas
qu'un vafte tombeau qui l'engloutit lui, & fes efpérances ; perfpective plus cruelle que la mort ! c'eft
toute l'horreur du néant qu'il envifage ! & l'indigence
fe joint à des revers fi accablants ! Il refufe... Ce feroit moi qu'il auroit fervi ! ah ! les bienfaits de l'a-
mitié n'humilient point : ils ne font que refferrer fes
nœuds. Ménécrate ... fa fille, fa fille ... quel fort
effrayant !

Il y avoit déjà longtems qu'Agathée écoutoit ces
difcours avec un air de réflexion qui décèle une ame
profondément occupée ; le défordre de fes fens fe
peint fur fon front ; des pleurs, qu'elle s'efforce de
repouffer, la trahiffent & viennent en abondance
fur les bords de fa paupière ; elle regardoit Zénothémis par intervalle, & de fombres accents lui
échappoient. Zénothémis allarmé interroge Agathée,
la preffe de lui apprendre d'où nait ce trouble fubit.
—— Zénothémis, il n'eft pas temps encore de par-

ler... Je conçois un deffein... Vous le fçaurez ... vous le fçaurez.

Quelques jours s'écoulèrent : Hermogène eft frappé lui-même de l'état où fe trouve fa nièce : il avoit pour elle toute la tendreffe d'un père ; fon frère au lit de mort lui avoit recommandé cette enfant , qu'il avoit , pour ainfi dire , adoptée. Agathée prétextoit une indifpofition ; renfermée dans fon appartement , elle fe livroit à cette agitation qu'elle avoit tant de peine à contenir ; elle avoit effayé vingt fois de tracer les diverfes penfées qui la tourmentoient , & vingt fois la plume avoit fui de fes mains ; fes genoux flé-chiffoient fous elle , & elle retomboit fouvent fur fon fiège , en laiffant échapper un torrent de larmes : il étoit aifé d'appercevoir que fon ame étoit dé-chirée par de violents combats. Enfin , dit-elle un jour à Zénothémis , vous ferez fatisfait. Il faut que vous ameniez ici Ménécrate , fa fille & quelques-uns de vos meilleurs amis ; mon oncle , à ma follici-tation , les prie d'affifter à un feftin qu'il prépare en l'honneur des dieux domeftiques. Sans doute les con-viés ne fe refuferont point à l'invitation.

Des dieux domeftiques. Les anciens avoient coutume à cer-

En prononçant ces mots, elle regardoit avec attention Zénothémis qui promet de suivre ses volontés.

Le jour est arrivé. L'aspect de Cydipe avoit produit chez Agathée une émotion qu'elle parvient à
surmonter. On entre dans la salle du festin : tout y
présentoit les apprêts d'une fête somptueuse. L'af-
semblée cède aux mouvements d'une gaieté décente.
Hermogène , sa-niéce & Zénothémis étoient seuls
plongés dans une rêverie dont on cherchoit vainement à deviner la cause. La fin du repas approchoit ;
Zénothémis qui , durant tout le festin , avoit parlé
bas à Agathée & à Hermogène, & avoit donné des
marques d'une agitation extraordinaire , quitte brufquement la table comme égaré & hors de lui-même,
se précipite dans une chambre voisine : le maître de
la maison, & sa nièce se hâtent de l'y suivre. Les con-
vives restent interdits , ils se demandent le sujet
de cette absence inattendue. La surprise de Ménécrate & de Cydipe est encore plus grande. Agathée

---

tains jours marqués dans l'année , d'offrir des sacrifices aux
divinités subalternes qui présidoient à leurs maisons , à leurs
foyers , &c. Des repas de cérémonie terminoient ces sortes
de fêtes : les Chinois nous retracent encore à peu près les
mêmes usages , &c.

rentre

rentre avec fon oncle & Zénothémis ; celui-ci paraiffoit accablé ; la jeune perfonne avoit les yeux
chargés de larmes ; elle affecte de reprendre un air
ferein. Hermogène ordonne qu'on apporte une coupe
deftinée aux libations facrées. Les efclaves obéiffent.
A peine la coupe a t-elle paru, Zénothémis ne peut
retenir un gefte qui décèle fon trouble ; Agathée lui
parle encore à voix baffe ; des impreffions de curiofité
font fur tous les vifages. La nièce d'Hermogène fait un
figne à Zénothémis, comme fi elle le preffoit d'exécuter fa volonté ; elle fe faifit elle-même de la coupe,
la remet dans les mains de fon amant qui fe lève,
porte la coupe au ciel, & profère d'une voix entre-
coupée ces paroles qu'Agathée, qui étoit près de
lui, fembloit lui dicter : je prends à témoin cette
affemblée, & j'en jure fur cette coupe, par les dieux
que je prie en ce moment de m'entendre : je choifis
pour mon époufe Cydipe, la fille de Ménécrate.
Ma fille, s'écrie le vieillard ! Zénothémis me donneroit fa main, dit à fon tour Cydipe ! oui, vous ferez
fa femme, réplique Agathée, & moi...

Elle n'achève pas, & tombe évanouie ; on vole à
fon fecours ; cette héroïne fort du fein même du

trépas pour devenir une créature au-deſſus de l'eſpèce humaine, qui va déployer toute la grandeur
de ſon ame. Non , dit Ménécrate, en courant
vers elle , fille ſublime , je ne reçois point les ſerments de Zénothémis ; je ne ſouffrirai pas qu'il
vous ſoit parjure ; c'eſt vous qui devez être ſon
épouſe ; il a donné ſa parole , il vous aime , il vous
eſt cher ; ma fille , & moi ne ſommes pas faits pour
un ſemblable ſacrifice ; marchez à l'autel , & nous à
la mort. Vous ferez le père de Zénothémis , répond
Agathée en s'armant de courage ; je veux préſider à
ces liens... je le veux. Ce que je viens d'éprouver eſt
un reſte de faibleſſe dont je triompherai. Sans doute
j'attachois tout mon bonheur à me voir la femme de
Zénothémis ; j'adore la vertu , c'eſt dire combien
j'adorerois l'époux que le ciel & ma famille m'a-
voient deſtiné ; oui , je l'aimois , & j'oſe en convenir en ſa préſence , en préſence de mon parent & de
cette aſſemblée. Mais quel plaiſir je goûte à m'immoler pour cette même vertu qui m'eſt ſi chère !
Ménécrate, je fais mon devoir ; je remplis les obligations d'une ame ſenſible. Zénothémis eſt votre
ami ; la calomnie cherchoit à flétrir la réputation
de Cydipe ; tout l'opprimoit ; après l'injure que

lui ont faite Myfias & fon fils, elle n'avoit plus d'hyménée à efperer ; il n'y avoit que Zénothémis feul qui pût lui offrir fa main, & il la lui préfente, de mon aveu; je foufcris à cette union ; j'en hâte le moment... Ne regardez point mon trouble, mes larmes ... elles s'arrêteront ... Cydipe fera mon amie.

Cydipe étoit profternée aux pieds d'Agathée, faifie d'admiration & de reconnaiffance, ainfi que Ménécrate qui ne cefloit de redire : ce mariage ne s'accomplira point ; nous mourrons plutôt Cydipe & moi ; non, généreufe Agathée, je ne fouffrirai point que vous nous immoliez votre bonheur, une tendreffe fi vive & fi légitime. Ma nièce, dit Hermogène, a exigé mon confentement pour cette action qui doit l'honorer à tous les yeux ; puiffe-t-elle n'en être pas la victime malheureufe ! Elle ne la fera point, interrompt Ménécrate. Je connais ce qu'ordonne mon devoir : je lui obéirai. Ma fille, fuivez-moi ; Zénothémis, héros de l'amitié, penfez-vous que mes fentiments doivent le céder aux vôtres ? allez, Zénothémis, je fuis digne d'être votre égal.

Ménécrate entraîne Cydipe ; Zénothémis vouloit les accompagner : mais le fpectacle d'Agathée dont on concevra aifément l'horrible fituation fous cette magnanimité apparente, Hermogène lui-même expirant de douleur, ces objets forcent le jeune fénateur à s'occuper, en cet inftant, de ce qu'il devoit à la vertu, à l'honneur, à l'amour ; jamais Agathée n'avoit eu plus de charmes à fes regards ; il accompagne l'oncle & la nièce dans leur appartement, tandis que l'affemblée fe fépare, frappée de tant de coups à la fois.

Zénothémis fe trouve feul avec fon amante : —— Divine Agathée, qu'avez-vous fait? ——Mon devoir, une action ... qui me coûtera peut-être la vie ; hélas! il me fera impoffible de n'y pas fuccomber. Mais, Zénothémis, je me fuis élevée au-deffus de mon sèxe, au-deffus de la nature humaine ; parlez-moi de mon triomphe, & non de mes faibleffes : elles éclateront encore à votre vûe. Je vous aime, Zénothémis, oui, je goûte un plaifir inexprimable à vous l'avouer, je vous aime ... & je vous mets dans les bras de Cydipe ; je venge le malheur, la vérité, la vertu ; nous nous donnons mutuellement un exemple fuprême d'honnêteté, de grandeur d'ame, d'un courage qui étonnera peut-être la poftérité, qui nous furprend nous-mêmes. Ne nous démentons point, Zénothémis. La fortune fe plaifoit à perfécuter Ménécrate ; il reffentoit les

épreuves cruelles de l'adverſité ; ſa fille étoit deshonorée : je lui rends ſon honneur ; Ménécrate ne
pourra rejetter les bienfaits de ſon gendre ; mon
amant ... ſera mon ami , & je n'en aurai point de
plus cher , de plus reſpectable. Au milieu des tourments qui me déchirent le cœur (car je ne veux
pas vous paraître plus vertueuſe que je ne le ſuis)
une ſatisfaction pure vient me dédommager du
plus grand ſacrifice ; celui de mes jours ne lui ſeroit
pas aſſurément comparable ; au moment que vous
aviez mes vœux , toute ma tendreſſe , Zénothémis ...
ah ! ne tournons plus nos regards ſur cette image : ne
voyons que notre gloire ; livrons notre ame au noble
orgueil... —— Nous ne lui immolerons point notre
amour ; cette action à laquelle vous m'avez contraint ,
je ne la ferai point ; je ne la ferai point ; Ménécrate eſt
mon ami, il eſt malheureux, tout l'accable ; je lui reſte
ſeul dans le monde entier : mais n'êtes-vous pas auſſi
l'objet de tous mes ſentiments ? ne vous les dois-je pas
ces ſentiments qui augmentent avec vos attraits, avec
vos vertus ? & mon ardeur... —— Elle doit vous toucher
moins que la félicité attachée à la bienfaiſance : Ménécrate & Cydipe revivent , ſont vengés de l'injuſtice
du ſort, ſont heureux par vous ... par moi... Perſonne

n'aura ma main ni mon cœur; vous feul regnerez toujours dans cette ame dont votre image ne fortira
point. Oui , vous aurez toujours ma tendreffe , mais
une tendreffe pure qui ne nous offenfera l'un ni l'autre ,
dont même je n'aurai point à rougir en fecret ; je
vous aimerai comme les dieux, fans doute , aiment,
fans intérêt , fans efpérance, pour vous-même ; votre
vertu fera la mienne ; je remporterai la victoire avec
vous ; je partagerai votre gloire , votre bonheur ; &
n'y en a-t-il pas un bien doux à remplir fes devoirs ,
à donner à la nature humaine , la plus belle leçon de
fenfibilité qu'elle puiffe recevoir ? Mon ami !.. un autre
mot ne m'échappera point : non, je ne le prononce-
rai plus ce mot qui eft gravé dans mon cœur, &
qu'il faut bien que j'en efface ; hâtez vous d'achever notre triomphe ; ne me revoyez qu'avec le nom
du mari de Cydipe ; arrachez-vous de ces lieux ;
quittez-moi , quittez-moi , Zénothémis : c'eft à vous
à m'encourager. Adieu,ne voyez point couler mes larmes ; n'en verfez point vous-même ; j'expierai les miennes... Songez que vous êtes déjà lié par un ferment...
 ——Je le trahirai, je le romprai ce ferment inconcevable que vous m'avez arraché , que tout mon cœur
dément ; il n'eft pas poffible ... tous les dieux... ——
Eft-ce-là le langage de l'ami de Ménécrate , d'un

homme qui a mérité ma tendreſſe ? Encore une fois,
Zénothémis, ſéparons-nous ; nous deviendrions faibles, au niveau de ces ames vulgaires que nous ne
devons point imiter ; je me bannirai de votre vûe,
juſqu'au moment... Il le faut... Zénothémis, ſoyez
l'époux de Cydipe.

Agathée auſſitôt ſort de ſon appartement, va auprès d'Hermogène, & laiſſe Zénothémis vivant à
peine, & ne ſçachant à quel ſacrifice s'arrêter.

Ménécrate avoit à peine regagné ſa retraite : ——
Ma fille, tu vois le parti qui nous reſte à prendre :
il n'en eſt point d'autre que d'abandonner promtement Marſeille, & de nous livrer à toute la fatalité
de notre malheureuſe étoile : où irons-nous ? quel
ſera notre azyle ? dans l'extrême indigence, privé de
tout ſecours, nous n'avions d'appui que Zénothémis,
& nous devons le fuir pour jamais ! Vivrions-nous au
prix des jours mêmes d'Agathée ? car tu l'as pû ob-
ſerver, elle aime trop Zénothémis pour le céder, ſans
perdre la vie, & nous nous ſouillerions d'un pareil
forfait !.. Tu pleures ! tu ne me réponds point ! tu ne
me témoignes pas cette déciſion qui doit être notre
partage ! Allons, hâtons nous de quitter notre pa-

trie ; tu me prêteras ton bras ; Antigone ne fut-elle
pas la compagne & le foutien d'Œdipe , lorfqu'il dé-
roboit fa vieilleffe à la fureur de fes enfans dénaturés & qu'il fe fauvoit à Colone ?

Cydipe mettoit de la lenteur dans les préparatifs
de leur départ. Ils font prêts à fortir ; elle n'a plus la
force de marcher ; elle tombe , baignée dans les larmes. O ciel ! dit le vieillard ! pourquoi ces pleurs ,
cette défolation ? Cydipe , vous femblez refufer de
fuivre un père infortuné , qui ceffera bientôt de vous
être à charge !.. Jufqu'à ma fille qui me rejette , qui me
trahit... — Vous trahir ! ah ! mon père , le ciel m'eft

Antigone. Tous les gens de lettres connaiffent *Œdipe à
Colone* par Sophocle : c'eft-là que la nature eft exprimée
dans fon admirable fimplicité ; la tendreffe d'Antigone pour
fon père , la mifère augufte, fi l'on peut rifquer cette expreffion, d'un roi chargé de malheurs & d'années , ces tableaux
fi touchans ont fuffi pour remplir un drame entier d'un intérêt qui va toujours croiffant , & bien différent de ce tumulte bizarre d'actions entaffées les unes fur les autres , que
nous appellons des effets , & qui bleffent à la fois le goût &
la raifon. Affurément ce n'eft pas Racine qui nous a donné
ces leçons : aucun de nos poëtes dramatiques n'a plus approché des Grecs , les feuls modèles inimitables pour la
belle tragédie , &c.

témoin que vous ne me futes jamais plus cher ...
mais quitter mon pays... Zénothémis ... nous ne le
reverrons donc plus!.. Mon père ... mon père il eft inutile de vous cacher plus longtems un fecret qui devoit
expirer avec moi ; apprenez que j'aime , que j'adore
Zénothémis depuis le premier inftant qui l'offrit à
mes regards ; j'époufois Eudimaque pour obéir à
votre volonté , à mon devoir , pour adoucir votre
cruelle deftinée , & j'allois m'unir à tout ce qui a fçu
me plaire , à tout ce que je dois eftimer , chérir , &
votre vertu ... laiffez-moi recueillir un moment mes
forces ; je m'immolerai à cette vertu fi fort au-deffus
de ma faibleffe ; je vous fuivrai , mon père , je renoncerai à la main , à la préfence ... je ne le nomme-
rai plus ... je cefferai de vivre... Ah ! je mourrai ici :
mon ame eft prête à s'exhaler !

Elle n'achevoit pas ces mots , que Zénothémis
entre avec impétuofité ; il trouve Cydipe étendue
fur la terre , s'abandonnant au plus vif défefpoir ,
Ménécrate accablé de fa fituation ; il apperçoit les
apprêts de leur fuite : —— Vous me quittiez , Ménécrate ! Oui ! s'écrie Cydipe , mon père & moi nous
nous arrachions de ces lieux ; nous nous dérobions
aux regards du feul ami qui nous refte. Zénothémis

s'empreſſe de relever Cydipe : — Venez , ſuivez mes
pas ; & vous , mon père, car , Ménécrate , déſormais
vous n'aurez plus d'autre nom , accompagnez-moi
à l'autel où je vais former ces nœuds qui m'attache-
ront davantage au plus reſpeĉtable des mortels.

Le vieillard ſe jette aux pieds de Zénothémis ; il
veut s'oppoſer à ce mariage , qui fera , dit-il , le malheur d'Agathée & de ſon ami : — Je ne le ſouffrirai
point cet himen qui mettroit le comble à mes maux...
Laiſſez-nous fuir ; laiſſez-nous expirer. Voulez-vous
que je ſois votre aſſaſſin , celui de la nièce d'Hermogène ?

Ces paroles ſembloient exciter quelque incertitude
dans l'ame de Zénothémis ; il regardoit Ménécrate ,
en verſant des larmes ; un billet , qu'à l'inſtant il reçoit
d'Agathée , le détermine tout à coup : il ſe précipite
vers le temple , & malgré les efforts de ſon ami , préſente ſa main à Cydipe qui paraiſſoit vouloir ne pas
donner la ſienne ; mais que ſes efforts étoient faibles !
enfin ces nœuds ſont formés ; l'autel a reçu leurs ſerments , & Zénothémis eſt l'époux de Cydipe.

Tandis que la fille de Ménécrate , par une révolution inattendue , voyoit changer ſa deſtinée , Agathée reſſentoit toute l'horreur de la ſienne : — Ç'en

eft donc fait ! il faut bannir de mon cœur un amour...
que la vertu même y confacroit ... plus d'efpoir ! plus
de tendreffe ! vivre pour fouffrir une mort continuelle ! Zénothémis ne fera jamais à moi ! jamais je
ne ferai à Zénothémis !.. & il eft à une autre ! en ce
moment , ces liens ... ils font tiffus ! je ne reverrai
tout ce que j'aimois , qu'avec le nom de l'époux de
Cydipe!.. Cette union ne s'achevera point ; il eft encore temps : courons au temple ... y montrer ma faibleffe , mon deshonneur ! Et n'eft-ce pas moi qui ai
envoyé Zénothémis aux autels , qui l'ai preffé de
conclure cet engagement, qui m'affaffine ? ne lui
ai-je pas écrit ? n'ai-je pas prévenu par un ordre exprès ces retours ... dont j'ai à rougir ? Quoi ! fitôt me
repentir d'avoir donné un exemple de générofité ,
dont fi peu de cœurs font capables ! & n'eft-ce rien
que d'être fupérieure à ces ames impuiffantes qui
n'ont pas la force de vaincre leurs paffions ? Soyons
la victime de nous-même ... malheureufe Agathée !
l'orgueil , quelque foit fon éclat , ne dédommage point de l'amour ! Je le dompterai , je l'étouf-
ferai cet amour fi puiffant ! Jouiffons de ma victoire ;
je me fuis immolée ; j'ai fait le bonheur d'un infortuné , que l'injuftice pourfuivoit ; je rends à fa

fille l'honneur qu'on vouloit lui enlever. Que j'ai lieu de m'applaudir de ma fermeté ! quand je rentre en mon cœur, n'y vois-je pas un effort de magnanimité qui m'elève à mes propres regards... Eh ! que je paye cher cette action dont la postérité peut-être s'entretiendra avec quelques éloges... J'expire de mille coups ! tant de vertu est au-dessus de moi !

La situation de son amant n'étoit pas moins violente : le cœur plein d'amour pour la nièce d'Hermogène, il est dans le sein de Cydipe ; elle saisit sa douleur à travers les sentimens généreux qu'il s'efforce de faire éclater ; elle tombe à ses genoux, en fondant en larmes : —— O mon bienfaiteur suprême, laissez-moi vous adorer comme l'image des dieux protecteurs ; ne me déguisez point les horribles combats que vous coûte ce sacrifice ; il est affreux, je le sens. Vous aimiez Agathée ; je n'ai ni ses vertus ni ses charmes : je n'ai qu'une ame pénétrée de la plus vive reconnaissance ... de la reconnaissance ! ah ! cette faible expression est bien loin de vous peindre mes sentiments ; sçachez, Zénothémis... Ce n'est pas le seul desir d'être utile à mon malheureux père, d'adoucir ses peines qui m'a fait en secret aspirer à cette union ; je ne prétends point surprendre votre estime ; l'amour

le plus tendre, le plus passionné m'enflammoit ;
mon premier soupir a été pour vous ; auriez-vous
pû croire qu'Eudimaque ... mon amour seul eût suffi
pour vous répondre de mon attachement à mes devoirs, & ... vous aviez toutes mes pensées, tous mes
transports. Je m'enchaînois au fils de Mysias pour
obéir, pour secourir mon père ; j'aurois dû avoir son
courage, fuir avec lui de ces lieux ; Zénothémis, je
n'ai pû quitter un séjour que vous habitiez ; tout
m'imposoit l'obligation d'épargner un supplice le plus
cruel, à la nièce d'Hermogène, de mourir plutôt que
d'accepter votre main... Encore une fois, je n'ai pas
le dessein de vous abuser : non, ne m'estimez point
assez pour imaginer que la tendresse que je devois
à un père, m'ait conduite ; je le répète : c'étoit un
amour ... je me reprocherai toujours d'avoir porté
de tels coups à la femme la plus aimable, la plus res-
pectable ... elle est malheureuse par moi, lorsque c'est
elle qui me tire de l'abîme de l'infortune ! ce qui doit
vous consoler : vous rappellez un ami des portes du
tombeau ; envisagez bien la grandeur de votre action généreuse ; vous faites plus : vous vengez sa fille
des flétrissures de la calomnie ; elle étoit abandonnée & rejettée de tout l'univers : vous descendez jus-

qu'à cet objet d'humiliation : vous lui donnez le nom de votre épouse. J'expirerai donc avec ce nom qui m'est si cher. Dussé-je ne vivre qu'un seul jour, j'aurai vécu, ce jour, honorée du titre de la femme de Zénothémis. Agathée pardonnera à ma mémoire ; elle reprendra tous ses droits ; vous lui reporterez ce cœur ... qui lui est dû, & que la mort seule pourra me contraindre à lui céder.

Zénothémis ne répondoit à Cydipe que par des larmes, qu'il eût bien voulu lui cacher ; cependant il goûtoit le plaisir d'essuyer celles de son ami ; il avoit soulagé son infortune : ce vieillard demeuroit avec lui, & le beau-père de Zénothémis marquoit moins de répugnance à recevoir ses bienfaits. Ce n'est pas que Ménécrate ne ressentît toujours vivement l'état affreux d'Agathée : il ne se livroit qu'à regret à sa nouvelle situation, lorsqu'il venoit à jetter les yeux sur la malheureuse nièce d'Hermogène ; il la voyoit souvent. O fille divine, lui disoit-il, je ne vous dissimulerai point que j'ai partagé la félicité de Cydipe ; je serois aujourd'hui le plus heureux des hommes, si notre bonheur n'étoit pas acheté aux dépens du vôtre ; vous n'ignorez point que j'ai mis à ce mariage tous les obstacles qu'il m'étoit permis d'oppofer ; encore à préfent cette image me pourfuit, & empoifonne les douceurs d'une fociété qui devroit me faire oublier toutes nos difgraces ; c'eft vous, fublime Agathée, c'eft votre générofité fans exemple, qui a décidé, qui a preffé cet engagement fi fatal aux cœurs les plus fenfibles ! Digne Ménécrate, répliquoit la nièce d'Hermogène, en affectant de repouffer le trouble qui l'agitoit, ne me parlez point de quelques mouvements auxquels j'impoferai la loi ; je n'ai fenti, je ne veux fentir que votre bonheur ; il eft le mien, oui, il eft le mien ; dites, répétez-moi que j'ai adouci vos difgraces, que votre fille... Ménécrate, je me fuis facrifiée pour elle, pour le plaifir de vous rendre tous deux heureux... Cydipe l'eft fans doute : elle eft aimée de Zénothémis... Ménécrate, il n'y a point d'autre félicité.

Quels combats cette fille héroique eut à foutenir quand elle revit Zénothémis & Cydipe ! & ce fut elle qui chercha leur préfence ; elle étoit la première à confoler l'un & l'autre des chagrins que fon état leur caufoit ; elle évitoit cependant de fe trouver feule avec le gendre de Ménécrate ; elle le craignoit ; elle fe craignoit elle-même. La véritable vertu, fans fafte, fe défie de fes forces ; une timidité prudente la fauve de fa chûte. La nature humaine eft toujours fi près de la faibleffe ! & tel qui eût fourni une longue carrière exemte de reproches , pour avoir manqué un feul inftant de précaution , a perdu le fruit de trente ou quarante années d'une vie exemplaire.

Cydipe devint mère : elle donna le jour à un fils dont la beauté attiroit tous les regards ; la nièce d'Hermogène engagea Zénothémis a lui laiffer pren-dre foin de cet enfant. Étranges contrariétés du cœur humain ! comment Agathée pouvoit-elle défirer d'a-voir fous les yeux ce qui lui offroit , fi l'on peut le dire , l'image de fon malheur ! quelquefois elle pref-foit cet enfant dans fon fein , & le couvroit de baifers & de larmes ; d'autres fois elle l'écartoit loin d'elle : c'étoit Cydipe, fa rivale , qu'elle envifageoit , qu'elle repouffoit dans cette innocente créature ; bientôt après elle le reprenoit : elle y revoyoit , elle y ado-roit Zénothémis.

Hermogène perfiftoit inutilement à demander que fa nièce fit choix d'un époux. Infenfible à fes plain-tes comme à fes prieres , elle ne vivoit que pour of-frir en fecret fa douleur à Zénothémis. Y auroit-il du plaifir à fe dire qu'on fouffre pour ce qu'on aime ? l'orgueil fe mêle à cette fatisfaction intérieure , & c'eft

une

une forte de dédommagement des peines que caufe une tendreffe malheureufe. Agathée cherchoit la folitude ; alors cette paffion qui la tyrannifoit, & qu'aux yeux du public elle affectoit de vaincre, éclatoit dans toute fa violence. Que cette infortunée reconnaiffoit fa faibleffe ! qu'elle éprouvoit qu'une ame vertueufe, foumife à fon propre jugement, fe trouve inférieure au dégré de perfection qu'elle occupe dans l'eftime d'autrui ! Sollicitant les vifites de Cydipe dont la vûe irritoit le fombre ennui qui la confumoit, aimant plus que jamais cet homme qu'elle ne devoit qu'eftimer, & redoutant de lui montrer le moindre des fentimens qu'elle fe déguifoit à elle-même, jaloufe de ne laiffer paraître que fa généro-fité, fa grandeur d'ame, un courage inébranlable ; telle étoit la trifte fituation d'une femme qui devoit être pour les fiécles à venir un objet d'admiration.

Sa fanté s'affaibliffoit ; elle envoye prier Zénothémis de fe rendre chez elle avec fa femme, & fon beau-père ; l'inquiétude les faifit : ils accourent, & trouvent Hermogène affis près de fa nièce, & plongé dans la plus profonde douleur : ce fpectacle les frappe d'effroi. Approchez, leur dit Agathée, d'une voix qu'elle s'effayoit de raffurer, venez confoler mon

Tome III.   F

oncle. Que dites-vous, s'écrient-ils tous à la fois ?
Mes amis, continue-t-elle, il n'eſt plus tems de vous
cacher mon état : je n'ai que quelques heures à vivre, peu d'inſtants peut-être ; nos plus habiles
medecins ont prononcé mon arrêt... Point de larmes ! point de gémiſſements ! daignez m'écouter ;
c'eſt pour la dernière fois qu'Agathée va vous entretenir ; que ſes paroles reſtent dans votre cœur ! Zénothémis, arrivée au terme où je touche, on ſe fait
gloire d'expoſer la vérité dans tout ſon jour ; je vais
donc vous l'offrir telle qu'elle a toujours été dans
mon ame. Zénothémis, l'hommage de mon cœur
vous fut conſacré dès le premier inſtant que le ſentiment eſt venu l'agiter, & je m'applaudiſſois de ma
paſſion ; vous étiez mon ami, mon amant : vous
alliez être mon époux : mais la vertu nous étoit auſſi
chère à tous deux que notre tendreſſe. La femme qui
aimoit Zénothémis, & qui en étoit aimée, devoit af-

Nos plus habiles médecins, &c. Les Marſeillois étoient les
medecins les plus renommés de ces tems. Démoſthènes, Crinas
& Charmis ſe ſont diſtingués dans cet art avec un ſuccès qui a
eu peu d'exemples ; c'eſt à Rome ſurtout qu'ils déployèrent leurs
talents. Crinas légua par ſon teſtament, ſix millions de ſeſterces
pour les fortifications de Marſeille, &c.

pirer à mériter un attachement si pur, si noble, si digne de la divinité, qui sans doute s'étoit plue à créer nos ames, & à y imprimer tous les traits de sa grandeur; j'ai cédé au transport courageux qu'il faut croire que cette divinité avoit allumé dans mon sein : j'ai dompté mon amour pour ne me remplir que de l'ardeur sublime de changer la destinée d'un malheureux qui faisoit respecter son infortune; j'ai voulu le venger de sa patrie, du sort qui le persécutoit ; j'ai rendu à sa fille l'honneur que vouloit lui ravir la calomnie ; Ménécrate, & Cydipe me doivent un soulagement dans leurs peines ; Zénothémis me doit le triomphe de l'amitié, ce qu'il y a de plus flatteur pour l'homme sensible, l'avantage d'avoir embrassé le parti de l'adversité, d'avoir donné un état à la fille de son ami, quand une imposture barbare la flétrissoit : laissez mes yeux expirants se fermer sur cette image. Puisque je fais profession de présenter aujourd'hui la vérité, il faut vous découvrir la cause du mal qui me précipite au tombeau : deux natures se sont combattues en moi, l'une supérieure à mon sèxe, à l'humanité, m'a fait repousser un trop cher ascendant, & entreprendre une action digne peut-être de quelque estime; l'autre nature m'a ramenée toujours à mes premières impres-

F ij

fions, à ce penchant ... dont la mort feule me rendra maitreffe ... la vertu coûte donc bien des efforts !.. vous voulez m'interrompre , Zénothémis ? n'envifagez que ma victoire , que la douceur que je goûte en cet inftant d'avoir pu céder à un mouvement généreux ; vantez-moi la nobleffe du facrifice ; j'ai fubjugué mon cœur. Madame , (s'adreffant à Cydipe) j'ai volé au-devant de ma rivale ; votre enfant eft devenu le mien ; (Agathée prend dans fes bras le fils de Zénothémis) qu'on ne l'ôte point de mon fein : qu'il recueille mon ame. Mon oncle m'aime affez pour me permettre de nommer mon héritier cet enfant qui m'eft fi cher. (Zénothémis & Cydipe veulent s'oppofer à ce nouveau témoignage de l'héroïfme d'Agathée.) Eh ! me refuferiez-vous cette faible marque de votre amitié ? Zénothémis , je crois la mériter cette amitié pour laquelle j'ai tout fait ... mais oublions mes faibleffes ; craignons furtout de nous attendrir. Je ne fçais fi l'orgueil m'égare , ou fi les dieux m'élèvent jufqu'à eux en ce moment : j'éprouve qu'il y a une fatisfaction inexprimable à mourir pour la vertu ; oui , j'expire pour elle... Ne troublez point un plaifir fi pur , fi doux ; cachez-moi vos douleurs. Adieu , Zénothémis , adieu refpectable Ménécrate , & vous ... qui devez m'aimer ... je fens la mort s'approcher ; je revivrai parmi vous. Parlez souvent enfemble de la malheureufe Agathée ; jamais cœur humain n'a été plus fenfible, n'a plus aimé ... & bientôt il fera anéanti... Non , il ne ceffera point d'éxifter : les dieux font trop juftes , trop bienfaifants pour ne pas rendre mes fentimens éternels ; ils tranf-portent mon ame au féjour célefte ; je vais les con-templer , ces dieux , dans toute leur fplendeur ; ils récompenfent nos combats ; la vertu obtient fon prix. Zénothémis , mes yeux ne vous voyent plus ... Hermogène , mes amis , mettez la main fur mon cœur , il palpite encore pour vous ... Zénothémis ..., recevez mon dernier foupir.

Cette femme fublime n'avoit pu réfifter aux di-vers orages qui bouleverfoient fon ame ; elle s'étoit longtems efforcée de cacher fon extrême agitation aux regards même de fon parent , & lorfqu'on re-courut aux fecours de l'art , ils ne produifirent plus d'effet : le mal étoit trop avancé.

On ne fçauroit donner une idée du défefpoir qu'ex-

Les dieux font trop juftes , &c. La piété étoit une des qua-lités des Marfeillois; un poëte latin a dit de ce peuple : *illuf-trat quos fola fides , &c.*

cita la mort d'Agathée ; fon oncle la pleuroit comme fi elle eût été fa propre fille. Pour Zénothémis, il refta dans cet accablement qui caractérife les grandes douleurs ; Cydipe tomboit fouvent à fes genoux : c'est moi , lui difoit elle , qui vous enlève Agathée , Agathée notre bienfaitrice ; ah ! c'étoit à moi d'expirer ; mon enfant auroit retrouvé une mère , & Agathée eût oublié qu'une autre avoit porté le nom de votre époufe ; Agathée vivroit , vous aimeroit ... vous m'auriez pardonné.

Zénothémis relevoit fa femme en l'embraffant , & ne s'exprimoit que par des gémiffements & des fanglots ; il engagea Hermogène à demeurer avec eux ; ils ne compofoient plus qu'une même famille occupée de fa douleur.

Le gendre de Ménécrate avoit renfermé les cendres d'Agathée dans une urne de porphire , que tous les jours il couronnoit de fleurs , & arrofoit de larmes ; il la ferroit contre fon fein , l'élevoit au ciel , lui donnoit des baifers religieux ; il conduifoit fon enfant avec lui , & lui faifoit appliquer fes lèvres careffantes fur ce monument funéraire ; l'appartement qui contenoit ce dépôt facré , étoit une efpèce de temple ou la nièce d'Hermogène recevoit les mêmes honneurs que l'on rend aux dieux ; ce culte étoit la principale occupation de Zénothémis.

Quoique leur tristesse ne se calmât point, ils couloient des jours tranquiles ; ils chérissoient leuraffliction. L'image des malheurs de Ménécrate sembloit fuir de son souvenir ; il étoit prêt à quitter la terre avec ce repos de l'ame qui est le bonheur véritable ; il avoit apprécié le songe de la vie : graces aux bienfaits de son ami devenu son gendre, il ne regrettoit plus sa fortune passée, & laissoit ses enfants à l'abri des caprices du sort, & des injustices de leurs concitoyens.

De nouveaux coups attendoient ce vieillard aux bords de la tombe ; il n'avoit pas épuisé la mesure des disgraces qui lui étoient réservées : la fureur de ses persécuteurs se réveille ; quelle nouvelle foudroyante pour l'infortuné Ménécrate ! il apprend que le sénat a repris l'instruction de son procès, qu'en un mot, le dernier trait alloit lui être porté, qu'il étoit sur le point d'être *déclaré prevaricateur & infâme.* Ménécrate avoit soutenu les privations les plus cruelles : mais être exposé à l'opprobre, & le voir consacrer par la sanction des loix : ce tableau ne laisse à cet illustre malheureux que la force de se saisir d'une épée qui s'offre à ses mains ; le fer étoit sur sa poitrine. Arrêtez, s'écrie Zénothémis, que le hazard amenoit dans l'appartement de son beau-père, & qui détourne auffitôt l'épée menaçante : Ménécrate, que faites-vous ? & pourquoi ce nouvel emportement de défefpoir ? —— Mon ami, ne vous oppofez point au feul remède qui refte à mes maux ; fçachez que la rage de mes calomniateurs s'eft ranimée, qu'ils ont juré ma perte. Le fénat eft affemblé ; ils ne font pas fatisfaits de m'avoir arraché mes emplois, ma fortune ; ils vont, Zénothémis, rendre un arrêt qui me flétrira ... & vous pouvez d'un inftant reculer ma mort ! ah ! je ne puis expirer affez-tôt ! —— Qu'ai-je entendu, mon père ! écoutez, écoutez, promettez-moi de différer jufqu'à mon retour, à terminer une vie que moi-même je vous preffe de quitter, fi mes efpérances font trompées. Je ne vous demande qu'un feul moment, & je reviens.

Zénothémis n'a pas achevé ces mots, qu'égaré, furieux, il vole à la falle où les magiftrats s'étoient raffemblés, il s'y précipite ; —— Non, cruels, vous ne le prononcerez point cet arrêt inique ; ce feroit vous qu'il couvriroit d'infamie, d'un opprobre ineffaçable. Il ne vous fuffit donc point d'avoir plongé dans la difgrace un malheureux... Eh ! quel eft fon crime ? je m'en rapporte à la décifion même de ces loix inéxorables écrites en caractères de fang : que l'examen de fon erreur foit foumis à toute leur équité barbare. Vaincu par les larmes d'une famille mourante qui embraffoit fes genoux, fubjugué par cet afcendant fi impérieux, & dont notre nature doit s'enorgueillir, qui nous parle, nous follicite, qui nous preffe en faveur de notre femblable que le malheur opprime, Ménécrate trop humain, un inftant feul, s'émeut, s'attendrit, veut conferver la vie à un jeune-homme qui, fans doute, n'étoit pas innocent : quiconque a donné la mort, doit recevoir la mort ; ce jugement eft la fentence de toutes les légiflations, de tous les pays, de tous les âges ; nous le fçavons : l'humanité même demande que celui qui a détruit, foit détruit ; cette loi immuable & éternelle eft gravée fur tous les tribunaux, dans tous les cœurs. Mais éxaminons, je vous en conjure, la nature du meurtre dont Ménécrate détournoit le glaive de la juftice : c'eft un premier tranfport de vengeance qu'enflammoient la fougue de la jeuneffe, la vive impatience de repouffer l'infulte, tout le reffentiment de l'orgueil humilié & outragé ; & à quelles extrémités nous porte ce tyran de la

faibleffe humaine ? combien d'efprits fages n'a-t il point
égarés ? Nous en trouverions des exemples frappants
chez les Grecs nos ancêtres, chez les Romains, chez
les Gaulois qui nous entourent, dans cette République,
parmi nos plus refpectables compatriotes : voilà fur
quels objets Ménécrate s étoit arrêté ; voilà ce qui a pu
un moment faire pencher la balance dans ces mains
qui l'ont foutenue plus de quarante années avec une
fermeté inébranlable que nous admirions. Ne fommes-
nous que magiftrats : Ménécrate eft répréhenfible ;
fon ami n'héfite point à le dire ; lui-même a le courage
de s'accufer hautement par ma bouche : il y a une forte
d'expiation honorable de fa faute à en découvrir
toute l'étendue : Ménécrate avoue, & fent qu'il a
manqué aux fonctions de fa place, aux loix dont il
étoit l'organe & le miniftre vengeur, & cette idée
le tourmente plus que la perte de fon rang & de fa
fortune ; le plus cruel des fupplices pour une ame attachée à fes devoirs, eft de s'être démentie, ne fut-ce
qu'un inftant, dans le long cours d'une vie éxempte
d'ailleurs de reproches. Mais, fénateurs, foyons hommes, & ne rougiffons point de l'être : c'eft le premier
titre, la première dignité : alors nous ne verrons
dans notre concitoyen qu'une faibleffe que vous au-

riez dû oublier ; du moins la juſtice devroit être ſa-
tisfaite de la punition ; & loin de s'adoucir , votre
équité , ou plutôt , j'oſerai le dire , votre couroux
implacable ſe réveille : il n'eſt pas aſſouvi par la
ſituation déplorable où languit Ménécrate ; il veut
le bannir du ſein d'une patrie qui lui eſt chère
encore , lui ravir le ſeul bien qui lui reſte , & qu'il
ſoit jaloux de conſerver , lui ôter l'honneur... Je
ſauverai le vôtre , & malgré vous-même, de la flétriſ-
ſure qui l'attend ; je vous l'ai dit : cet arrêt infa-
mant ne ſortira point de vos bouches , il n'en ſortira
point... Que votre inhumanité inſatiable s'acharne
ſur les jours d'un vieillard ; il a le pied dans la
tombe , il y deſcend ; réuniſſez-vous ; diſputez-
vous la gloire de l'y précipiter ; teignez le tribunal
de ce ſang glacé par l'âge & par la miſère ; ſouil-
lez en vos mains cruelles ... mais , que votre malheureuſe victime n'expire point deshonorée ; Ménécrate , n'a pas mérité ce châtiment , ce ſupplice plus affreux que toutes les tortures. Qu'eſt-ce
que la mort comparée au deshonneur ? voilà le trépas véritable , l'éternelle deſtruction ; & quelle aveugle furie peut vous ramener ſur un jugement auſſi
odieux ?

La chaleur avec laquelle Zénothémis s'énonçoit ;
le defordre de fes expreffions, la nobleffe de fa figure, cet intérêt fi puiffant qui l'enflammoit pour
un ami malheureux, tout excitoit la curiofité de
l'affemblée ; les regards, les efprits font en fufpens ;
les cœurs commencent à s'attendrir. Un des fénateurs répond avec une gravité froide & féche, qu'il eft
prouvé que Ménécrate a cédé à la corruption, que
de l'argent... Zénothémis ne le laiffe pas achever,
& en pouffant un cri : —— Une telle accufation ...
la majefté du lieu ... j'ai befoin de me le rappeller
pour enchaîner une vengeance ... où font les preuves ? où font les preuves ? qu'elles foient prefentées,
& mifes fous tous les yeux ; que l'impofture foit
confondue ; que la vérité éclate ; que l'innocence
triomphe.

Le magiftrat déconcerté balbutie quelques paroles
qu'on n'entend point. Myfias entroit dans la falle du
confeil ; voici, dit l'accufateur, celui qui nous don-
nera des lumières. Myfias, s'écrie Zénothémis ! il
court à lui : —— C'eft vous qui vous élevez contre
Ménécrate, qui l'accufez, qui produifez ces témoignages !.. fçachons ... voyons ... (Myfias vouloit fe
retirer) vous ne nous quitterez pas : il faut étouf-

fer l'amitié, la nature, la vérité, confommer le crime, prêter au menfonge toute l'audace dont la perfidie eft fufceptible, affaffiner., deshonorer ... ton ami ; il le fut, ô le plus déteftable des hommes ! & tu ne t'en fouviens que pour le perdre. Achève, achève, ofe effayer de noircir Ménécrate ; fais- nous voir qu'il s'eft fouillé d'une baffeffe ... que toi feul pourrois commettre.

Myfias pâle & agité, tire d'une main tremblante des lettres qu'il dit avoir été écrites à Ménécrate par Eumène, le père du jeune homme, qu'on avoit effayé de fouftraire à la rigueur des loix ; ces lettres renfermoient la propofition d'une fomme confidéra- ble, & il paraiffoit que Ménécrate en avoit éxigé encore davantage. Tous les regards fe tournent vers Zénothémis : —— Cela ne peut être. La terre & le ciel s'uniroient pour m'affurer que Ménécrate a pu feulement concevoir la penfée d'une action auffi honteufe, auffi aviliffante : je démentirois la terre & le ciel. Une vertu foumife à tant d'épreu- ves, ne fçauroit fe dégrader à ce point ; la na- ture fe bouleverferoit, l'ame de l'honnête homme conferveroit fa pureté. Myfias, tu es un impof- teur ; la vérité va t'accabler ; tu prétends que ces

caractères font de la main d'Eumène ; il eft dans le
tombeau ; qu'on aille chez quelques-uns de fes parents
ou de fes amis : ils auront de fes lettres ; qu'on les
apporte ; qu'on les confronte ; que la fourberie abominable foit dévoilée.

Un efclave vole à la voix de Zénothémis, & revient avec plufieurs écrits tracés de la main d'Eumène ; on les rapproche des lettres produites par
Myfias. Sénateurs, reprend Zénothémis avec vivacité, éxaminez bien ces traits ... malgré la reffem-
blance apparente ... faififfez-vous ... la différence ne
peut échapper ; elle eft vifible pour tous les yeux...
ces lettres ... font l'ouvrage de la fauffeté. Ofe, infame
calomniateur, foutenir qu'elles font d'Eumène ; que
ne fort-il de la tombe pour te confondre ? fon ombre menaçante ... elle s'élève, elle t'environne, elle
te preffe, te parle par ma voix ; dis, dis, auras-
tu bien le front de perfifter dans ton crime, de confacrer le menfonge par une audace inouie ? Songe
que cette affemblée, qu'Eumène, la terre, le ciel
t'entendent, que la foudre ne demeurera point oifive
dans la main des dieux, qu'ils la tiennent fufpen-
due fur ta tête ; elle gronde cette foudre vengereffe,
elle va fondre en éclats... Il eft donc bien vrai qu'Eu-

mène eft l'auteur des lettres que tu viens de nous montrer, qu'il les a écrites, que Ménécrate s'eft laiffé corrompre ? répons ; mes yeux font attachés fur les tiens, & ne perdent pas un de tes regards ; toute mon amé eft appliquée à furprendre les mouvements de ton ame criminelle ; je cherche jufques dans ton cœur ce que tu vas dire... tu baiffes la vûe ! tu ne profères pas une parole ! tu reftes interdit ! le trouble t'égare ! il t'accable ! tu te foutiens à peine !.. tu me fuis !.. demeure.

Myfias prétexte une indifpofition, & par un gefte demande au fénat la permiffion de fe retirer : il fort, la téte enveloppée dans fa robe. Zénothémis avec tranfport : —— La vertu triomphe : fénateurs, qu'exigez-vous de plus ? le filence, l'accablement, la retraite du perfide, en voilà affez pour vous convaincre de l'innocence de Ménécrate. Non, Ménécrate n'eft point coupable ; Eumène n'a point écrit ces lettres ; mon ami ne s'eft point dégradé jufqu'à ajoûter le crime à la faibleffe. Myfias eft un impofteur digne des plus rigoureux fupplices.

Zénothémis parle bas à l'efclave qu'il avoit déjà employé ; au même inftant que celui-ci quittoit la falle du confeil, entre un autre efclave chargé de

remettre au fénat une lettre de Myfias ; on s'empreffé
de l'ouvrir , & on lit ces mots à haute voix :

» Il eft tems , fénateurs , de rendre hommage à la
» vérité : j'ai éprouvé qu'il étoit impoffible de lui ré-
» fifter , & je fuccombe fous fon pouvoir. Zénothé-
» mis, tu l'emportes. Ménécrate n'a point commis le
» crime dont je l'accufois. La lettre attribuée à Eu-
» mène eft de moi ; c'eft moi qui ai tout fait , qui
» ai foulevé plufieurs de nos concitoyens contre un
» malheureux que j'aurois dû fervir ; c'eft moi qui
» avois médité fa ruine , qui voulois perdre jufqu'à fa
» mémoire. Connaiffez toute la perverfité du cœur
» humain : Ménécrate fut mon ami ; la honteufe ja-
» loufie vint empoifonner mes fentiments ; fes ta-
» lents , fes vertus , fa réputation , fon bonheur me
» devinrent infupportables ; je cherchai à le pu-
» nir du fupplice fecret qu'il me faifoit fouffrir ;
» je faifis l'occafion que me préfentoit la faute où il
» étoit tombé ; j'eus l'adreffe de prêter à cette faute
» toutes les couleurs d'un crime impardonnable ; j'é-
» chauffai les efprits ; j'armai des perfécuteurs ; je
» donnai naiffance à des foupçons , à des difcours
» calomnieux ; je pourfuivis Ménécrate jufques dans
» fa fille dont j'effayai de flétrir l'honneur ; j'abufai de
» l'autorité

» l'autorité paternelle pour engager mon fils même à
» jetter des nuages sur la vertu de Cydipe. Ma haine
» infatigable ne se borna point à ces attrocités : je
» conçus le projet d'anéantir le monument de ma
» perfidie ; je résolus d'achever mon ouvrage, en vous
» obligeant de bannir Ménécrate, & de le diffamer
» par un arrêt irrévocable. Mon cœur se révoltoit
» contre une action si noire ; j'en étois plus ardent
» à repousser mes remords, & j'esperois les étouffer,
» en détruisant ma victime.

  » Après cet aveu, vous ne devez pas douter qu'il
» ne me soit resté le courage de vous prévenir : toutes
» vos tortures n'égaleroient point ce que je souffre.
» Au moment que cet écrit tombera dans vos mains,
» j'aurai cessé de vivre, assuré que je serai l'objet
» d'une éternelle exécration pour les hommes, &
» que les dieux ne me pardonneront jamais. «

  Il est donc des dieux, s'écrie Zénothémis, qui
punissent le crime ! le monstre est son propre bou-
reau ; il s'est fait justice. Vous le voyez, sénateurs :
Ménécrate alloit succomber sous l'imposture & l'ini-
quité ; son innocence est reconnue ; non, jamais il
ne se fût souillé de la fange de la corruption. Vous
n'avez à lui reprocher qu'une erreur, qu'un moment

d'oubli involontaire de ſes devoirs. S'il a manqué à cette intégrité auſtère qui nous diſtingue des autres nations, hélas ! ſa peine n'eſt-elle pas aſſez rigoureuſe ? & le glaive vengeur ne tombera-t-il point de vos mains ? Que faut-il de plus pour la ſatisfaction des loix ? privé de ſes charges, ſans nulle reſſource, n'ayant d'appui que ſa fille, que ſon gendre qui tous les jours reſſent plus vivement ſon infortune, prêt d'expirer, accablé de tous les coups, & par qui ?.. j'imiterai ſon ſilence ; je ne me permettrai aucun murmure ; ne craignez point que ſon châtiment aît diminué ſon attachement pour vous ; tous ſes vœux ſe tournent inceſſamment vers cette place qu'il a occupée avec tant de gloire ; il vous eſt toujours aſſocié par une ame remplie de vos intérêts ; il lève au ciel ſes mains défaillantes, & lui demande de vous prodiguer tous ſes bienfaits ; ſes derniers ſoupirs

---

Cette intégrité auſtère, &c. Cette vertu étoit ſi éminente chez les Marſeillois, qu'ils méritèrent cet éloge conſacré dans les vers ſuivants.

     » *Fortes Roma dedit, dedit & laudata diſertos*
       » *Græcia ; frugales inclyta Sparta dedit ;*
     » *Maſſilia integros dedit*, &c.

feront encore pour ce fénat... Souvenez-vous que vous êtes les pères de la patrie, que l'indulgence eft le premier fentiment de l'amour paternel, que Méné-crate entre dans le tombeau ; y defcendra-t-il fans avoir la confolation d'obtenir fa grace, fans pouvoir fe dire : enfin, j'ai retrouvé mes compatriotes, mes amis ; mes derniers regards s'arrêtent fur leur bien-faifance ; je meurs content, puifqu'ils ont oublié ma faute, puifqu'ils daignent me r'ouvrir leurs bras, m'affurer qu'ils me pardonnent... Sénateurs, vous vous attendriffez... Ah ! ne repouffez point, ne re-pouffez point un mouvement que doit vous accor-der l'équité : elle a fes bornes, & la nature n'en a point ; laiffez-la triompher cette maitreffe des cœurs ; la véritable vertu bannit la dureté. Si Dieu n'étoit que jufte, il ne pardonneroit pas, il ne feroit pas

---

La véritable vertu. Que Cicéron la connaiffoit bien cette vertu qui doit fe concilier avec l'humanité plutôt que de l'effaroucher, & de s'élever contre le fentiment ! *Neque enim*, dit ce grand homme dans fon dialogue de *l'amitié, funt ifti audiendi qui virtutem duram & quafi ferream effe volunt.* Plus loin dans le même ouvrage : *Non eft enim inhumana virtus, immunis, neque fuperba.* Voilà la faine philofophie, & de ces préceptes que tous les hommes doivent retenir.

G ij

Dieu ; fa clémence , fa bonté , voilà fon plus bel at-
tribut , le premier rayon de fon effence immortelle ;
vous êtes fes images fur la terre. (Il fe proſterne
devant les juges.) L'humanité avec moi embraffe vos
genoux , elle y apporte les larmes de Ménécrate ,
& ... le voici lui-même : approchez , ô mon ami ,
approchez , venez défarmer la juſtice ; que la pitié
l'emporte !

Ce vieillard , en effet , paraît , fuivi de Cydipe ,
qui tenoit dans fes bras fon enfant couronné d'un ra-
meau de ciprès , & couvert d'une robe de deuil ;
la beauté de cet enfant , celle de fa mère , que la
douleur rendoit encore plus touchante , ce fpectacle
détermine l'intérêt qu'avoit produit le difcours de
Zénothémis ; il prend avec tranfport fon fils d'entre
les bras de fon époufe , le préfente aux juges : ——
Sénateurs , jettez les yeux fur cette innocente créature : fes premiers accents follicitent votre compaffion en faveur de fon malheureux ayeul ; fes premières larmes coulent pour lui , & intercèdent fa grace ...
la lui refuferez vous ?

On auroit dit que le fils de Zénothémis étoit infpiré
par fon père; il agitoit fes bras careffants,fembloit les
tendre aux magiſtrats ; il leur fourioit avec ce charme

ingénu auquel la nature a prêté tant de pouvoir ;
Cydipe verſoit des larmes ; tout cède à cet heureux
artifice employé par Zénothémis. Ménécrate alloit
parler : on ſe lève ; on n'entend qu'un cri qui s'é-
chappe du milieu des pleurs , & dont retentit la
ſalle : grace ! grace ! que Ménécrate reprenne ſa place
au ſénat ! On court à lui ; on s'empreſſe de l'amener comme en triomphe , & de le placer ſur le ſiège
qu'il avoit occupé. Pluſieurs de l'aſſemblée ſe précipitent à ſes pieds , en s'écriant : c'eſt à vous de
nous pardonner ; nous avons eu la lâcheté d'être les
organes de la calomnie ; Myſias nous avoit infecté
de ſes poiſons ; nous deteſtons hautement notre crime ; décidez la punition que nous devons ſubir. Ménécrate les embraſſe , les preſſe contre ſon ſein : il ne
peut que pleurer à ſon tour , & proférer ces mots
attendriſſants : j'emporterai donc au tombeau les
bontés de ma patrie ! Les ſénateurs le proclament
un des trois préſidents ; il ſuccomboit ſous l'excès
de la reconnaiſſance , & étoit penché ſur ſa fille & ſur
Zénothémis qui l'arroſoient de leurs larmes , & éle-
voient leur enfant juſques à lui pour le careſſer. Jamais
l'empire du ſentiment ne s'étoit plus manifeſté ; c'é-
toit un jour de victoire pour l'amitié , & pour la na-

ture. On apprit que Myfias s'étoit tué, & qu'on l'avoit trouvé baigné dans fon fang; fon fils fe bannit lui-même de Marfeille, en déclarant que tous fes difcours fur Cydipe étoient l'ouvrage de la calomnie. Tout reconnut & attefta la vérité: Ménécrate vécut affez pour goûter la douceur qui fuit le triomphe de la vertu; il eut la confolation d'expirer dans les bras de fes enfants. Pour Zénothémis, il acquit une gloire auffi pure qu'éclatante: on le citoit comme le modèle de l'amitié & de la bienfaifance: on le nomma *le plus fenfible des hommes.* Que les titres font flateurs quand c'eft le fentiment qui les donne, & non l'intérêt & l'adulation! L'orgueil & l'oubli des bienfaits ne corrompirent point le bonheur de Zénothémis; il conferva fa reconnaiffance & fon attachement à la mémoire de la nièce d'Hermogène; il obtint de la République qu'elle lui élevât à fes frais une ftatue près de celle d'Hémithée; il prononça même en fon hon-

---

Près de celle d'Hémithée, &c. Hémithée, Marfeilloife, mariée à Marfidius du même pays, eut le malheur d'infpirer la plus violente paffion à un jeune-homme qui l'avoit vûe dans une fête publique; il faifit le moment favorable où cette femme fe trouvoit feule, & voulut fatisfaire fes defirs criminels; Hémithée fe lança fur l'épée qu'il portoit, & expira,

neur un panégyrique que l'on admira comme l'ouvrage du sentiment;le nom d'Agathée fut par ses soins
inscrit au rang des noms célèbres dont se glorifioit
Marseille. Zénothémis jouit longtems du bonheur
d'être l'homme le plus vertueux & le plus estimé ; sa
mort fut celle du sage , la fin d'une vie remplie de
belles actions, dont le souvenir est, en quelque sorte,
une nouvelle éxistence bien plus durable & bien plus
précieuse que la premiére ; son ame se développa
toute entière dans ses dernières paroles à son fils :
souvenez-vous , ô mon cher enfant , lui dit-il , qu'il

---

en disant qu'elle aimoit mieux s'arracher la vie , que de
manquer à la foi conjugale ; Marsidius arrivé sur ces entrefaites , & informé de cette horrible catastrophe , courut se
percer de la même épée sur le corps sanglant de son épouse.

Souvenez-vous , &c. Cicéron dans ce même dialogue *de
l'amitié* qu'on vient de citer, a dit : *Nihil est enim amabilius
virtute.* Qu'il me soit permis, en passant, d'obserrer qu'aucun
ancien ne fait plus aimer l'honnêteté que ce grand homme
qu'on ne lit point encore assez. Quelle latinité pure ! & que
c'est une effusion touchante d'une ame pénétrée de l'amour
de l'humanité & de la saine morale ! On ne sçauroit trop
l'avoir entre les mains ; il nous apprend nos devoirs, &
toute l'élégance de la plus belle langue qui ait éxisté après
la langue Grecque.

n'y a point d'autres plaifirs que ceux que procure
la vertu. Il demanda par fon teftament que fes
cendres fuffent réunies à celles de la nièce d'Hermogène : le fénat remplit fidélement fes volontés , & le
peuple crut obferver que l'urne treffaillit quand on
y dépofa les cendres de Zénothémis.

c. Eifen in.　　　　　n.ponce. Sculp. 1773

(Conserver)

CATALOGUE des Œuvres de M. D'ARNAUD, in 8°, enrichies d'Estampes des meilleurs Maîtres, qui se vendent en volumes, ou séparément.

THEATRE.

Comminge, *Drame.*   Mérinval, *Drame.*
Euphémie, *Drame.*   Idoménée, *Trag.*, *sous presse.*
Fayel, *Tragédie.*

Les Epoux Malheureux, 2 *volumes.*

EPREUVES DU SENTIMENT.

Tome Premier.   *Tome IV.*
Fanny.   Ermance.
Lucie & Mélanie.   D'Almanzy.
Clary.   Pauline & Suzette.
Julie.   Makin.
Nancy.   Germeuil.
Bathilde.   *Tome V.*
Tome II.   Daminville.
Anne Bell.   Henriette.
Sélicourt.   Valmiers.
Sidney & Volfan.   Amélie.
Adelson & Salvini.   *Tome VI.*
Sargines,   Féliciane, *sous presse*
Tome III.   Livermond, *sous presse.*
Zénothémis.
Bazile.
Loiezzo.
Liebman.
Rosalie.

NOUVELLES HISTORIQUES.

Tome Premier.   *Tome II.*
Salisbury.   Le Prince de Bretagne.
Warbeck.   La Duchesse de Châtillon.
Le Sire de Créquy.   Le Comte de Strafford.
         Tome III.
         Eudoxie.
         Le C. de Gleichen, *sous presse.*

Les 2 premiers volumes in-8° des *Epreuves du Sentiment*, ainsi que le Théâtre, se trouvent chez M. BOUGY, Marchand Papetier, rue S. Jacques.

Les autres volumes des *Epreuves du Sentiment*, in-8°, & des *Nouvelles historiques* jusqu'au troisième volume, se trouvent chez M. DYLALAIN, aîné, Libraire, rue Saint-Jacques.

L'édition in-12 des *Epreuves du Sentiment*, 6 volumes, se trouve chez M. MOUTARD, Imprimeur de la Reine, rue des Mathurins.

Les *Epoux Malheureux*, 2 vol. in-8° & in-12, se trouvent chez la Veuve BALLARD & Fils, Imprimeurs du Roi, rue des Mathurins, & LAPORTE, Libraire, rue des Noyers.

La Veuve BALLARD & Fils viennent de mettre en vente *Eudoxie*, qui commence le troisième volume des *Nouvelles historiques.*

Le *Comte de Gleichen* va suivre cet ouvrage.